현대신서
34

라틴 문학의 이해

기원에서부터 아풀레이우스까지

자크 가야르
(스트라스부르대학 부교수)

김교신 옮김

東文選

라틴 문학의 이해

JACQUES GAILLARD

Approche de La Littérature Latine
des origines à Apulée

© Éditions Nathan, Paris, 1992

This edition was published by arrangement
with Éditions Nathan, Paris
through Shinwon Literary Agency, Seoul

차 례

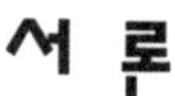

서 론

오늘날 우리는 오비디우스를 라 퐁텐처럼, 베르길리우스를 위고처럼, 플라우투스를 몰리에르처럼 읽을 수 있는가? 그렇다고 단언하는 것은 상당히 건방진 일이 될 것이다.

라틴어 학자는 antiquus가 '과거에 존재했으나 이제는 더 이상 존재하지 않는'을 의미하며, 이는 '오래 전부터 존재하는'을 의미하는 uetus와 다르다는 것을 안다. 고대의 문학은 antiquus하다. 그것과 우리 사이에 존재하는 문화적 연관의 힘이 얼마나 크건간에 우리는 이 먼 거리를 빼고 생각할 수 없다. 고대 문명은 17세기의 인간들에겐 친숙했고, 17세기의 교양 있는 사람들은 모두 그 시대의 언어와 문학을 용이하게 다루었다. 우리의 현대 문화는 이러한 요구를 부활시키지 못할 것이다. 그러나 우리 문화도 이러한 값진 유산에 한 자리를 마련해 주어야 한다. 특히 문학 창작과 사상사의 형식에 관한 성찰을 포함하는 연구의 틀 안에서. 이 두 영역에서 라틴 문학은 분명 읽을거리를 주지도 않으면서 모델·원천·원형을 언급할 때가 많은 문학사의 성급한 개관보다는 더 가치가 있다. 이런 이유로 우리는 '비교연구'의 방식이 고대 문헌과 현대 문헌간의 관계에 들어맞을 때가 너무 드물고 너무 어렵다는 데 놀랄 수 있다. 거기에 어떤 금기가 있는 걸까?

물론 위대한 이름들, 위대한 작품들은 기억 속에 남는다. 하지만 걸작들의 영원한 아름다움에만 전적으로 의지하여 라틴 문학을 자주 접하는 것이 좋다고 말할 수는 없다. 왜냐하면 고대 작가들을 읽는 일은, 만일 그 일이 전문가적 태도를 내포하고 있다면, 하나의 내밀한 실천으로 남을 것이기 때문이다. 그리고 점차 그렇게 되는 경향이 있는데, 이것은 대학의 문학 수업 과정에서 '고전 문학'과 '근대 문학'이 분리되는 것이 상당히 잘못된 것처럼 보이는 것과 마찬가지이다. 사실 라틴어를 모르면서 베르길리우스·플라우투스, 또는 오비디우스가 높이 평가받지 못하고 있다고 주장하는 것은 부당한 일일 것이다. 그것은 우리가 일반적으로 번역을 통해 외국 문학에 접근한다는 것을 잊어버리는 일이 될 것이다. 그리고 젊은 라틴어 학자들은 흔히 라틴 작가들을 많이 읽지 않았고, 나아가 그들에 대해 거의 아무런 호기심도 느끼고 있지 않다고 해도 과언이 아니다. 어떤 영화적 사건, 어떤 연극의 재상연, 어떤 갑작스러운 유행은 한 번의 관심을 불러일으킬 수는 있지만 대체로 라틴어를 사용한 위대한 작가들과 위대한 작품들은 여전히 대중들에게 접근하고 이해하기 어려운 것으로 남을 것이다. 우리는 이 책을 통하여 그들에게 하나의 상황을 줌으로써, 그리고 그들의 독서를 도울 수 있는 정보를 상당히 총괄적으로 제공함으로써 그들의 접근을 용이하게 해주고 싶었다.

그러한 방식은 역사를 빼놓고 진행될 수 없다. 우리는 우리의 접근을 라틴 문학의 기원부터 안토니우스 왕조의 몰락까지만 국한시켜 4세기를 관통하고 있다. 그 4세기 동안 제도·사상·기호는 엄청나게 진보했다. 하지만 시간의 강을 따라 내려가는 것만으론 충분치 않다. 우리는 동시대를 폭넓게 묘사함으로써 혁신적인 문학의 움직임들로 구체화되는 이데올로기적·미적 변화를 둘러싼 견해들을 조목조목 진술하고 싶었다. 왜냐하면 기본적인 전통주의의 흔적이 뚜렷한 고대 문명에서의 문학 창작은 거기서 시대가 흘러도 면면히 이어지는 어떤 생명력을 발견하기 때문이다. 우리는 그 생명력을 강조하고 싶었다.

우리는 일부러 번역본·문고판으로 가장 쉽게 접근할 수 있는, 또는 어쨌든 다루기 쉬운 위대한 작가들과 텍스트들을 강조했다. 책 끝에 소개한 간략한 참고 문헌 목록에서는 몇몇 참고 작품들을 특기하고 있다. 그것은 한 문제, 한 작품에 관한 가장 깊이 있는 검토를 가능케 할 것이다. 왜냐하면 이것은 너무나 당연한 일인데, 이 책의 야심은 다른 책들을 읽게 만드는 것이기 때문이다.

1

분명히 이해하기 위해 필요한 몇 가지 개념들

20세기초, 한 고대 학자(A. F. Wert)는 호기심을 끄는 어떤 조사를 하겠다고 생각했다. 그 결과는 다음과 같다. 우리에게 알려진 라틴 작가는 모두 772명이다. 그 중 276명은 다른 작가에 의해 어떤 주석이나 목록 등 여기저기서 인용되어서 우리에게 이름만 알려졌을 뿐이다. 352명의 작가의 작품들은 단편들, 문법학자에 의해 해석된 하나의 단어, 하나의 표현, 몇 행의 시구, 거기에 느슨한 인용자료집으로 요약된다. 그러면 이제 144명의 작가들이 남는데, 이는 우리가 잘 보존된 하나의 작품 또는 많은 작품들을 읽을 수 있는 작가들이다. (설령 몇 작품이 누락되었더라도.) 라틴 문학에 대한 우리의 이해는 이렇듯 매우 선별적인 생존에 의존한다. 우리는 그 점을 잘 이해해야 한다. 또 고대 문명에서 하나의 문학 작품이 만들어질 수 있는 물질적·문화적·미적 조건들은 우리가 아는 것들과는 상당히 다르다. 이 서론은 이러한 독창적인 특징들을 언급한 것이다.

1. 텍스트들의 생존: 왜 그리고 어떻게?

그처럼 오랜 기간 동안 '읽을 수 있는' 작가들의 수가 한 다스에 한 다스를 곱한 정도에 불과하다니 이는 너무나 미약한 것이다. 기껏해야 우리에게 알려진 작가들의 이름이 적힌 목록의 20퍼센트에 불과하다. 이것은 적은 수인 동시에 많은 수이기도 하다. 왜냐하면 고대 문명에서 책은 모든 관점에서 볼 때 소멸하기 쉬운 것이라는 점을 명심해야 하기 때문이다. 물질적으로 책은 불과 습기, 그리고 정돈되는 것을 무서워한다. 특히 볼류멘(volumen; 파피루스 두루마리)이라는 옛 형태로 정돈되는 것을. 왜냐하면 책은 그 소재가 극도로 취약하기 때문에 찢기고, 더러워지고, 곰팡이가 피고, 잉크가 날아가고, 쥐가 갉아먹기 때문이다. 기원후 4세기에 파피루스가 양피지로, 볼류멘이 코덱스(codex; 오늘날 우리가 쓰는 책에 비견할 수 있는 방법으로 제본한 공책)로 바뀐 것은 진정한 혁명이다. 이제 책은 견고하면서도 더 다루기 쉬워진다. 책을 다루는 데 더 이상 양손이 필요하지 않게 되고, 필기를 할 수 있게 되고, '조용한' 독서가 일반화된다.

그래도 인쇄술이 출현하기 전까지, 책은 책을 가지고 만드는 연속적인 사본들에 의존하고, 따라서 넓은 범위에서 볼 때 우리가 책에 부여하는 이익에 의존한다. 요컨대 도서관에 보관한다고 해서 다양한 정치적·정신적 또는 지적 권위의 검열 행위를 피할 수 있는 것은 아니다. 하지만 이런 확실한 파괴들은 무시해도 좋을 정도이다. 텍스트의 급증, 사상의 진보, 양피지의 비싼 가격이 이보다 훨씬 더 큰 피해를 끼쳤다——질 나쁜 사본, 그다지 유익하지 않은 것으로 판단된 작품은 순간의 필요에 의해 팰림프세스트(palimpseste; 원래 쓰여 있던 글자를 지우고, 그 위에 다시 글자를 쓴 양피지)의 소재가 되었다. 이렇듯 중세 전기(6-8세기)는 '이교 문명' 위에 '그리스도교 문명'을 겹쳐 쓴다. 여기에 전쟁·약탈·화재와 같은 온갖 재앙이 추가된다.

오늘날 양호한 상태로 우리 손에 들어온 작품의 저자들은 우선 가장 열렬하고 가장 지속적인 흥미를 불러일으킨 사람들이고, 그 다음엔 사람들이 감히 파괴할 생각을 하지 못한 책을 쓴

사람들이고, 마지막으로 운이 좋은 사람들이다. 일례로 인문주의
자 베아투스 레나누스는 알자스의 뮈르바슈 수도원에 위탁된 벨
레이우스 파테르쿨루스의 《역사》 제2권의 수사본을 교정해 간행
했다. 그런데 얼마 지나지 않아 이 유일한 원고가 사라져 복구
할 수 없게 된 것이다.

아니, 명성만으로도 충분치 않다. 엔니우스는 두말할 필요 없
이 로마 고전 문화의 지주 가운데 한 사람이었다. 그의 작품량
은 엄청났다. 아이들은 그의 작품을 통해 읽기와 생각하기를 배
웠다. 여러 세기 동안 학교의 선생님들은 그의 작품을 주해해 왔
다. 그런데 그의 작품들 가운데 우리에게 남아 있는 것은 단편들
과 재탕 작품들뿐이다. 키케로의 《국가론》만큼이나 유명한 한 논
문도 그의 책들이 지나온 세월의 절반의 시간 동안에 삭제되었
다. 게다가 초기 저서 3권의 훌륭한 유적들이 1820년에 이르러
서야 성 아우구스티누스의 '덧쓴'(palimpsestique) 텍스트 밑에서
'재발견'되었다. 이것은 우연 또는 기적이었다. 왜냐하면 이 원
고는 바티칸 도서관에 있었기 때문이다.

따라서 〈미지의 라틴 문학〉이라는 매력적인 논문의 저자인 H.
바든의 말처럼, 만약 프랑스 문학이 이와 똑같은 침식 과정을 겪
었다면 그것은 '많든 적든 몇 개의 봉우리만이 솟은 허무의 안
개'로 요약되었을 것이다.

고대 로마에서 책은 귀하고 값 비싸고 제조하기 힘든 물건이
었다. 그것은 '일반 대중'이 아니라 어쨌든 부와 문화——이것
들은 항상 짝을 이루어 다니며 가까이서나 멀리서 권력을 행사
할 수 있는 특권을 수반한다——를 가진 자들이라는 제한된 계
층을 겨냥한 것이었다. 심지어 기원전 1세기에는 '도시'(로마)에

'서점'·'출판사'라고 부를 수 있을 정도로 조직적이고 생산적인 사본 공장들이 정착했다. 특히 개인들의 서고가 풍부해진 것은 대출한 책들, 그리고 '전문화된' 노예들이 만든 개인의 사본들 덕이었다. 카이사르는 알렉산드리아 박물관의 공공 도서관을 본떠 로마 최초의 공공 도서관을 세웠다. 점차 속주(屬州)의 지적 중심지들——이것을 대학이라고 부르자——도 도서관을 갖추기 시작했고, 수사본들이 제국 내에 유포되기 시작했다.

'리브라리이'(librarii; 서점들)는 사본들을 제작하고 판매했지만, 이는 작가에게 영예만 안겨 주었을 뿐이다. 단 만일 그가 이 세계의 거물이 아닐 경우, 한 유파 안에서 또는 한 전문가의 후원하에 그의 사회적 토대가 공고해질 수는 있었다. 로마에서 작가는 하나의 직업이 아니었기 때문에 우리는 이러한 후원에 대한 판단을 신중히 할 필요가 있다. 왜냐하면 그것은 문학적 생활과 출판만을 허용하는 후원이었기 때문이다. 어쨌든 18세기말까지 지적 창작은 이러한 후견에 상당히 의존했다.

ㄹ. 로마에서는 누가 글을 읽었나?

고대 로마 문명에서는 누가 글을 읽을 줄 알았을까? 아마 거의 모든 시민, 그리고 상당한 비율의 가정 노예들이 이에 해당될 것이다. 그들 중 일부는 작품의 제작과 소비에서 무시하지 못할 역할을 수행했다. 그들은 텍스트를 받아쓰고 주인들에게 그것을 읽어 주었던 것이다. 구둣점, 나아가 띄어쓰기의 부재는 '조용한' 독서를 불가능한 것으로 만들었는데, 왜냐하면 텍스트를 해독하려면 마치 악보처럼 소리에 의해 인도를 받아야 했기 때문이다. 그 때문에 전문적인 '낭독자'에게 의존할 수밖에 없었다.

문서로 된 텍스트의 구두 전달은 또 다른 주목할 만한 형식을 띨 수도 있었다는 것을 지적해야 한다. 공개 낭독이 그것이었는데, 그것의 '유행'은 아시니우스 폴리오의 책임으로 전가할 수 있었다. 그는 카이사르의 공공 도서관을 채울 수사본을 모았다. 그런데 그 수사본들은 교양 계층이나 황실 살롱에 문학 작품, 특히 시와 연설을 보급시켰고, 그것은 매우 큰 효과를 불러 일으켰다. 그리하여 비록 정말로 자격이 있던 것은 아니지만 오비디우스는 '대중적인' 작가의 명성을 누릴 수 있었다——우리는 폼페이의 담장들에서 그의 시집 《사랑의 기술》의 많은 구절을 발견했다. 그것들은 많은 경우 대단히 음성학적인 철자법의 낙서로 남아 있었다. 하지만 그것이 오비디우스의 책들이 거리에서 유포되었음을 의미하는 것은 아니다.

공개 낭독의 유행은 '책'의 발행을 방해하였을지 모르지만 그러한 유행이 지방에까지 퍼져 나가고, 이를 계기로 문학 작품의 '소비자들'이 상당수에 도달한 것이 문학 창작을 자극한 것으로 보인다. 왜냐하면 기원후 1세기는 황실에서 지방의 자치도시에 이르기까지 문자에 대한 억누를 수 없는 욕망까지는 아니더라도 진정한 비등이 일어난 시대이기 때문이다. 그리고 이러한 움직임을 학교들이 잘 이어받았다. 학교의 '프로그램'은 확대되고 그때부터 고대 그리스의 작가들, 《십이표법》(로마 법제의 기초가 된 텍스트로서 사람들은 그것을 가지고 읽는 법을 배웠다), 원시 로마 시대의 불후의 저서들 옆에 최근 작가들의 자리를 마련해 주었다. 그리하여 먼저 베르길리우스·키케로, 그 다음 호라티우스·세네카·오비디우스는 그들의 독자가 증가하고 그들의 명성이 '교사들'(magistri)의 일상적인 주석 속에서 단단히 뿌리박는 것을 보았다.

따라서 로마에서 문학은 사회의 표면만을 건드렸다고 말해도 과장된 표현은 아닐 것이다. 텍스트의 유포는 매우 제한되었고, 쓰는 행위는 친구들이나 애호가들이라는 한정된 집단을 '수신인'으로 내포했다.

3. 그리스의 빛나는 그림자

오랫동안 로마인들은 문학 창작에 대한 욕구도 재능도 보여 주지 못했다. 이러한 상황은 뮤즈(문예·미술의 여신)들의 일보다 마르스(전쟁의 신)의 일(전쟁을 의미)을 더 선호하는 투박한 국민들의 재능의 둔함에 의해 설명될 수 있을 것이다. 공화정의 로마인들은 철학적·예술적 사색의 남용으로 강국 건설에 서투른 그리스인들의 무익함에 대한 반론으로 '농부 겸 병사인 국민'이라는 소명을 내세웠다. 그리고 그들은 그 점을 자랑스러워한 나머지, 기원전 2세기까지 정신의 노동에 대한 경박한 호의는 그들을 강하게 만드는 고결한 실용주의를 나약하게 만들지 않을까 두려워할 정도였다.

우리는 또 역사적으로 로마인의 '문화 의식'이 단련되는 데 오랜 시간이 걸렸다는 점도 고려할 수 있다. 왜냐하면 라틴어는 좁은 영토의 방언에 불과한데 이웃의 방언들에 의해 경쟁 대상이 되었고, 그러다가 로마의 힘이 증가하고 로마의 제도가 안정된 연후에야 유리한 위치를 차지하였기 때문이다. 심지어 키케로·루크레티우스·살루스티우스가 글을 쓰던 기원전 1세기까지도 로마 사람들은 라티움의 성문에서(로마의 성문이라는 표현을 피하기 위해) 오스카어·리구리아어·에트루리아어를 썼다. 비문과 동상의 헌사가 그것을 증언한다.

　게다가 문화와 사고를 교환할 때 쓰는 언어는 여전히 주로 그리스어였다. 조형 예술과 건축 분야에서 라틴 사람들은 의식적이든 아니든 에트루리아 문화를 통해 그리스 문화의 많은 요소를 재빨리 통합했다. 한편 로마는 초기에 그리스의 식민지인 에트루리아, 또는 캄파니아와 직접 접촉했다는 것을 잊어서는 안 된다. 그리고 이탈리아 남부에서 플라톤을 받아들이고 아르키메데스를 보호하고, 그리고 그리스어로 말하는 이 '위대한 그리스'와도 직접적으로 접촉했다. 따라서 교양인이 되려면 그리스어로 말해야 했다. 그리고 이런 카스트 사회에서 귀족 계급은 이 언어를 빨리 습득했다. 그리스어는 시인들의 언어에 그치지 않고 과학적·기술적 작품, 국제 관계의 언어가 되었다.

　그리스 문학이 웅장한 것이었던 데 반해 창건(이론적으로) 후 2세기가 지난 로마는 아직도 힘겨운 성장기에 있었다. 포에니 전쟁, 그리고 점령은 헬레니즘으로의 길을 열었고, 이러한 영향하에 라틴 문학을 탄생시켰다. 하지만 로마 문화에서는 항상 두 나라 말이 같이 사용되었다는 것을 절대로 잊어서는 안 된다. 그리스어의 두드러진 쇠퇴는 서로마 제국 최후의 순간에야 나타난다. 그리고 이것은 '순수한' 라틴어에는 전혀 도움이 안 되었고, 대신 지방에서 나타난 로망스어 쪽으로의 변화에 도움이 되었다. 로망스어는 '중앙' 권력의 언어와 경쟁했다.

이 책 속에 언급된 모든 작가들은 라틴어만큼이나 그리스어를 잘 알았다. (비록 민족주의에 의해 그것을 부정하기는 했지만!) 왜냐하면 그들은 그리스 작가들의 작품을 읽고 또 읽었기 때문이다. 그들은 그들의 작품 속에서 그리스 작가들의 상속자, 계승자였고, 넓은 의미에서는 모방자였다. 따라서 정복된 그리스가 정신적으로는 자신의 정복자를 식민지화했다고 말할 수 있다. 더 정확히 말하면 헬레니즘 세계의 문화의 힘과 창조성(왜냐하면 로마인들은 로도스 섬·페르가몬·알렉산드리아를 통해 그리스의 지식과 미를 배웠기 때문이다)이 너무나 막강하여, 로마인들의 기호를 '형성하고' 교육하고 현혹시켜서 거의 모든 '토착' 양식들을 추방해 버렸기 때문이다. 게다가 그것들은 제대로 발전되지도 못했다. 왜냐하면 퀸틸리아누스는 풍자시만이 '국가의' 문학 장르로 인정될 수 있고(satura tota nostra est), 고졸한 '사투르누스' 시형(지금 우리는 그 규칙을 이해할 수 없다)만이 그 이름이 가리키듯 이탈리아의 것임을 주장할 수 있다고 지적했다. 왜냐하면 이탈리아란 말은 '사투르누스(씨 뿌리는 신)의 땅'을 의미하기 때문이다.

사실 라틴 문학이라고 하는 것이 눈을 뜨기 전에 그리스 문학은 그의 모든 걸작을 생산했다. 따라서 그리스 문학은 원천의 역할과 미적·방법론적 모델의 역할을 동시에 수행했고, 빈번한 접촉에 의해 문화 획득의 필수적인 도구가 되어 라틴 창작자에게 그의 '독트리나,' 즉 장르·기술·개념·형태에 대한 지식을 가져다 주었다.

4. 신화에 관하여

라틴 문학, 특히 시를 연구할 때 현대 독자에게 충격을 주는 특징의 하나는 신화적 암시의 풍부함이다. 그것은 상당히 많은 독서의 장애가 되기도 한다. 그것은 일반적으로 누가 누구이고, 시인이 암시하는 것이 어떤 영웅 또는 신의 대파란이고, 이러이러한 용어가 어째서 이러이러한 신을 가리키는가를 설명하려면 상당히 많은 주석이 필요하기 때문이다. 왜냐하면 티티오스·리오다미아·멜레아그로스와 친숙할 사람은 아무도 없으며, 수많은 난처한 동음이의어——크레우사는 아테네의 왕인 에렉테우스의 딸, 또는 트로이의 왕인 프리아모스의 딸이다——는 늘 상황을 혼란스럽게 만들기 때문이다. 그것은 당황스러울 만큼 이국적이고 결국은 독자를 낙담시킨다. 왜냐하면 만일 프로페르티우스의 책 20쪽을 읽기 위해 아스피린 한 통과 신화학 사전이 필요하다면 그 책의 아름다움을 맛보기는 힘들 것이기 때문이다.

(우리에게 성가신 것처럼 보이는) 이 신화는 그리스가 로마에 물려 준 유산의 하나이다. 문제는 그것이 이 문화와 다른 문화 안에서 어떤 위치를 차지했는지를 알아서 우리의 텍스트들 안에서 '신화를 언급하는 행위'의 역할을 평가하는 것이다. 왜냐하면 우리가 자문할 수 있다면, 만일 그리스인들이 그들의 신화를 믿었다면——이것은 폴 벤의 흥미진진한 저서의 제목이다——마지막으로 문제를 연장해 로마인들이 그리스인들의 신화를 어느 정도나 '믿을 수' 있었을까를 자문해 볼 필요가 있을 것이다. 그들은 그걸 가지고 무엇을 했을까? 그것이 무슨 소용이 있었을

까? 누가 그것을 알았을까?

　도처에, 다시 말해 네거리·광장 모퉁이·복도, 그리고 물론 그들의 시민생활의 중심에 신상을 모시는 것이 로마인들의 취향이었다. 하지만 일상생활을 여러 가지 관습과 가책으로 정확히 규제하는 이 공적이고도 사적인 종교는 신화와는 별 상관이 없었다. 실제로 이 종교는 용어의 깊은 의미에서 신화를 포함하지 않는다. 혹자는 고대 로마 문화에서(그리고 심지어 이 문화의 에트루리아의 원천에서) 위대한 족보의 발전, 신들의 위업을 다룬 연작들, 요컨대 복잡하고 상세한 하나의 이야기, 그리고 세상의 지리와 역사에 대한 상징적인 설명을 찾을지 모르나 그것은 헛된 일이다. 조르주 뒤메질이 입증했듯이, 로마인들은 상당히 일찍부터 '신들의 시대'와 인간의 시대 사이에 경계를 무너뜨리고 그들의 신화를 '역사화' 했다. 인도유럽의 전승(로마인들도 그리스인들과 마찬가지로 거기에 종속되었다)은 로마의 건국사나 초기 역사에 삽입된 '역사적'——또는 가(假)역사적——에피소드와 인물들로 주조되었다. (유물들도 마찬가지이다.) 이러한 사실이 로마 서사시의 특별한 생동감을 부분적으로나마 설명할 수 있을 것이다. 그리고 로마의 서사시는 전적으로 역사적이지는 않더라도 역사와 강하게 관련되어 있다. 로마는 그리스와의 접촉을 통해 신화를 배웠다. 그리고 그것을 즐겼다.

　정복된 백성의 신들을 '수입'하고 필요한 경우 쉽게 동화함으로써 그것들을 제 것으로 삼는 것은 로마인들에게는 관례적인 일이었다. 이런 이유로 로마 종교의 그리스화는 로마 문화의 그리스화와 동시에 진행되었다. 그것은 아마도 같은 매개물을 통해서였을 것이고, 그것은 주로 문학이었다. 라틴 사람들은 호메로스에게서 서사시를 배운 것처럼 그리스 작가들, 옛 신화학 학자들, 서사시나 비극작가들, 그보다 더 확실하게는 알렉산드리아파 시인들의 계승자들의 작품을 빈번히 접함으로써 신화 작품들에 익숙해졌다. 알렉산드리아파의 계승자들은 이미 신화를 문학의 소재로 확실하게 바꿔 버린 사람들이었다. 그리스 신화가 로마에 도착했을 때, 그들은 그것이 이미 문학 이외의 아무것도 아니라고 기록하려 했던 것 같다. 신성한 마력으로 장식된 인물들이 등장하는 아름다운 이야기들의 멋진 보고일 뿐이라고. 이런 태도가 전통 파괴주의일 수 있다고는 믿지 말자. 왜냐하면 그들의 본래의 기능——영웅들의 이야기를 통해 '신들의 시대'와 인간의 시대 사이의 전환을 마련하고 조상들을 꾸며내거나 개념을 형성하는 것——면에서 그리스 신화들은 오래 전부터 핵심을 잃고 전체적으로 '민속적인' 성격을 띠고 있었기 때문이다. 하지만 그리스에서 이 신화집들은 교육과 시적 영감면에서 중요한 자리를 차지했다. 반면 로마에서 신화는 우선 호기심의 대상이었고, 그 다음에야 박식함의 대상이었다. 종교와의 충돌은 대개 헤라클레스처럼 로마인들의 기질에 가장 부합하는 영웅들을 격상시킴으로써 '위대한' 신들의 속성을 통합하는 데 그쳤다.

그렇다고 물론 신화의 본질적인 미덕, 즉 상상의 세계의 양분 노릇을 하는 것을 배제한 것은 아니었다. 로마인들은 그 점에 특히 민감했다. 이 분야에서 그리스에 대한 모방은 철저하고 고무적이었다. 문학의 영역에서 신화는 줄거리·인물·감정의 학술적인 창고를 마련했다. 라틴 극작가들은 그들의 고유한 기질에 따라 역사 드라마를 연출하면서도(토가의 연극을 통해) 그리스인들을 모방하여 굵직굵직한 신화 작품군(트로이 작품군, 테베의 작품군, 아르고스의 작품군 등)의 드라마를 그리스 의상의 연극으로 연출했다. 신화의 에피소드들은 조형 예술에 인물과 주제를 제공한 것처럼 시의 소재도 되었다. 그리고 때로는 그 두 가지가 결합되어 다루어지기도 했다. 로마 시에서 신화는 하나의 미술 작품, 회화나 태피스트리(장식 융단)에 관한 사색을 전제로 할 때가 대단히 많았다. (우리가 생각하는 것보다 더.) '신화적 소재들'은 르네상스 회화를 휩쓸었을 때와 같은 방식으로 학문적이고 우아하거나 무서운 우화라는 약간은 이국적인 매력을 라틴 시의 상상의 세계에 제공했다.

우화라는 말은 결국 우리를 본질로 돌아가게 한다. 그것은 그 단어가 수사학 용어에 속하기 때문이다. 넓은 의미에서 수사학이 순수한 허구의 대용어로 발전하지 않을 때, 신화는 '수식'(fi-gure)으로서 라틴 시 안에 개입한다. 우리는 사냥꾼을 '넴로드'로, 힘이 센 장사를 '헤라클레스'로, 미남을 '아폴로'로 부른다. 또는 우리의 신화(문학의 정수!)에서 본떠서 '타르타랭'(허풍선이), 또는 동 쥐앙(바람둥이)을 끌어내기도 한다. 이것은 하나의 명사 실어증[물건의 이름을 잊어버리는 정신상태]이다. 티투스 리비우스(그는 변덕쟁이가 아니다)가 '전쟁'을 표현하기 위해 '마르스'라고 말하였다면 그도 같은 방식으로 그 표현을 사용한 것이다. 더 넓게, 사랑의 절망은 아리아드네의 포기로, 복수의 잔인함은 메데이아의 범죄로, 그리고 심지어 사랑의 포옹의 자세는 아탈란타와 밀라니온의 습관으로 표현될 수 있다. 마찬가지로 직유와 은유는 라틴 산문, 특히 시에서 기꺼이 신화를 차용한다. 우화(이것은 근본적으로 복잡하고 일관성 있는 '길게 늘인 은유'이다)로 말하면, 그것이 이 텍스트들 안에서 차지하는 위치는 관학풍 회화에서 그것이 차지하는 위치와 상당히 흡사하다. 두 경우 모두 폭력과 쾌락 사이의 모호한 관계가 마르스와 비너스의 결합에 의해 쉽게 표현되고 있다.

따라서 우리는 신화가 어떻게 텍스트의 장식에 기여하였으며, 이런 미적 기능이 고대인들에 의해 연마되어 지금 우리에게 매우 귀찮게 여겨질 정도에 이르렀다는 것을 알게 되었다. 신화는 텍스트에 '활기'를 불어넣었다. 그리고 이를 위해 시인들이 항상 겉치레의 위험을 피하기만 한 것은 아니다. 심지어 그들은 이에 열중하기도 했다. 안심하시라, 신화의 '수수께끼들'(때로는 상당히 세련된)은 오비디우스만큼 박식하지 못했던 고대인들에게도 역시 가혹한 것이었고, 그래서 우리처럼 신화학 개론서를 펼쳤던 모양이다. 그 한 예로 갈루스라는 시인에게 헌정된 파르테니우스의 개론이 있는데 시인들은 이를 애용했다.

5. 수사학 · 문화 · 문학

요즘 우리가 '언어의 예술'과 그것의 산물을 접할 때 우리는 수사학을 연구하지 않아도 된다. 그리고 우리는 심지어 수사학에 미덕보다는 악덕을 더 많이 부여한다. 하지만 우리는 이 용어의 모든 부정적인 의미를 제거해야 한다. 그리고 고대에는 수사학이 모든 작가의 예비 교육 과정이었을 뿐 아니라 언어·표현·비유·작문과 거론되는 사고, 단어의 조화, 심지어 '텍스트의 즐거움'에 관한 모든 견해의 지적(知的) 틀이었다는 것도 숙고해야 한다. 왜냐하면 그것으로부터 오늘날 우리가 '문학 비평'

이라고 부르는 것이 생겼기 때문이다.

고대인에게 글쓰기를 배우는 것은 우선 말하기, 즉 대중 앞에서 말하기를 배우는 것이었다고 할 수 있었다. 그것이 수사학의 본래의 사명이다. 사실 고대인들에 의해 주먹을 쥔 모습으로 표현된 변증법과 달리 펼친 손의 수사학은 그것의 연속성 안에서 담화에 관심을 가지며 청중을 설득시키기 위해 단어들을 배치하는 수단에 관한 방법적 시험을 제안한다. 말하자면 주의를 환기시키고, 아이디어를 발견하고 정리하고, 논지를 전개시키고 정확한 단어 혹은 표현력이 풍부한 비유로 청중을 매료하고 필요하다면 감동시키기도 하고, 기지를 드러내고 때로는 어리둥절하게 하면서도 대중의 기호와 충돌하지 않는 것이다.

처음에는 대단히 '실용적'이었던——사람들은 예비 과정 때, 또는 법정이나 집회에서 사회·정치적인 연설 행위를 흉내낼 때 모든 주제에 관한 찬반을 주장하는 기술을 철저하게 분석했다——수사학 학원들은 그들의 학습 범위를 표현 기술의 총체로 확장시켰다. 논리, 수식, 각기 다른 담화 양식들의 특수한 제약, 그로부터 연역되는 각기 다른 문학 장르 유형의 분류. 자, 이것은 하나의 거대한 커리큘럼이다. 물론 선생들의 교육법은 주석, '문체의 훈련,' 참고하는 작가가 사용한 모든 단어·문장·시구에 관한 꼼꼼한 설명을 아끼지 않음으로써 '감탄스러운 무기력증'을 야기했다는 의심을 받을 수 있고, 그것은 틀린 말이 아니다. 감탄스러운 무기력증의 효과는 때로는 라틴 산문과 시 안에서 느껴진다. 하지만 엄밀한 의미의 수사학 교육에는 대작가들의 독서 외에도 여러 영역——법률·역사·지리·철학, 그 위에 음악과 과학적 소양의 요소들——에 대한 지식의 습득이 요구되었는데, 그것은 미래의 웅변가들의 inventio(아이디어·논지를 발견하는 기술)를 함양하기 위해서였다.

수사학은 따라서 그 시대 사람들의 '총체적 교양'의 핵심에 있었으며, 만일 우리가 '백과사전적인' 지식의 통로가 모이는 장소를 찾아야 한다면 아마도 그곳에 가야 할 것이다. 사람들은 라틴 문학의 가장 '기술적인' 작가들——사료편찬자나 자연과학자는 제외하고라도 콜루멜라 같은 농학자들, 비트루비우스 같은 건축가들——마저도 웅변술 교사들의 착실한 제자들로서 예술의 법칙에 따라 '철학적인' 머리말을 꾸미고, 필요한 경우에는 시구도 척척 쓸 줄 알았다는 것을 목격하면서 그 점을 납득할 것이다. 실제로 하나의 작품을 쓰기로 작정한 라틴 작가는 수사학의 모든 도구를 소유하고 있었고, 그것을 적절히 사용하는 법을 알았다.

기원전 2세기 중반부터, 다시 말해 문학 창작이 로마에서 이제 막 결정적인 도약을 앞두고 있었을 때 그리스의 학원들은 '비실용적인' 수사학 교육에 큰 몫을 할당하고 있었다. 우리는 그것을 세번째 유형의 수사학이라고 부를 수 있을 것이다. 참고로 연설의 첫번째 장르는 사법 연설(법정에서)이고, 두번째는 토론 연설(집회에서)이다. 어떤 경우든 그곳에서는 싸움을 이끌어야 하고, 승리를 거둬야 하고, 그곳에 모인 청중으로부터 호의적인 판결을 이끌어 내야 한다. 그리스어로는 'épidéictique' 라틴어로는 'démonstratif'(논증)라고 불리는 세번째 장르는, 청중의 감탄 외 다른 목적 없이 모든 발언을 온통 한곳으로 집중시켰다. 이런 일은——처음에는——공식적인 의식에서 벌어졌지만 더 넓게는 가장 다양한 분위기에서 벌어지기도 했다. 대의를 주장하거나 의견(회중 앞에서 정치적 입장을 취하는 것)을 옹호해야 하는 구속으로부터 해방된 수사학은 상상의 세계(허구)와 관념의 표현의 장을 더 잘 개척할 수 있었다. 이야기는 연설의 기술(사실의 상기, 또는 간략한 역사적 환기)에 그치지 않고 기술(記述)과 동등하게 그의 고유한 가치를 찾았다. 헬레니즘 시대에는 수사학이 명백한 웅변술의 학습의 장으로 드러나면서 문학의 실험실이 되었다. 왜냐하면 우리가 문학이라고 부르는 것은 논증 장르의 영역을 아우르면서 거기에 연극과 시의 창작을 추가하기 때문이다. 고전 그리스 시대부터 연극과 시는 수사학과 그 교육에 의해 많은 영향을 받았다.

1세기 뒤에 로마에서 광범위한 '근대주의' 문학 운동이 갑자기 나타나 그리스의 본보기들을 부인하지 않으면서도 수사학으로 장식된 사료편찬학과 라틴 민족의 철학적 문학의 개화를 격찬한 것은 그렇게 설명될 수 있다. 그리고 우리는 앞으로 'sua-soire'(판단을 부추기는 연설) · 'éthopée'(역사적 또는 신화적 인물의 허구적인 연설) · 'ekphrasis'(예술 작품의 예술적인 묘사)와 같은 수사학 훈련의 발전이 현존하는 문학 장르들을 얼마나 풍부하게 하고 어느 정도로 영향을 주면서 새로운 장르들을 만들거나, 하부 장르들(이를테면 '짧은 서사시,' 가공의 편지, 그리고 어쩌면 소설도. 소설은 화려한 미래가 약속된 혼합 양식 장르였다)의 형성에 도움을 주었는지를 보게 될 것이다.

마침내 수사학은 '비천한 것'(humilis)부터 '숭고한 것'까지 어조와 문체의 특징을 나타내면서, 또는 언어의 정확성과 명료함에 관심을 기울이면서, 또는 적절함과 기호의 문제를 제기하면서 세 분야에서 문학의 창작을 알렸다. 문체론 · 언어학 · 미학이 그것인데, 우리가 보기에는 이것만으로도 충분히 학과목들을 구성했을 법하다. 수사학은 그의 뒤늦은, 그러나 만족스러운 전개——'제2의 궤변술'——를 통해 총체적인 언어과학으로서의 지위를 확실히 확보한다.

6. 모방과 문학 창작

앞선 두 단락의 자료들——그리스의 영향과 수사학의 실천——을 결합시키면, 로마인들의 문학 창작에 '모방의' 특성이 무척 강한 까닭을 이해할 수 있을 것이다. 독창성은 전통을 풍부하게 만드는 행위로 전개될 수밖에 없으며, 하나의 문학 작품은 마치 '캄캄한 재난에서 이승에 떨어진 말없는 돌덩이' 처럼——또는 말라르메주의자로 남고 싶다면, 주사위 한 번 던지기의 결과로——불쑥 나타날 수도 있다는 것을 이해하자. 고대 시인에게 자신의 기억 속에 찬미하고 모방할 스승, 솜씨와 재능을 경쟁할 수 있는 auctor(한 장르의 창설자, 또는 한 문체의 대가)가 한 명도 없다는 것은 분명 재난일 것이다. 사실 고대는 '절대적인' 혁신이라는 것을 믿지 않았다는 것을 이해해야 한다. 왜냐하면 로마에서 res novare(새로운 것을 만들다)라는 표현은 경멸적인 의미에서 '변혁하는 것'을 의미했으며, 무모하고도 위험한 전복을 함축했기 때문이다.

그렇다고 모든 분야에서 가능한 진보에 대한 개념을 비난한 것은 아니지만 이러한 진보 개념은 '완성'이라는 용어로 생각되었다. 예술의 역사책을 한 권 만들어야 한다면 그 모델은 조각의 발달이 될 것이다. 거기서 기술의 진보는 대충 깎은 돌멩이를 번쩍거리는 대리석으로 만드는 데 그친 반면, 영감과 양식화의 진보는 규격에 맞는 형태의 조화, 자세의 표현성, 소재의 역학을 완성했다. 마찬가지로 문학 비평의 어휘——일례로 키케로 또는 퀸틸리아누스의 작품에서——는 조형 예술의 개념을 많이 빌려왔다. 그리고 산문이든 시든 문학 작품은 근본적인 새로움 없이 하나의 모델, 하나의 스승을 깊이 생각하고 풍부히 함으로써 '지속적인 창조' 안의 하나의 순간처럼 고대인의 생각 속에 새겨진 것이 사실이다. 프로페르티우스가 칼리마코스와 필레타스의 후견을 내세웠듯이 키케로는 라틴의 데모스테네스(그리스의 위대한 웅변가)가 되려고 노력했다. 또한 호라티우스는 핀다로스와 경쟁할 만한 대담성은 없다고 고백했지만, 알크만·알카이오스·사포와 같은 아이올리스의 서정시인들과 그들의 알렉산드리아파의 모방자들의 노래를 '이탈리아식 박자에 첨가'한다고 엄숙하게 선언했다.

이러한 예들은 그리스 모델들의 '라틴화'에 해당되며, 이 시인들은 자신들이 '최초로' 이 지극히 신성한 스승들을 라틴어로 모방했노라고——번역이 아니라——자랑스럽게 주장하였다. 이 라틴화는 일종의 '로마화'로 이해되어야 한다. 왜냐하면 만일 그들이 같은 원작에 의존한다면 뮤즈들의 원작밖에 없는데, 프로페르티우스 또는 호라티우스는 그리스의 형식과 장르를 라틴의 표현과 감수성에 맞게 개작할 줄 알았던 만큼 자신들을 primus(일인자) 또는 princeps(선도자)로 칭했다. 하지만 국내 문학의 진보와 함께 라틴 사람들은 그들끼리 서로 모방하기에 이르렀다. 루크레티우스만 해도 엔니우스를 모방했고, 호라티우스는 그의 《풍자시》가 루킬리우스에게 빚지고 있다는 것을 모르지 않았고, 베르길리우스는 전원 연애시의 작법에서 재능을 가지고 있었던 그의 선배 갈루스에게 경의를 표했다. 결국 오비디우스 이후, 라틴 고전주의는 오만하고 느린 라틴 문화권의 작가들에 의해 모방된다. 하지만 상당히 일찍부터 그리스와 라틴 모델 작품들은 서로 뒤섞였고, 갈루스를 통해 베르길리우스가 모방한 '라틴 테오크리토스'는 거의 전국민에게 보급되었다. 그 결과 라틴 원전들은 그리스 원전에 대해 확고하게 우위를 다지게 된다.

7. 모방의 미적 토대

로마인들은 작가들을 '비교 검토'하는 데 뛰어났다. 플루타르코스가 위인들의 삶을 다룬 것도 그런 예라고 할 수 있다. 그들은 이상한 서열을 매기기도 하였다. 이를테면 문법학자 세르비우스의 말에 따르면, 베르길리우스(《아이네이스》에서 그를 모방했다)는 호메로스보다는 상당히 뒤졌고, 헤시오도스(《농경시》에서 그를 모방했다)는 여유 있게 앞섰으며, 테오크리토스와는 거의 대등한 시합을 했다는 것이다. 이런 문학 비평 방식——그리스 용어를 다시 쓰자면 syncrisis인데, 이는 '비교'를 의미한다——은, 위대한 텍스트와 위대한 작가들과의 빈번한 접촉에 의해 수사학 학원에서 형성된 로마인의 취향이 우리의 취향과는 상당히 다르다는 것을 보여 준다.

안 마리 기유맹은 〈고대 문학에서의 모방〉에 관한 논문(《라틴 연구회보》, 1924, p.35-57)에서 "고대인들은 우리와는 전혀 다른 미적 쾌락을 원했다"라고 강조하였는데, 그 말은 옳다. 플라톤은 미는 하나의 이상이고 초월적인 것임을 밝혔다. 아리스토텔레스는 왜 인간은 추한 대상을 표현하는 데에서 기쁨을 느끼는지를 자문하면서, 미적 만족은 지적 질서에서 나오며 모방 밑에 '식별'을 내포한다는 이론을 확립했다. 문학의 즐거움은 이런 질서에서 나온다. 즉 플라톤주의, 그 다음 미메시스(이것은 특히 시학에 적용된다)를 논한 아리스토텔레스주의 이론에 깊이 들어가지 않더라도 예술 작품을 지금 존재하는 것, 또는 존재해야 할 것의 모방으로 이해해야 한다. 그리고 표현에서도 현실과 이상 사이에 이런 식으로 끼워넣어진 관계에 대한 인정이 관객이나 독자의 감상을 야기한다.

문학 작품이 어떤 아름다운 작품을 모방할 때 그것은 이런 본래의 아름다움의 성질을 띠고 있으며, 보다 뛰어난 예술의 가치들에 의해 그것을 확장시킬 수 있다. 왜냐하면 하나의 모방에 대한 모방은 그 자체가 모델의 '모방적인' 아름다움, 그것의 본래의 '모방적인' 아름다움을 지니고 있기 때문이다. 우리는 롱기노스의 작품으로 간주되는 《숭고에 대하여》에서 하나의 아름다운 모델의 뛰어난 미메시스만이 숭고함으로 인도할 수 있다고 한 글을 읽을 수 있다. 그리고 다른 작가들은 다양한 모델로 분산된 아름다움들의 모방만이 참으로 미에 인도할 수 있다고 주장하고 있다. 우리는 '고전주의'와 '관학주의'의 개념들의 중심에 있는 이 이론들이 고대 이후에도 충분히 살아남아 낭만주의에 이르기까지 서양 예술의 모든 역사를 사실상 수태시켰음을 목격하게 될 것이다.

8. 경쟁심

　고대 문학 창작에서 모방과 그것의 역할에 대한 그릇된 평가는, 라틴 작가들은 '베끼기밖에 안하는' 행실 나쁜 괴짜들이라는 그릇된 관념으로 인도할 수 있다. 물론 애가와 같은 장르들에서는 때로 한 작가에서 다른 작가로 이어지는, 때로는 사람을 진력나게 하는 '고쳐쓰기' 현상이 나타난다. 그리고 이 현상은 때로는 유사한 형태로 같은 주제를 지닌 한 작가의 작품에서도 나타난다. 티투스 리비우스의 이야기는 더 이상 무한히 다양하다는 인상을 주지 못한다. 그리고 우리는 퀸투스 쿠르케스의 작품에서 알렉산드로스 대왕이 그의 병사들에게 말하는 장면이, 《토마사》(티투스 리비우스)에서 한니발이 그의 군대에게 말하는 장면과 비슷한 것을 보면서 한숨짓는다. 계속 이런 식이다. 더 이상은 언급하기도 싫다. 하지만 우리는 모든 화가들의 '성모영보'가 비슷한 경향이 있다는 것을 목격하게 될 것이다.

　사실 고대 문학에 대한 비평은 맹목적인 모방에 대해서는 가혹했고, 표절에 대해서는 특히 더 그러하였다. 헌정이든(바르트크 협주곡이나 재즈 코러스에서 한 악절을 '인용'할 때처럼), 문맥에 유쾌하게 적용된 참고든, 매력적인 단어들의 미세한 굴절과 함께든 차용은 합법적이다. 반대로 문학의 '야만적인' 차용은 진짜 '도둑질'(furta)로 주석가들에 의해 가차없이 적발되었다. 베르길리우스의 작품이 그랬고, 그는 그 점 때문에 비난받았다. 사람들은 추악한 모방의 목록을 만들었다. 모방이 비굴한 베껴쓱(imitatio servilis)으로 귀착되지 않고 모델 자체에 의해 자극된 미묘한 창의성으로 귀착되는 한, 전문가들은 기만당하지 않았다. 이런 재량·경쟁심(aemulatio)은 쩨쩨한 경쟁 대신 대가들에 대한 감탄과 그들을 능가하려는 근심을 결합시키려는 야심을 내포하고 있었다. 구전 작품이건 연극 작품이건 초기의 고대 문학은 이른바 '게임'(agon)이 될 수 있었다. 즉 경쟁·시합의 대상이었다. 사람들은 거기서 동향인들의 감탄과 왕관을 획득했다. 말하자면 거의 신성하다고 할 수 있는 불멸성을 획득한 것이다.

왜냐하면 고대인들에게 시적 영감은 운좋은 지성의 배치가 아니라 신성한 재능이었기 때문이다. 천재는 모두 신과 뮤즈가 호의를 베푼 위대하고 동일한 가계 출신으로, 구전에 따르면 몇 가지 기적이 그것을 증언한다. (이를테면 영감을 받은 시인의 입술 위에서 꿀벌들이 기꺼이 꿀을 모은다.) 하지만 불멸성의 문은 고대인들의 감탄과 그들의 고유한 재능의 독창성을 양립시킬 수 있는 자들에게만 열렸다. 호라티우스는 엄청난 자부심이 있었기에 그의 귀감인 대서정시인들 속에 끼워 줄 것을 요구했다. 로마에서, 존경과 경쟁심에 대한 이 변증법적 논리는 자손들을 신들 뿐 아니라 조상들에게 연결시키는 효성의 망설임과 흡사할 수 있다. 그리고 많은 점에서 마루가 지적했듯, 여러 세대 사이에서 그런 종류의 항구적이고 존경심이 담긴 대화를 짜는 모방은 교육의 일부를 이루고 마치 애국심을 형성하듯 문학에 대한 의식을 형성한다.

따라서 위대한 작가들은 모방을 하나의 '문체 훈련'으로 행한 것도 아니고, 그들이 갖지 못한 아이디어를 타인에게서 빼앗은 것도 아니다. 이러한 관점에서 19세기말 독일 비평의 오류(Quellenforschung; 또는 기원의——편집병적——탐색)는 문학적 유사성에 의거하여 영향과 원천, 암시와 흉내, 문화적 기억과 이전 작가들에 대한 표절을 혼동한 나머지 라틴 문학을 철저하게 해부한 것 같다. 시인이나 산문가가 모방 행위를 할 때 그는 그것을 의식한다. 그리고 대개는 그의 모델을 떳떳이 공표한다. 그대가로 우리는 경쟁심의 재치를 그에게 허용할 수 있으며, 만일 그가 똑똑한 것으로 확인되면 그의 천재성을 인정할 수 있다. 이를테면 살루스티우스가 자기 방식대로 투키디데스의 격언을 인용할 때, 그는 이 그리스 역사가의 문체와 역사관에 대한 동의를 표명하고 있다. 이는 그의 모든 작품에서 드러난다. 그리고 《펠로폰네소스 전쟁사》를 표절한다고 해서 그의 부족한 영감을 채우지는 못할 것이다.

9. 문학 장르 이론

우리가 이 예비 입문 과정에서 접근해야 할 마지막 사항은, 이전 것들보다는 수적으로 적은 문제를 제기하는 것처럼 보일지 모른다. 그것은 문학 장르의 내용, 형식적 규칙들, 고유한 미학 면에서 상당히 엄격하게 정의된 문학 장르 체계의 놀랄 만한 영속성에 관한 것이다. 여기서는 몇 개의 드문 예외(허구적인 편지와 소설의 출현 같은)를 빼고, 그의 긴 역사를 따라 라틴 문학 전체를 다루겠다.

문학의 형성의 원칙과 모방은 서로 결합됨으로써 이러한 안정성을 쉽게 설명할 수는 있지만 단절 없이 커다란 전환들을 수용하는 체계의 적성을 그 자체로서 설명하지는 못한다. 왜냐하면 기원전 1세기 중반부터 시의 경향은 짧은 단편들의 매력을 '다시 발견하고' 서사시처럼 '긴' 장르에 적합한 주제를 다루는 방향을 이쪽으로 바꾸는 것이었기 때문이다. 또는 이것은 더 심각한 문제인데, '이교도의' 장르를 새로운 문화, 그리스도교 세계의 문화가 별 어려움 없이 흘러 들어갈 수 있는 틀로 만드는 이런 진정한 전환도 설명하지 못한다.

좀더 멀리 가면 우리는 서사시를 정의하기 위해 인도의 서사시보다 호메로스나 베르길리우스를 더 고려하고 있으며, 따라서 오늘날에도 이 체계에 의존하고 있다고 말할 수 있을지 모른다. 그것은 문화적 유사 관계 때문만이 아니다. 왜냐하면 걸작들은 '장르의 법칙'을 그 무엇보다도 더 잘 보여 주었기 때문이다.

고대인들 자신은 이 장르 체계를 지배하는 이론적인 정의 체계를 완벽하게 제어하지 못했다는 것을 깨달아야 한다. 어떠한 엄격한 분류도——퀸틸리아누스가 그의 저서 《웅변교수론》에서 시도한 것조차——전적으로 설명하지는 못한다. 관점은 가지각색이며 그에 따라 우리는 표현 형태, 특정 주제, 기획의 '지향성,' 저자의 주관성과 그것과의 관계에 집중할 수 있다. 아리스토텔레스처럼 '내용에 따른' 정의에서 출발하면, 일어났던 일들을 기술하는 조건만 충족된다면 사료편찬이 반드시 운문 대신 산문으로 쓰여야 한다는 법칙은 없다. 반대로 비극은 산문일 수 없는데, 그것은 운율로 된 작품만이 이러한 "각기 다른 부분에 따라 특별한 종류의 양념에 속하는 언어 속에서 고상하고 완벽한 어떤 행위, 어느 정도의 범위, 이야기에 의해서가 아니라 행동중인 등장인물들에 의해 만들어진 모방"(《시학》, 1449b)에 어울리기 때문이다. 그때부터 서사시와의 차이는 등장인물들의 극도로 도덕적인 특성 때문에 시적 형식도 요구하고 결국 아리스토텔레스는 잠정적으로 서사시를 '6각시로 모방하는 기술'로 정의한다. 이는 특정한 운율 형식이 그 자체로서 결정적인 성격인 것과 마찬가지이다. 실제로 이제부터, 특히 호메로스 이후의 문학에서 서사시는 성격·사건·상황의 유형에 의해, 그리고 이야기 '끼워넣기'——호메로스식으로——에 의해 구별된다.

요컨대 고대인들에게서 장르 체계는 특히 어조·형식·주제의 합당성이라는 가설에 근거를 둔다. 그리고 그것들 사이에는 어떤 '일치'가 존재해야만 한다. 만일 우리가 이 요소들 중 하나를 빼돌린다면, 그것이 우롱에 의한 것이든 분류하기 어려운 하위 장르를 만들기 위한 것이든간에 우리는 장르에서 벗어나게 된다. 따라서 작가들은 제한된 수의 기본적인 장르에서 출발하여 파괴에 의해서보다는 점진적인 변화에 의해, 일시적인(그리고 만일 그것이 자주 모방될 경우엔 지속적인) 독창성을 부여할 수 있는 혼합 장르를 만들었다. 부차적인 이 장르들의 후손이 그들의 원래 장르들보다 더 클 때가 많다. 그리고 이 후손에게 더 민감한 현대 독자의 눈은 때로는 고대의 문맥에서 그것들의 위치를 설정하는 데 곤란을 겪기도 한다. 이리하여 라틴 애가는 그것의 운율적 형식과 은유적 유희에 의해 비극(그것은 근엄함을 거부한다), 특히 서사시에 동시에 대립하여 유희적으로 그것들의 품위를 떨어뜨린다. 오비디우스의 '서문'을 검토하면 로마인들에게 이런 파괴적인 반대는 두드러지고 널리 애호되는 현상이었음을 알 수 있다. '패러디의 기쁨'은 연애시의 즐거움을 배가시켰고, 셰니에에서 괴테를 거쳐 릴케에 이르기까지 후대 작가들은 아우구스투스 시대에 묵살했던 감정적·미적 밀도를 연애시에 되돌려 주었다. 작가들의 독창성과 그들 고유의 창조성이 결정적인 역할을 할 수 있었던 것은 이런 수준에서였다. 모방, 수사학의 형식주의, '장르의 법칙'의 모든 제약에도 불구하고 대대적인 문학적 성공은 혁신을 가져왔다. 그리하여 카툴루스의 시는 로마에 '시의 근대성'의 비약을 제시하고 아우구스투스 시대의 시인들은 그것을 이용하게 된다. 알렉산드리아파의 모방을 넘어서 하나의 새로운 문체가 탄생했는데, 그것은 상당히 로마적이었고 또 환상에 대해 개방되어 있었다. 호라티우스의 서정, 오비디우스의 예술적 유머는 장르 체계에 관해서는 그만큼 거리를 남기게 된다. 세네카의 은유의 힘은 괴상하다고 말할 수 있는 색깔에 관한 철학적 논의를 연마하고, 타키투스의 풍부한 표현력은 사료편찬에 전례 없는 감동적인 깊이를 마련해 준다. 두 경우 모두에서 철학적 논설, 역사적 연대기는 하나의 장르로서 결정적인 '개성화'를 치른다.

나(le moi)가 혐오스럽기를 그치려면, 그리고 그림에서 인상주의가 그랬듯 장르의 위계를 뒤엎는 주관성이 문학 창작에 코페르니쿠스적인 혁명을 실행하려면 아직도 많은 세월이 필요할 것이다. 그것은 문학 창조의 중심을 예술 작품에 두지 않고 예술가와 그의 감수성, 그의 솔직성에 두는 것이다. 우리는 자주 상투적인 말이나 '아카데미적인' 관례에 의한 배려에 의해 당황하고, 전투론이나 전투담의 학술적 과시 앞에서 그렇듯 신화의 박식함에 어리둥절해지겠지만 구상 · 영감 · 형태의 관리 안에서 특유의 '패턴들'의 무게를 생각함으로써 이 작품들을 좀더 잘 감상할 수 있을 것이다.

2

문학적 로마니테의 정복

하나의 문학의 기원을 정확히 파악하는 것은 항상 어려운 일이다. 왜냐하면 가장 오래 된 작품들은 남아 있는 경우가 드물고 극히 단편적이기 때문이다. 그리고 우리는 그저 기원전 3세기 이전 이탈리아에서 있었던 조촐한 문학적 발전을 상상해 볼 수 있다. 그것들은 대개 방언을 사용한 서민적인 작품들이었다. 지금 우리에게 남아 있는 엄밀한 의미의 라틴 문헌들 안에는 영감, 또는 형태의 잔류자기(殘留磁氣)만이 존속할 뿐이다.

로마의 정치적 지배는 라티움을 넘어서면서 이 이탈리아 민족의 문화를 흡수했고, 그 충격은 그리스의 문화와 함께 결정적인 전기를 마련한다. 기원전 4세기 후반, 라틴 언어와 사고는 이러한 문학적 기호를 준비하고 있었다. 기원전 312년 검열관인 아피우스 클라우디우스 카이쿠스는 라틴어의 철자법을 결정하고 법적 양식을 작성하고 공표한다. 같은 취지에서 그는 '지혜의 규범'(《주장들》은 이것들을 집록으로 묶은 것으로 보이는데 우리에게는 약간의 흔적밖에 남아 있지 않다)을 선언한다. 사투르누스 시형의 운율 형태로 된 이 잠언들은 도시국가 로마의 집단 윤리라고 부를 수 있는 것을 체계화한다. 문서로 된 법(leges; 법률의 표현)과 비문서인 법(mores; 도덕적 요구)이라는 보충 영역에서 이렇게 개념들을 결정하면서 이 현명한 검열관——게다가 전통은 그에게 아름다운 웅변을 허용한다——은 특히 그때부터 로마에는 앞으로 세워 나갈 어떤 고유한 문화의 초석과 도구가 존재함을 증명한다.

한편 사투르누스 시형——전문가들의 박식한 가설들에도 불구하고 그것의 운율법은 아직도 수수께끼로 남아 있다——은 안정된 형식적 토대를 마련했고, 따라서 우리가 관찰할 수 있는 바와 마찬가지로 라틴 시의 비약적 발전은 고대의 견고한 전통의 결과로 간주되기에 충분하다. 그것은 카르미나(carmina; 노래로 부를 수 있는 성격의 시)의 영역에서나 라틴 연극의 '원시적'(회화에서 '원시파'라고 말할 때의 의미로) 형태의 영역에서나 마찬가지이다. 이에 대해 우리는 더 이상 아는 것이 별로 없다.

사실 이 장이 검토하는 기간 동안, 그리고 기원전 3세기 중엽에서 2세기말에 이르는 기간 동안 라틴 문학의 개화는 정치적·문화적·이데올로기적인 하나의 목적으로부터 분리될 수 없다. 로마의 제국주의적 정복과 로마의 '정체성'의 주장이 그것인데 그것은 문학 안에서, 그리고 아마도 문학에 의해서 가능했던 것으로 보인다.

1. 창설자들: 리비우스 안드로니쿠스와 나이비우스

우리가 단편들(그 양은 극히 보잘것없다)을 갖고 있는 첫번째 작가는 문학에 역사적인 동시에 상당히 상징적인 기원을 마련한 인물이다. 실제로 리비우스 안드로니쿠스라는 이름 자체가 로마와 그리스를 의미 있게 결합하고 있기 때문에 이 이름은 설명할 가치가 있다. 안드로니코스는 남부 이탈리아의 타렌툼에서 태어났는데, 타렌툼은 그리스의 영향하에 놓여 있던 지역으로서 로마의 요구에 대항하여 헬레니즘의 옹호자인 에페이로스의 피로스 왕의 비호를 약속받은 상태였다. 로마인들은 기원전 272년에 타렌툼을 기습했고, 원로원 의원 리비우스 살리나토르는 어린 안드로니코스(당시 그는 여덟 살이었다)를 수도로 데려간다. 그 후에 그는 노예 안드로니코스를 해방하고 그의 씨족의 성(리비우스)을 그에게 주었으며, 그의 옛날 성(안드로니코스)은 라틴화(안드로니쿠스)하여 그의 가문명이 된다.

태생은 그리스인이고 로마에서 교육받은 정복의 산 제물인 리비우스 안드로니쿠스는 교사직에 종사했다. 그리고 그가 호메로스의 《오디세이아》를 《오디시아》라는 라틴식 제목하에 라틴어와 사투르누스 시형으로 번역한 것도 아마 그런 목적에서였을 것이다. 또 그는 상당수의 그리스 희극과 비극을 번역한 다음 최초의 라틴 비극작가가 되었다. 리비우스는 기원전 240년, 로마의 연극제 당시 '그리스식의' 이런 유희를 위해 처음으로 라틴어로 된 작품 1편을 창작하였는데, 그것은 그 이전에 많은 *saturae*(말이나 동작이나 노래로 된 소극)를 썼기 때문에 가능한 일이었다. *saturae*의 기원은 이탈리아의 전통 속에서 사라졌고, 기원전 394년부터 로마에서 받아들여지기 시작했다. 우리는 리비우스 안드로니쿠스와 함께 라틴 문학의 여러 분야가 창시되었음을 알 수 있다. 그리고 남부 이탈리아에서 로마의 팽창을 구체화한 타렌툼의 점령은——설령 그것이 우연이었다 하더라도——중요한 문화적 팽창으로 표현된다!

사실——비록 하나의 역사적 사건을 '출생증명서'처럼 언급하는 것이 편리하기는 하지만——우리는 문헌의 부족으로 아는 것이 거의 없지만, 서사시·풍자시·극시 형태의 라틴 시의 출현이 그것들의 시조인 한 세대의 작가들에 의해 나타났다는 것을 고려해야 한다. 로마 정복의 준비 단계인 피로스와의 전쟁, 그리고 제1차 포에니 전쟁의 동시대인들은 그들의 작품들 속에 로마의 그리스 문화 점유를 함축했다.

우리는 리비우스의 동시대인인 나이비우스——그는 리비우스가 등단한 지 5년밖에 지나지 않은 기원전 235년에 그의 첫번째 희곡을 상연했다——가 엔니우스가 그의 《연대기》를 착수하기 몇 년 전인 기원전 209년경 《포에니 전쟁》이라는 제목의 서사시를 쓴 것에서 그것을 알 수 있다. 당시 이탈리아는 한니발의 군대의 점령하에 있었고, 나이비우스는 제1차 포에니 전쟁의 서사시적 이야기를 쓰면서 카르타고에 대한 최초의 대응에서의 승리를 축하하면서 아마도 로마인들의 애국심을 일깨우는 것을 목적으로 삼았던 것 같다. 국가의 유산에 관한 전설들, 특히 아이네아스〔트로이 왕자이며 트로이 전쟁 때의 용사〕에 의해 로마를 그리스에 결속시킨 '트로이의 친자 관계'에 대한 언급도 같은 의미였다. 하지만 형식은 여전히 거칠었다.

2. 라틴 산문의 첫걸음

라틴 서사시의 최초의 '카르미나' (그에 대해서는 나이비우스가 '역사적'인 굴곡을 잘 보여 주고 있다)가 완성된 것과 같은 시대에 로마의 최초의 사료편찬자들인 파비우스 픽토르, 그 다음 킨키우스 알리멘투스가 먼저 그리스어로 그들의 '로마사'를 쓰고 그 다음 그것을 라틴어로 번역했는데, 그것들은 지금까지도 문화어로서의 그리스어의 우위를 보여 주고 있다. 이것은 '감찰관'으로 불리는 대(大)카토(기원전 234-149)——가족 농학에 관한 논문인 그의 《농업론》은 지금껏 보존된 것 중 가장 오래 된 산문 문헌이다——를 격분시켰다. 한편 그의 《기원론》은 기원전 149년 아이네아스의 도착을 다룬 최초의 '국가의' 역사서였다. '늙은 로마의' 정신을 옹호하는 데 열심이던 이 원기왕성한 웅변가(1세기가 지난 뒤에도 키케로는 그의 연설을 150개나 읽을 수 있었다)는 고상함은 전혀 중시하지 않았고, 로마의 전통과 특성을 더 많이 찬양하기 위해 자기 자신의 그리스 문화를 숨기는 것을 원칙으로 삼았다.

3. 엔니우스: 원대한 규모를 익힘

통큰 시인 엔니우스는 베르길리우스 전까지 '로마의 천재'의 가장 유력한 실례였다. 키케로는 감탄 섞인 목소리로 끊임없이 그를 인용하면서 그에게 'summus poeta'(최고 시인)라는 칭호를 부여했고, 그를 호메로스와 비교하기를 주저하지 않았다. 우리는 지드——프랑스의 'summus poeta?' '아, 빅토르 위고여……'——의 유명한 표현이 나타내는 이런 '무시할 수 없는' 특성을 생각한다. 그리고 옛날 역사책·백과사전과 함께 오랜 세월 동안 엔니우스의 작품은 로마의 초등학생들의 애독서였다는 사실을 알아야 한다.

엔니우스는 기원전 239년 타렌툼에서 가까운 한 읍에서 태어났다. 이탈리아에서 그리스의 영향을 가장 많이 받은 이 지역은 한 번 더 로마에 한 명의 시인을 안겨 주었다. (바로 나이비우스인데, 그로 말하면 그리스의 영향을 강하고 지속적으로 받은 또 다른 지역인 캄파니아 태생이었다.) 피타고라스와 그의 학파도 타렌툼의 같은 지역에 뿌리를 내렸다는 사실을 기억해야 한다. 타렌툼은 피타고라스의 가장 유명한 제자인 아르키타스의 고향이었다. 상황이 이러하니 엔니우스가 피타고라스의 이론과 윤회설을 자신에게 적용함으로써 자기 자신을 호메로스의 재생으로 간주한 것도 놀라운 일은 아니다. 실제로 그의 3중 문화——그는 그리스어·라틴어, 그리고 이탈리아어의 그 지방 방언인 오스카어를 말할 줄 알았다——덕에 그는 로마의 호메로스는 못 될망정 적어도 그리스 문화에서 호메로스가 차지했던 것과 비교될 수 있는 역할을 로마 문화에서 할 수 있었다.

엔니우스는 장단단격의 6각시를 위해 《일리아스》·《오디세이아》, 그리고 헬레니즘 시대의 그리스 서사시들과 같은 사투르누스 시형을 포기함으로써 근대성을 드러냈고 이탈리아의 전통을 쇄신했다. 한편 엔니우스는 인간의 역사와 신들의 시대를 화해시킨 에우헤메로스의 학설에 감화를 받았다. 기원전 4세기와 3세기의 과도기 즈음, 이 사상가는 그의 《성스러운 역사》에서 신들은 그들의 위업 때문에 동시대인들에 의해 신으로 받들린 뛰어난 인간들일 뿐이라는 강경하고 혁신적인 견해를 주장한 바 있었다. 그로 인해 제신들은 상징적인 신격화, 두려움이나 감탄 같은 대단히 인간적인 감정의 산물을 갖추었는데, 그것은 신화를 '역사주의화' 하는 로마의 경향과 맞아떨어졌다. 《성스러운 역사》를 라틴어로 번역하면서 엔니우스는 초자연적 경이나 불가사의가 배제되고 어떠한 경우에도 인간적인 이 종교의 전도자가 되었다. 그리고 종교에 대해 본질적으로 '시민적인' 개념을 가졌고 위대한 조상들의 예(maiores)가 도덕적·정치적, 심지어 철학적인 교육 속에서 중요한 역할을 담당했던 로마인들에게 이 종교는 얼마든지 수용이 가능했다.

결국 엔니우스는 《연대기》에 '에우헤메로스학파의' 색채를 부여했는데 그것은 이것이 역사적인 환기이고, 따라서 초자연적 경이가 없어도 인정받을 수 있는 역사적인 영웅적 행위이기 때문이다.

《연대기》라는 제목 자체는 시민의 시간 개념을 참조한 것으로 로마 제도의 특수성의 흔적이 역력하다. 역사가 티투스 리비우스의 말에 따르면, 공화정은 집정관들의 연금 지불에 의해 로마로 규정되었고 집정관들의 이름을 따거나, 또는 도시의 전설적인 창설(로마가 하나의 도시국가로서 '역사에 진입했을 때')을 기원으로 삼아 날짜를 적을 정도로 시간을 마음대로 결정하였다고 한다. 호메로스의 서사시가 신들의 시대를 이야기하였다면 나이비우스 이후 엔니우스의 서사시는 인간의 시대를 기념한다. 이 긴 노래 속에서 입증되는 로마의 위대함은 거기서 그의 정치적·도덕적 모델을 발견할 것이다. 18곡의 노래로 이루어진 이 시 중 우리에게 남은 것은 고작 600행뿐이며, 그것은 제각각 길이가 다른 여러 행의 단편들로 이루어져 있다. 다시 말해 이 중요한 시인의 시를 읽을 수 있는 것은 전문가들밖에 없다. 또는 고대인들이 우리에게 주는 비판적인 메아리를 통해서 읽을 도리밖에 없다. 여전히 거칠고 나아가 둔하기까지 한 그의 문체(과장된 두운법과 함께 사용하기에는 얼마나 터무니없는 감각인가)에 비해 엄격할 때가 많은 이 시들은 그의 탁월한 영감과 몇몇 시구의 빛나는 힘을 여실히 보여 주고 있다. 그래서 사람들은 베르길리우스가 그 자신의 고백대로 '엔니우스의 두엄' 속에서 순금을 발견했다고들 말한다.

ㄴ. 로마 연극의 세 번의 충격

우리가 방금 언급한 서사시인들은 연극이 로마에서 허용된 직후부터는 희곡도 썼다. 적어도 9편의 비극을 쓴 리비우스 안드로니쿠스 이후 나이비우스, 특히 엔니우스는 로마인들에게 다수의 연극 작품을 선사했는데——우리가 가진 실마리들을 믿는다면——그것들은 주로 그리스 비극을 다시 취한 것들로서 그 신화에서 힌트를 얻었다.

그들의 뒤를 이어 기원전 220년경 브룬디시움——이곳도 역시 그리스 쪽 이탈리아의 국경이다——에서 태어난 파쿠비우스는 좀더 '로마인다운' 감수성을 뚜렷이 드러낸다. 그의 선배들은 특히 에우리피데스를 모방했다. 물론 그들은 소재를 선택할 때 '트로이 작품군'을 예우함으로써 아이네아스와 그의 라틴 민족의 트로이 기원에 관한 전설의 영향력을 보여 주었다. 하지만 파쿠비우스는 소포클레스도 본받음으로써 덜 까다롭고 덜 궤변적이고 의무와 권력의 문제에 대해 더 집중하는 비극을 되살렸다. 고대인들의 증언에 따르면, 우리는 그가 비장미를 경감시키고 미덕에 대한 관심과 방탕에 대한 신성한 혐오를 동시에 강요하는 로마인들의 이러한 근엄함을 가지고 그것을 미화했다는 것을 알 수 있다. 그의 작품에 등장하는 인물들은 대귀족다운 태도를 취하며 평범한 감정에 조금도 휘말리지 않는다——그리고 문체가 그 영향을 받는다. 좀더 밀도 있고 좀더 간결하고 좀더 '아테네적인' 문체는 품위를 추구하고 있다. (품위는 열정의 반대이다.)

이 진지한 연극은 로마인들이 화려한 신화들을 통해 그들의 정체성을 확인하기 위해 필요로 하던 거울을 그들에게 제공했다. 하지만 역사는 무대 뒤에 숨어서 동정을 살피고 있었고, 그리스에서 수입한 비극——그리스의 고대 도시의 왕들이 주인공이다——과는 대조적으로 '토가의 연극'〔fabula praetexta; 자줏빛 선을 두른 흰 토가를 입고 하는 연극〕의 무대가 밀려 들어온다. 이때 로마 역사의 어떤 위인——왕 또는 집정관——이 주인공이고, 자줏빛 선을 두른 토가를 입었는데 그것은 권력을 상징한다. 이 연극은 정치적이었다. 우리가 언급한 모든 시인들이 로마의 귀족이라는 신분 높은 회원들을 후원자로 가지고 있었기 때문에(리비우스 살리나토르는 리비우스 안드로니쿠스를, 마르쿠스 풀비우스 노빌리오르는 엔니우스를, 스키피오 동인은 파쿠비우스를) 연극은 무엇보다도 먼저 '고급스런 이미지'와 단단히 결부된 이 권위 있는 귀족 계급의 공로를 찬양했다. 이 gentes(가문, '집')는 모두 공화정 최고의 민 또는 군의 공직에서 이름을 날리던 조상들의 밀랍상을 전시하는 것(특히 그의 가족 구성원의 장례식 때)을 영광으로 여겼다. 토가의 연극은 이 귀족들의 이런저런 위업들을 연극적으로 재구성할 수 있게 했다. 그리하여 나이비우스의 《클라스티디움》은 마르켈루스의 승리를 기념함으로써, 그리고 이 위대한 집정관의 사망 순간에 뜻밖에 나타남으로써

imagines의 효과를 배가하고 조사(弔辭)를 대신했다. 마찬가지로 파쿠비우스는 《파울루스》라는 명백한 제목의 희곡에서 피드나 전투에서 페르시우스(마케도니아의 마지막 왕)를 정복(기원전 168)한 파울루스 마케도니쿠스를 찬양했다.

이 경우 선전극이라고 말하는 것은 아마 지나친 일이 될 것이다. 만일 비교가 가능하다면 아마도 클레망소나 드골, 패턴이나 처칠 같은 우리의 위인들이 그야말로 결정적이라고 판단되는 이런저런 투쟁에서 보여 준 이런저런 용기와 능력을 찬양하는 그런 전쟁 영화들과 비교할 수 있을 것이다. 이런 '국가적인 비극들'은 표면적으로는 대단히 큰 성공으로 인정받았고, 이 전통은 많은 작가들에 의해 계승되었는데, 그 중 최소한 2편의 'prétexte' 비극(국사를 주제로 한 라틴 비극)과 다수의 '그리스식' 비극을 쓴 아키우스가 있다. 그런데 이들 그리스식 비극들에서는 소포클레스, 그리고 심지어 아이스킬로스에 대한 모방이 여전히 두드러졌다. 기원전 152년에 태어난 아키우스는 로마 비극의 첫번째 도약의 마지막 세대에 속했으며, 그 이후부터 세네카까지는 우리에게 거의 알려진 바가 없다. 공화정 최후의 순간에는 분위기가 더욱 심각해진 것이 사실이다——어쨌든 이 진지하고 정치적인 연극은 상연을 거듭할수록 적대 관계에 있는 도당들간의 알력을 부채질했다. (이에 대해선 키케로가 우리에게 증언하고 있다.) 그리고 이미 구식이 된 이 역사 연극들은 티에스테스의 말대꾸를 카이사르의 것으로 치부하는 경향이 있는 관객들을 위해 '모델 연극' 역할을 했다.

로마의 연극, 용법

로마에도 '토착' 연극의 전통이 있었다. 원래 인근 에트루리아에서 수입한 무용이 등장하는 구경거리——이는 아마도 기원전 4세기말이었던 것 같은데——는 낭독하거나 노래로 부른, 그러나 즉석에서 만들어진 부분들을 찬미했다. 결국 배우들의 전문화(에트루리아의 광대들의 이름으로)는 여전히 음악이 나오고 노래로 불리는, 그러나 글로 쓰여진 문헌에 근거하는 공연의 일반화를 유도했다. 사투라(satura; 이는 부엌 용어에서 빌려온 것이다. satura lanx란 혼합 양식의 스튜, 일종의 '잡탕'·'뒤범벅'이다)라는 이름으로 조직된 팀들은 시사희극 또는 오페레타(소희가극)와 무척 흡사한 구경거리를 연기하고, 몸짓과 표정으로 표현하고, 춤추고 노래했다. 그 구경거리의 특징은 말투와 음악적 리듬이 계속 변화하는 것이었고, 연극의 통일성에 대해서는 별로 개의치 않았다.

사람들은 사투라를 코메디아 델라르테(commedia dell'arte; 기교의 코미디. 하지만 이것은 즉석에서 제작될 때가 많았다), 또는 좀더 대담하게 축제의 성격을 지닌 '총체극'(théâtre total; 다분히 인위적인 축제에 대한 이데올로기를 전제로 하는)과 비교했다. 사실 우리는 사투라에 대해 고대인들이 우리에게 말해 준 것, 다시 말해 아주 조금밖에 알지 못한다. 그리고 이런 형태의 대중예술에 까다롭게 다듬어진 미학적 의도를 부여할 필요는 없을 것이다.

파불라(fabula; 연결된 줄거리를 전개시키는 연극)가 요구되었을 때조차 라틴 연극은 자신의 가장 큰 특징이 유희적이라는 것을 알고, 또 유희적이기를 바랐다는 점에서 여전히 그리스 연극과 구별되었다. 그리스인들에게 종교적 또는 공민적 일치의 강도에 이를 수 있었던 것이 로마에서는 감동이나 웃음이 가미된 흥미 본위의 구경거리로 남았다. 따라서 우리가 연극 문학의 가장 엄숙한 형태들(이를테면 세네카의 비극들)이 실제극보다 우위에 있었는지 의심하는 것도 당연하다.

로마에서는 '오늘 저녁 극장에서'라는 말이 있을 수 없었다. 공연은 대낮에 펼쳐졌고 아침에, 그것도 무척 이른 시각에 시작되었다——왜냐하면 공연 시간이 무척 길었기 때문이다. 그리고 한 번에 여러 편의 작품이 이어졌는데, 그것들은 눈길을 끄는 막간극(행렬·발레)에 의해 툭하면 '연장'되었다. 그리고 이를테면 비극은 절대 한 가지로 공연되지 않았다——구경꾼들은 어릿광대의 퇴장과 상당히 흡사한 마지막 소극(笑劇)이 일으키는 폭소 장면에서 헤어져야 했다.

로마의 대중은 연극을 대단히 좋아했다. 종교적 유희의 일환으로 만들어진 극적 구경거리들(그리스에서와 마찬가지로)은 봄부터 여름에 이르는 한 시즌 동안 군중을 끌어들였고, 그것은 종교력에 따라 그 진행에 맞춰 편성되었다. 처음에 로마의 연극제는 이틀간의 유희밖에 제공하지 않았다. 기원전 1세기에 유희 기간은 77일에 달했는데 그 중 연극에 55일이 할당되었다. 이런 팽창은 제국 시대에 그 절정에 달하였는데 그때는 1년 중 거의 이틀의 하루가 유희에, 사흘의 하루가 연극에 바쳐졌다——그것은 '시즌의' 상대적인 짧음을 고려할 때 공연의 열띤 속도를 전제로 한다. 공연의 증가가 극작가를 증가시킨 것은 두말할 나위가 없다——하지만 이름이나 작품을 남긴 작가는 거의 없다.

사실 그리스에서 그랬듯이 희곡들은 이론적으로는 단 한 번

뿐인 '공식적' 상연을 위해 쓰여졌다. 그뒤 그것들이 얼마나 재상연되었나 하는 것을 아는 것은 중요한 문제이다. 요컨대 작품들은 책으로 만들어지지 않았다——가장 뛰어난 작가들을 제외하고는. 이러한 사실은 어쨌든 공적이건 사적이건 적어도 부분적으로는 '재연'이 이루어졌다고 생각하게 만든다. 그리고 단어의 현대적 의미에서의 레퍼토리가 없기 때문에 극단(greges)은 그들의 '순회 공연'(이를테면 지방의 자치도시에서)에서 재연이 아니면 어쨌든 개작을 제공했다. 하지만 하나의 의식에 빠질 수 없는 요소인 희곡은 딱 한 번만 쓰이는 것이 원칙이었다. 그것은 사건으로 기록되었고, 문학적 보존에 의해서만 드물게 해체될 뿐이었다.

무 대

로마 연극의 장치는 그리스인들의 그것과 상당히 다르다. 건조물 자체——극장——가 하나의 높은 '무대 벽'(scaena)에 의해 직경의 방향으로 제한되는 하나의 반원 형태로 나타나고, 그 무대 벽 앞에서 배우들은 pulpitum 또는 proscaenium(우리가 사용하는 '무대'의 동의어)이라 불리는 단상 위에서 이동한다. 관객은 기울어진 계단석으로 된 반원형의 공간에 자리를 잡고 관리들의 자리인 상석은 중앙의 평평한 부지에 배치된다. 오케스트라는 그리스 연극에서는 코러스가 있던 곳이다. 무대의 벽은 3개의 문이 나 있어서 무대 뒤와 통한다. 그리스 연극에서보다 더 높은 벽은 기둥·동상들을 수용하는 벽감·프리즈(소벽)로 장식된다. 움직이는 널빤지들이 장식 구실을 하고, 점점 더 복잡해지는 장치는 이를테면 천상의 신들이 공중에서 내려오거나 그 밖의 '특수 효과'를 가능케 한다.

무척 오랫동안 로마에는 상설 극장이 존재하지 않았다. 정치·도덕 기관들은 논쟁의 소지가 있는 이런 장소, 어쨌든 시민들의 덕성을 나약하게 만들 수 있는 이런 장소를 두려워하였다. 그들은 목조 건축물을 조립했다 부수기를 반복했다. 기원전 55년, 폼페이는 강당 형태로 건축한 비너스 신전 앞의 거대한 계단 앞에 무대 벽 하나를 설치함으로써 금기 지역을 표시했다. 이런 위선적인 거짓 조작으로부터 로마 최초의 석조 극장이 탄생했다. 그뒤로 도시·시골 가릴 것 없이 놀라운 규모(4만 석까지 가능하였다!)의 거대한 극장들이 마구 생겨났다——아를·오랑주·생트·비엔·리옹에서는 오늘날에도 그 흔적을 찾아볼 수 있다. 그런데 당대의 취향은 거의 '문학적'이지 않은 구경거리들에 이런 화려한 무대를 제공하는 것이었다. 발레나 무언광대극, 약간 외설스러운 신화의 '시사희극'이 때로는 호화로운 연출로 무대에 올려졌다. 왜냐하면 야단법석과 열광으로 유명한 로마 관객들은 '대단한 구경거리,' 무대 위의 행진, 이국적인 동물들의 행렬, 그리고 미녀들을 좋아했기 때문이다. 이런 관점에서 무언극의 여배우들(mimulae)은 풍부한 매력을 아낌없이 드러냈다. (에로틱한 극장의 '라이브 쇼' 수준에까지 이르렀다고 한다.)

연극은 더 정교해진 형식(비극은 하이힐, 즉 그리스의 반장화에 해당하는 라틴 crepida를 신고 연기했고, 희극은 납작한 구두 socci를 신고 연기했다)하에 오직 남자들에 의해서만 연기되었다. 고대인들의 증언을 그대로 믿는다면 가면의 사용——공화정 말기에 나타났다——은 로마에서는 틀에 박힌 것은 아니었고, 캄파니아에서 유래한 또 다른 연극 형태인 '익살극'과 연관이 있었다. 익살극은 기원전 1세기에 크게 유행하였으며, 파푸스(할아버지)·마쿠스(바보)·부코(수다쟁이)·도세누스(곱추) 등과 같은 전형적인 인물들을 포함하는 (상당히 외설적인) 소극들을 상연했다. 관례적인 모습의 수만큼 가면도 많이 필요했다. 엄밀한 의미의 희극을 위해서는 분장이 선호되었고, 분장은 가발에 의해 완성되었다. 청년은 검은 가발, 노인은 흰 가발, 그리고 연인역을 맡은 배우에게는 곱슬머리 가발이 사용되었다. 뿐만 아니라 익살극의 배우들만이 연극이 끝날 때까지 가면을 쓸 권리가 있었고, '진짜' 연극의 배우들에게 가해지는 치욕을 가면 뒤에서 피할 수 있었다. 사람들은 그들을 대중의 시선에 노출시키는 것은 그들의 인격을 더럽히는 행위라고 생각했다.

우리는 다소 고상한 내용의 이 모든 구경거리의 공통적인 특징이 음악이었다는 사실을 절대 잊어서는 안 된다. 노래로 불리는 부분들(cantica)은 비극보다는 희극에 더 많았다. 이 구절들에서 배우가 플레이백으로 자신의 역을 '춤추는' 동안 노래는 가수에 의해 해석되고, 플루트의 반주가 그것을 받쳐 주었다. 또는 음악적인 요소가 덜한 부분에서는 캐스터네츠가 '서창부'의 리듬을 맞추었다. 일부 장면들은 그냥 '대사로만' 진행되었다.

그러므로 로마에서 연극의 상연이 무엇이었나를 정확히 아는 것은 상당히 어려운 일이다. 우리는 두 명의 위대한 희극작가의 작품을 읽을 수 있다. 플라우투스와 테렌티우스가 그들이다. 그러나 그들의 작품이 우리가 전혀 모르는 어떤 음악에 맞춰 노래로 불리고 춤으로 추어지고 연기되는 장면을 상상하려면 많은 노력이 필요할 것이다. 그것도 '이류' 애호가들을 맥빠지게 하기에 충분할 정도로 요란한 연출로!

5. 플라우투스, 또는 웃음의 즐거움

가령 몰리에르의 《앙피트리옹》이 플라우투스 작품의 38개 '팰림프세스트'(지로두도 포함하여)의 하나라 하더라도, 플라우투스를 몰리에르 읽듯이 해서는 안 된다. (지로두는 말할 것도 없다.) 플라우투스는 잘 짜여지고 고급스런 사건이 풍부하며 알크메나〔암피트루오의 아내〕에게 독창적인 여성 배역을 제공하는 이런 작품보다는 전통에 따라 그의 〈프세우돌루스〉(Pseudolus; 밉살스럽게 거짓말을 잘하는 노예와 원기왕성한 뚜쟁이가 이름을 날리는 소극)나 〈트루쿨렌투스〉(Truculentus)를 더 좋아했다. 〈트루쿨렌투스〉는 주로 별로 양심적이지 않은 '콜걸들'을 무대에 등장시킨다. 우리의 작가에게 완성도가 높은 희곡은 정말로 많이 웃게 만드는 작품이다. 《암피트루오》에서조차 어떤 '태양왕'도 플라우투스의 주피터 뒤에 숨지 않는다. 신의 간통이라는 흥미진진한 플롯은 무엇보다도 먼저 그리스 신화의 어떤 유명한 에피소드를 흥미롭게 처리한 것이다.

기원전 254-250년경 사르시나(움브리아 주)에서 출생한 플라우투스는 작가가 되기 전에 배우를 했으며, 《소극》이라는 제목의 소극을 통해 등단했다. 그러나 몰리에르와의 비교(너무나 매력적인!)는 이걸로 끝이다. 플라우투스는 후작들을 위해서가 아니라 서민 대중을 위해 글을 썼다. 우리의 통속극처럼 그의 희곡은 도덕적이거나 부도덕적이지 않고 무도덕하며 하나의 지배적인 주제 주위를 선회한다. 하나의 지배적인 주제란 성가신 남녀 관계에 의해 만들어진 복잡한 구성이다. 이 경우 좋은 가문의 청년들은 아름다운 고급 창녀들의 매력에 굴복하고, 그들의 남자 포주나 여자 포주(leno; 여자들을 사고 파는 사람. lena; 이일을 하다가 은퇴한 여자로 이 문제에 관해 모르는 것이 없는 사람)의 재정적인 요구와 충돌하고, 그들이 숭배하는 '매춘부'를 되찾을 수 있는 돈을 추구하지만 구하지는 못한다. 왜냐하면 남들이 희박한 정조 관념을 가지고 혈기에 넘쳐 탈선하는 것을 묵인하는 아버지들이, 정작 그들의 딸이 어리석은 짓을 하고 유산을 낭비하는 것을 방해하려 들기 때문이다. 따라서 젊은이들은 몇몇 꾀바른 노예에게 그들의 구제를 맡긴다——그들은 《스카팽의 간계》에서 돈에 좌우되는 사랑이 신분 낮은 사람과의 결혼을 대체하는 것을 알아차렸다. 이런 상황을 둘러싸고 다소간의 우여곡절이 가미된 수많은 이본이 가능했다.

이런 줄거리 유형은 구희극과 달리 신희극의 그리스 희극작가들에 의해 정리되었다. 구희극은 아리스토파네스에 의해 유명해졌고, 풍자적이고 정치적인 연극이며, 직접적 또는 간접적인 방식으로 정치인, 그날의 문제, 또는 아테네의 지식 계층의 지도적인 인물(《구름》에서의 소크라테스처럼)을 등장시키는 '시사희극' 같은 인상을 풍겼다. 메난드로스·알렉시스·필레몬·디필로스와 함께 그리스의 희극은 평민생활은 아니더라도 사생활을 다룬 연극 쪽으로 바뀌었고, 그것은 매끄러운 줄거리를 위해 상스러운 말과 지나친 파격을 남발하지 않았다. 매끄러운 줄거리란 대파란에서 상황을 인정하게 되는 행복한 결말로 이끄는 것이다.

(대개 젊은 창녀는 자유로운 신분으로 밝혀지고, 따라서 결혼할 수 있게 된다.) 그러므로 '파토스'(감동적 표현)는 희극의 '에토스'(도덕적 기풍), 인물의 사회적·감정적 리얼리즘과 반대된다. 비록 정교함이 지나쳐 때로는 줄거리의 결말 부분에서 사실성이 결여될 때도 있지만. (자신의 아들의 품에서 옛날에 해적에 의해 납치된 정숙한 여자를 되찾는 것은 상당히 기적적인 일이다.)

로마의 희극의 원천은 이것이다. didascalie(희곡의 내용을 요약하고 인물을 소개하는 부분)에서는 이제 볼 희극이 어떤 그리스 희곡을 '번역'한 것인가, 또는 어떤 그리스 희곡을 개작한 것인가를 밝히고 있다——왜냐하면 작가들은 자주 2편의 그리스 원작(그것은 하나의 '표준' 줄거리에서 나온 것이다)의 '혼성'을 실천했기 때문이다.

박식한 라틴 작가들은 가장 세밀한 부분에서 그리스의 원작들(우리에겐 남아 있지 않다!)에 비해 형태나 내용의 철저한 '로마화'를 입증하는 '개작'을 추구하는 데 전력을 기울였다. 물론 라틴어로 고쳐쓰기는 관념의 변질, 새로운 의미의 내포를 포함했다. 한편 라틴 작가들은 그들의 희곡에 주요 등장인물의 이름을 기꺼이 부여함으로써 자신들이 줄거리(그리스식 제목은 대개 줄거리를 예고한다)보다 '배우의 흥행거리'에 관심이 많다는 것을 인정하는 듯했다. 플라우투스가 그런 '흥행거리'를 보여 주기 위해 무대를 지은 것은 사실이지만, 그의 작품의 제목들이 반드시 희곡 전체를 묘사하는 역할을 맡은 주역 한 명을 지칭하지는 않았다. 더욱 현대적인 어떤 비평은 이런 이론을 견책하면서 명백한 사실——그리스식 무대 장식과 의상이 그대로 남아 있다——에 만족하고 있다. 이 희극들이 '그리스 의상의 연극'(fabulae palliatae)으로서 사람들은 여기서 그리스식 망토를 입었고, 이름도 그리스식이었고, 줄거리에 필요한 의상과 규칙도 그리스식이었다. 로마화는 필요한 최소한도를 넘지 않았다. 그것은 다시 말해 라틴 작가(그리고 플라우투스는 그것을 포기하지 않았다)에게 마음놓고 참견할 수 있는 모든 권리를 제공하는 독창적인 개작을 의미했다.

따라서 우리는 아무 저의 없이 웃을 수 있다. 왜냐하면 로마인은 그리스인들을 경박하고 별나고 우스운 자들로 간주하는 것을 좋아했기 때문이다. 뒤퐁이 정확하게 쓴 것처럼 '그리스의 오페레타'는 철학자들의 그것은 아니었다. 거기선 모든 정치적 긴장이 배제되었고, 또 역사로부터도 완전히 자유로웠다. 그것의 매혹적인 비현실성 덕에 어떤 줄거리도 나올 수 있었다.

돈에 좌우되는 사랑에 관한 변주들

이런 관점에서, 기원전 212년부터 그가 죽은 해인 184년 사이에 공연된 130편의 희곡(우리는 그 중 20편을 보관하고 있다)의 저자로 알려진 플라우투스는 로마 관객들로부터 지속적인 인기를 끌게 해준 하나의 말투를 찾아냈다. 확실히 그는 그의 적절한 기지로 나긋나긋함을 지향하는 그리스의 원작들에 양념을 쳤다. 관례적인 인물들과 그 역시 너무나 관례적인 상황들에 내재된 희극적 잠재성을 완벽하게 활용함으로써 그는 소극과 줄거리가 있는 희극을 대단히 교묘하게 섞어 놓았다.

그의 작품에 나오는 창녀들은 대개는 감상적인 것과는 거리가 멀며, 교활하고 파렴치하고 거짓말을 잘하는, 요컨대 유능하고 저항할 수 없는 여성들이다. 오직 노예 또는 식객으로 일하는 스카팽만이 그들에게 정면으로 대항할 수 있다. 그의 작품에 나오는 청년들은 엄하고 인색한 아버지들을 가진 배짱 없는 커다란 얼간이들이다. 그런데 그들의 아버지들도 필요할 때는 귀여운 창녀를 위해 재산을 '탕진한다.' 그래서 《당나귀의 놀이》에서 가장(paterfamilias)은 그의 아들이 사랑하는 아름다운 아가씨와의 하룻밤 사랑을 위해 기꺼이 너그럽고자 한다. 《카시나》(여주인공 이름)에서 아버지와 아들은 한 방탕한 여인을 사랑한다. 게다가 그녀는 두 노예에 의해 주사위놀이에 상품으로 걸린다. 《박키데스》에서 여자 쌍둥이인 박키데스 1과 박키데스 2는 매매춘에 어찌나 능한지 먼저 아들들을 유혹한 뒤 그들의 아버지를 농락한다. (그리고 그뒤로 모든 일이 잘 풀린다.) 이 희곡들이 통속극보다 더 '대담' 하지는 않았고, 집에서는 그것을 허용하지 않는 관객들 앞에서 간통의 기쁨을 찬양했다. 그러나 이것을 그들이 (도덕을) 파괴하려는 의도로 보는 것은 커다란 실수이다. 약간의 선동이라면 몰라도. 하지만 관객은 그런 것을 좋아한다. (특히 자신의 '나이 든 부인'을 극장에 데려오지 않았을 때.)

생기 넘치는 연극

플라우투스는 때로는 외설적이기도 한 이런 이본들과는 다른 종류의 자유를 누린다. 우리는 신화적이면서도 매우 인간적인 그의 희곡 《암피트루오》를 언급한 바 있다. 《포로들》에서 그는 이번만큼은 줄거리 안에 어떤 사랑 이야기도 없다는 것을 그의 관객에게 예고한다. 《작은 상자 이야기》에서 우리는 정숙한 창녀를 본다. 《유령아 조심하라!》에서는 한 뻔뻔스러운 노예가 가장이 부재중일 때 그의 집을 팔아 버린다. 그리고 유령이 나온다는 핑계로 그가 집에 들어오는 것을 저지한다. 《밧줄》은 시민극 형태를 취한다.

그런데 이 마지막 희곡에서는 《작은 카르타고 사람》에서처럼 한 가지 유형의 묘사가 플라우투스의 관심을 끄는데, 우스운 억양을 지닌 동양 또는 카르타고의 상인이 그것이다. 그리고 이해할 수 없는 그의 언어도 관심을 끈다——《작은 카르타고 사람》에는 '플라우투스의 카르타고인'의 멋진 긴 독백이 나오는데, 그것은 오늘날까지도 언어학자들의 호기심을 끈다. 그것은 순수한 모작일까? 다른 데에서는 '식객'이자 사랑스러운 건달인 인물이 주인에게 얹혀 살면서 각별한 대접을 받는다. 《쿠르쿨리오》(바구미)나 《메네크메스》의 호감 가는 '페니쿨루스'(빵 부스러기 그릇)가 그들이다. 《아우룰라리아》에서는 여러분도 알다시피 아버지의 탐욕이 몰리에르에게 영감을 불어넣었다. 요컨대 《허풍선이 군인》의 비정상적 과대망상증을 우리가 어떻게 즐기지 않을 수 있겠는가? 이 허세가는 코메디아 델라르테, 그리고 디노 리시의 영화 속에서까지 부활한다.

플라우투스는 그리스의 신희극을 이용하면서도 확실히 모델 작품들을 능가했다. 그리고 '필수적인 역할들'의 인물 묘사에서 그가 창조한 독창적인 인물들은 관객을 매혹시켰다. 관객은 그들의 언어의 원색적인 익살과 작가가 그들에게 부여한 모방적 특징들을 잘 감지했다. 본래 카르타고인은 음흉하고, 시리아인은 지나치게 상술이 뛰어나고, 허세가는 멍청하고 비겁하다. 때로는 식객(우리는 그에게서 '바구니'에 익숙해진 사람의 모습을 발견할 수 있다. 이 '가득 찬 바구니'는 돈 많은 로마인들이 그들의 '작은 수고'에 대한 대가로 그들의 '고객들'에게 건네 주던 것이다)이 감상적이 될 때도 있다. 그는 인간 말종 가장들로부터 돈을 갈취하는 데 필요한 모든 비결을 알고 있다.

이 인물들은 언어면에서 완벽하고 말재롱(번역할 수 없을 때가 많다)과 익살이 넘친다. 다음과 같은 장면들은 훌륭하고 뛰어난 부분들을 갖춘 하이라이트라 할 수 있다. 페니쿨루스의 독백, 어머니(겸 포주) 클레에레타가 멍청한 청년 디아볼레에게 들려 주는 미묘한 '사랑의 가르침'(《아시나리아》), 《암피트루오》에서 메르쿠로스와 소시아간의 장면, 《쿠르쿨리오》의 '술취한 여인의 노래'(이는 하루에 25리터를 마시는 술취한 노파가 '사랑의 노래'를 패러디한 것이다), 웃음보를 터뜨리기 위해 만들어진 이 모든 어휘들, 이 모든 천재적인 말대꾸들.

플라우투스는 긴 독백에 의해 시도되는 한 장르에서 활발하고 능란한 대화에 의해 '원문을 능가하는'(그리고 아마도 인기가 있는) 활력이 넘치는 장면들을 구축하는 법을 알았다. 그는 그의 희곡들에서 노래로 불린 부분들에 제공된 공간을 강조했고, 그것이 연극에 더 많은 리듬과 다양성을 부여한 것 같다. 특히, 매 순간 그는 재치 있는 표현들을 발견하고 필요하다면 없는 단어도 만들어 내고, 남국 사람부터 다른 사람까지 파뇰의 인물들을 연상케 하는 생기 넘치는——나아가 문맥에 필요하다면 노골적이기까지 한!——말투의 우스꽝스러운 재치를 부과한다.

플라우투스의 이데올로기?

　한 가지는 분명하다. 플라우투스의 관객들은 '문제극'을 구경하기 위해 극장에 가지는 않았다는 것이다. 그렇기는 하지만 그들은 이 작품들에서 하나의 이데올로기를 발견하고자 했다. 그런데 그것은 다분히 혼란스런 것이었다. 왜냐하면 그들은 작가가 그리스의 원작들을 '로마화' 했음을 주장하는 동시에 플라우투스가 우스꽝스러운 그리스인들을 제시함으로써 당시 로마 사회 내의 현상인 그리스화의 피해(또는 위험)를 고발하도록 규정했기 때문이다. 대학의 비평 경향은 고대 로마인들에게서 '구로마의' 특징들——즉 영웅적인 가치라고까지는 말할 수 없어도 고결한 도덕적 가치들을 혼미하게 만드는 어떤 규범——을, 그것도 작품 전체에서 찾는 데 관심을 쏟는 것이 사실이다. 비록 그들이 미덕을 가르칠 소명은 없다 해도.

　플라우투스의 연극이 지금 우리가 통속극에서 보는 것에 비교할 수 있는 풍자시의 효과를 낳는 것은 당연하다. 그는 동시대의 평민, 나아가 귀족 계급의 인물들을 우스꽝스러운 꼴로 등장시킨다. 이 지배적인 계급들(성공과 도덕성, 고상한 취향의 가치를 옹호하는 것으로 인정받는)을 대조 효과에 의해 가장 효과적으로 옹호하는 방법은 그들과 '세상 모든 사람들'의 엇비슷한 골칫거리와 결함을 제시하는 것이다. 쿠르틀린에서 헌병들은 서민적이 되고, 집달리들은 익살스러워지고, 소시민 계급인 페도의 오쟁이진 남편들은 무엇보다도 먼저 부정한 아내의 멍청한 남편들이 된다.

　사람들은 꾀바르고 활동적이고 자주 승리를 구가하는 노예들에게 맡겨진 역할에 관해 특히 많이 생각했다. 그것이 그리스 의상을 입고 하는 연극(palliata) 법칙의 하나였다. 그리고 문법학자

도나는 로마를 소재로 한 희극(fabulae togatae; 우리에게는 아주 적은 단편들밖에 남아 있지 않다)에서 주인보다 똑똑한 노예들을 제시하는 것은 관례적인 일이 아니었음을 지적한다. 여기서 그리스인들은 묵인할 수 있었던 것이 로마인들에게는 기존의 질서를 파괴하는 행위였다는 결론을 내려야 할까? 그에 대한 판단을 내리기에는 우리가 fabulae togatae에 관해 아는 것이 너무나 적다. 그것은 기원전 2세기 익살극 계보에 등장하여 단기간에 유행이 된다. 어쩌면 도나는 그저 익살극처럼 fabulae togatae도 교활한 노예의 '역할'을 내포하지 않았다는 것을 지적한 것일지 모른다. 어쨌든 플라우투스, 그리고 그의 뒤를 이어 테렌티우스는 노예들이 인간일 뿐 아니라 나아가 능력 있는 인간들임을 강조하는 데 전혀 주저함이 없는 듯하다. 그것은 로마 사회를 전혀 당황시키지는 않았던 것 같다. 로마 사회에서 노예제도는 너무나 당연한 사실이고(그것은 전쟁의 결과이다. 전쟁으로 인해 포로들이 양산되었기 때문이다), 노예들에게 한 가지 분야, 한 가지 계획의 관리나 그들의 자녀들의 교육 같은 수준 높은 일들을 맡기고 얼마든지 그들의 장점과 재능을 인정할 준비가 되었음을 인정하고 해방하고 자유를 주었다. 노예들이 아리스토텔레스의 표현대로 '말할 수 있는 연장'으로 간주된 것은 특히 시골 세계였다는 것을 잊지 말자. 그런데 희극들은 우리에게 로마의 도시 가정들을 보여 준다. 그런 삶 속에서 노예는 자주 하인으로 통합되고 언제라도 몰리에르의 시종이 될 여지가 있다. 그리고 소시아는 스가나렐만큼만 매를 맞는다. 특히 이런 자가 뛰어난 보조자가 될 자격이 있다. 왜냐하면 그는 충돌하는 두 세대의 속내 이야기를 수집하는 데 재간이 있기 때문이다. 그리고 결국 목적에서 벗어난다. 주인의 이익은 그의 의무가 아니다. 그리고 아들의 사랑은 그를 화나게 하는 일이 아니다. 따라서 그는 얼마든지 활동적일 수 있다. ('달리는 노예'라는 독특한 역할로 규정되듯이 그는 흔히 뛰어다닌다.) 그리고 그의 미래의 주인을 섬기면서 자신의 이익을 도모한다.

따라서 플라우투스의 연극을 똑똑한 노예들의 위험성에 대한 하나의 경계, 또는 그들의 '인간성'을 인정하자는 권유로 보기는 힘들다. 고대의 노예제도는 현대인의 양심을 거스를지는 몰라도 그것이 라틴 희극의 관객들에게 문제를 제기하지는 않았다. 보마르셰를 생각하면서 플라우투스를 읽을 필요는 없다.

6. 테렌티우스와 로마인의 취향의 변화

테렌티우스의 이력은 짧다. 왜냐하면 그는 기원전 159년, 채 서른 살도 되기 전에 요절했기 때문이다. 우리는 그의 희곡 6편을 간직하고 있다. 그것들은 기원전 166년에서 160년 사이에 공연된 것으로, 플라우투스와는 상당히 다른 어떤 스타일의 특징을 구성하기에 충분하다. (플라우투스는 이전 세대라는 것을 상기하자.) 우선 플라우투스가 자신의 작품들을 기꺼이 '라틴화'한 반면, 테렌티우스의 모든 희곡들은 하나의 그리스 제목을 가지고 있다. 그 다음 플라우투스식 극작법의 '개그'가 넘치는 활력에 비해 테렌티우스의 연극은 대화 장면에 훨씬 더 많은 몫을 할애하며 몸짓의 효과를 그다지 많이 함축하지 않는다. 고대 라틴 문명 사람들은 '활기 있는' 희극에 대한 대안으로 '정지상터의' 희극을 내놓았다. 그리고 우리의 두 작가들은 기호면에서 근본적으로 대립했다. 요컨대 그들은 말투나 어조면에서 서로 달랐다. 플라우투스는 빈정거렸고, 서민 언어의 자유분방함을 사랑했으며, 약간의 저속함도 마다하지 않았다. 반면 테렌티우스는 동음이의어를 사용한 서투른 말재롱을 피하였고, 자신의 인물들이 우아하게 말하도록 했으며, 그들의 성격을 플라우투스보다 훨씬 더 세심하게 묘사했다. 오늘날 우리는 그의 연극을 'B.C.B.G.'(고상한)하다고 말하는데 이것은 과장이 아니다. 전직 배우·대중작가·공연기획자인 플라우투스가 라블레의 노골성을 조금씩 드러낸 반면 테렌티우스는 자신의 홍차 잔이 차기를 기다리는 사람처럼 약간 궁지에 몰린 것처럼 보인다. (그러나 영국의 대학 전통은 항상 그를 숭배해 왔다.)

여러 세대를 거치면서 로마인들의 취향이 상당히 변화했음을 이해해야 한다. 다시 말해 이 두 작가는 동일한 대중을 대상으로 하지 않았다. 그것은 그리스의 원작들에 관한 한 그들의 원천은 동일했고, 필요하다면 라틴 작가들이 그리스 희극의 단순한 번역자들이 아니라는 것을 보여 주기에 충분했기 때문이다. 왜냐하면 그들의 '바꿔쓰기'의 결과는 너무나 다를 수 있기 때문이다.

카르타고에서 태어난('아프리카인'이라는 가문명이 이것을 증명하고 있다) 푸블리우스 테렌티우스 아페르는, 그의 지적 능력 덕분에 해방된 노예로서 높은 수준의 문학 수업을 받았다. 우리는 리비우스 안드로니쿠스의 경우를 다시 발견한다. 로마의 귀족들은 이렇듯 정복에 의해 획득한 '그들의' 예술가들을 '지적 전리품'으로 양성하는 것을 좋아했다. 그 결과 테렌티우스는 로마의 가장 저명한 귀족 가문의 눈에 띄어 그들의 보호를 받았다. 그 가문은 코르넬리우스 스키피오 가문과 스키피오 아이밀리아누스 가문 주변에서 로마의 교육자 노릇을 한다는 데 자부심을 느끼고 있었다. 따라서 '스키피오 동인'은 헬레니즘의 장점을 강조했고 교양 있는 대귀족에게 어울리는 살아가는 법을 격찬했다. 뭄미우스 같은 시골뜨기는 코린트(그리스 도시)를 약탈한 다음 거기서 세상에서 가장 아름다운 청동 제품을 만든 반면, 스키피오 가문은 동상과 예술 작품을 수집하여 그것들을 그들의 아름다운 별장이나 멋진 정원에 놓아두었다. 그리고 카토가 로마의 덕성보다 우위에 있는 그리스 문화의 매력에 대해 격분했을 때 그들은 더 많은 감미로움, 더 많은 인간미, 더 많은 세련됨을 청했다. 이런 맥락에서 테렌티우스의 연극은 문화 혁명까지는 아니더라도 적어도 '근대성'을 증언했다고 할 수 있다.

자기 자신에 대해 지나치게 엄격할 필요는 없다. 그것이 《헤아우톤티모로우메노스》(고행자)의 주제이다. 이 긴 제목은 '자기 자신을 못살게 구는 사람'이라는 뜻이다. 두 노인 크레메스와 메네데미우스는 시골에 산다. 메네데미우스는 몹시 인색하고 엄격하며, 그의 아들이 어떤 가난한 아가씨와 결혼하는 꼴을 보고 괴로워한다. 자신의 엄격함 때문에 그는 가책을 느낀다. 크레메스는 불안해하면서도 "나는 사나이다. 그리고 인간적인 것은 그 어떤 것도 내게는 생소하지 않다"라고 주장한다. 그리고 더 많은 감미로움을 충고한다. 그는 크레메스의 이 명백간결한 표현(키케로에 의해 인용된다)을 이 새로운 시대의 '구호'로 만들

수 있었다. 그럼에도 불구하고 줄거리의 속편은 크레메스가 상
당히 위선적인 인물이라는 것을 보여 준다. 하지만 우리는 테렌
티우스의 연극에 '문제'라고는 할 수 없어도 적어도 명백한 관
심사가 있다는 것을 잘 알 수 있다. 그것은 인물들의 심리에 관
해 의문을 품고 그들의 편견을 언급하는 것이다.

이와 똑같은 관심은 《아델피》(두 형제)에서 다시 발견된다. 거
기서는 '억압하는' 교육과 '관대한' 교육이 대립한다. 이 두 가지
교육을 받고 성장한 두 젊은 주인공은 경쟁적으로 난봉을 피운
다. 결론은 모호하다. 하지만 가차없는 엄격함은 여기에서도 역
시 시대에 뒤떨어진 것으로 소개된다. 《헤키라》(시어머니)도 부
부의 불화가 중심 주제인 희곡이다. 결혼과 사랑이 아무 관계가
없었던 로마에서 이것은 새로운 문제였다. 이번에는 테렌티우스
가 요란한 '대실패'를 하였다. 웃으려고 온 관객들은 디드로가
모범으로 생각한 이 '평민 드라마'에서 웃을거리를 찾기 힘들
었기 때문이다.

실제로 우리는 테렌티우스의 작품을 읽을 때 거의 웃을 일이
없다. 그리고 아이를 양육하는 기술, 또는 관대함을 실천하는 기
술(《포르미오》에서처럼)에 관한 그런 '교육적인' 자세한 설명은
때로는 지루하기까지 하다. 하지만 《안드리아》(안드로스의 딸)
로 말하면 마리보의 작품이라고 해도 전혀 이상하지 않을 감상
적인 희극의 줄거리를 제공한다. 《환관》은 좀더 상투적인 줄거
리를 다루었지만, 그 방법은 플라우투스보다 더 개화되었다.

테렌티우스의 연극이 로마인의 취향의 변화, 특히 라틴 문화
에 없어서는 안 될 성분으로 받아들여진 헬레니즘으로 양육된

로마인의 사고의 '문학화'를 보여 주고 있는 것은 확실하다. 당대의 대중보다 후대의 교수들로부터 더 많은 사랑을 받은 그의 연극은, 하나의 장면을 빼도 그 특성이나 결함은 전혀 상실되지 않을 것이다.

결론: 어떤 성장의 대차대조표

우리가 방금 검토한 기간 중에 로마는 탈바꿈을 한다. 도시는 제국이 되고, 본래의 문화는 새로운 지적 공간으로 풍부해졌다. 그리고 역설적으로 그것은 많은 저항들에도 불구하고 정복된 그리스의 과거의 유산에 대해 그들의 정체성을 주장할 수 있는 방법을 로마인들에게 제공했다. 로마는 헬레니즘을 받아들이고 통합함으로써 서사시들과 연극을 향유했고 라틴 산문은 성숙해졌다. 철학과 수사학 교육의 발전과 함께 웅변술은 형식과 내용면에서 알차졌다. 세력면에서도 그렇다. 웅변술은 성공을 거둔다. 그 다음 그라쿠스 형제의 몰락이 왔다. 정복의 행복감은 정치적 위기로 이어진다. 그리고 그것이 기원전 2세기의 전환점이 되었다. 로마는 그토록 많은 체험 끝에 폭풍우 한가운데에서 고전주의를 완성하게 된다.

3

공화정 말기의 그라쿠스 형제 :
말·사상·열정

기원전 2세기말은 로마 공화정의 전성기였다. 이 사실은 폴리비오스의 책에서 읽을 수 있다. 그리스어로 쓰여진 그의 《역사》는 '로마의 기적'을 축하하고 있다——이 백성들은 채 1세기도 못 되는 사이에 그들의 힘을 지중해 세계, 다시 말해 개화된 세상에 널리 떨쳤다. 또는 거의 그렇게 했다. 그리스의 제국주의가 계속되는 통치 기간 동안만 세력을 떨친 반면, 로마는 안정되고 지속적이고 인정받는 하나의 질서를 구축했다. 폴리비오스는 패자들 편에 속한다. 아카이아 동맹의 외교관인 그는 피드나에서 인질로 징발된(기원전 167) 뒤 페르시우스의 정복자인 파울루스 마케도니쿠스의 곁에서 스키피오 동인에 둘러싸여 살았다. 더구나 그의 제자인 제2의 아프리카인인 스키피오 아이밀리아누스는, 그라쿠스 형제와 알력을 빚을 정도로 로마의 지배적인 인물이 된다. 폴리비오스는 곰곰이 생각해 본 뒤 로마가 안정을 찾았다는 것을 확인한다. 그의 '헌법'은 군주제·과두정치·민주정치의 특징들을 결합시킨다. 그의 군사력은 '전쟁법'에 관한 신중하고 현명한 구상에 의해 온건해졌다. 그의 정치적 실용주의는 그리스의 정복자들의 대담무쌍한 충동과 대조를 이룬다. 그리고 스키피오 동인 안에서 권력·지식·예술에 관한 하나의 철학이 완성된다.

1. 철학적-수사학적 독트리나

이런 변화의 중심에는 웅변술이 있었다. 전쟁은 장군들을 요구했다. 정복 뒤의 평화는 웅변가를 필요로 한다. 로마의 도시계획은 '의사소통의 공간'을 향해 발전한다. 카토는 기원전 184년 헬레니즘 시대의 건물들을 본떠 최초의 '바실리카식 교회당'을 짓는다. 곧 많은 대성당과 주랑(柱廊)들이 포룸[고대 로마의 대광장] 위에 세워진다. 귀족의 집들은 집주인의 손님들에게 포석을 깐 안뜰을 개방했다. 공화정은 상설 사령부이기를 그만두었고, 원로원은 특히 정치적 토의의 장소가 되어 웅변술의 실천이 시작되었다.

수사학 분야에서는 그리스인들이 모든 것을 발명했다. 라틴 사람들은 그들의 제자가 된다. 비유적 의미에서든 본의에서든. 왜냐하면 그리스에 머무는 것(아테네나 로도스)은 로마의 양가 청년의 수업 과정에서 의무적인 단계가 되었기 때문이다. 그들은 말하는 법을 배우고 생각하는 법을 배웠다. 수사학은 아름다운 어법과 함께 관념을 취급하는 법을 가르쳤다. 수사학은 특히 단어의 힘을 가르쳤다. 그것은 전통, 조상들의 관습의 신봉자들을 불안하게 할 수 있었다. 기원전 155년 플라톤의 후계자, 플라톤학파의 수장으로 다른 철학자들과 함께 사절의 자격으로 로마에 온 아테네인 카르네아데스는 어느 날은 정의에 대한 찬사를 늘어놓고 다음날은 똑같이 여유 있는 태도로 전날 자신이 한 발언에 대한 완벽한 반론을 전개했다. 그로 인한 소란은 그를 원로원에서 추방시킬 정도로 대단했다! 하지만 로마인들은 이런 식으로 '찬반에 따른' 토론법을 배웠다. 그것은 변론술인 동시에 비평철학의 한 가지 방법이었던 것이다.

그리고 어쨌든 로마에는 수사학 학원들이 늘어났다. 귀족 계급은 철학자들을 받아들였다. 스키피오 아이밀리아누스는 스토아학파인 파나이티우스에게 자신의 도서관을 개방했다. 그는 페르시우스에게서 파울루스 마케도니쿠스에게 잡힌 전쟁의 전리품이었다. 그것은 그 대신으로 베푼 예의상의 행동이었을까? 파나이티우스는 로마인들의 갈망은 더 많은 부드러움과 실용주의를 요구한다는 의미에서 스토아학파의 엄격함을 굴절시킬 줄 알았다. 공화정 말의 세대에게 그는 스승이 된다. 그리고 그의 목소리는 지금도 키케로의 《도덕적 의무에 관하여》에서 들을 수 있다. 스키피오는 철학에서 영감을 받은 수사학의 표본다운 태도를 취했다. 키케로(그는 아마도 그가 존경하는 이 표본들을 이상화했을 것이다)의 말을 믿는다면, 스키피오 아이밀리아누스와 그의 친구 렐리우스는 최초로 그들의 웅변술에서 전통과 문화, 도덕적 요구와 독트리나간의 공평한 균형을 발견한 자들이었다. 그리고 그들——특히 렐리우스——은 동시에 웅변의 '부드러움'을 개발했다. 그것은 토론을 이성적으로 만들고 웅변의 대립을 심각하지 않은 것으로 만들었다. 하지만 그들의 이야기 중 우리에게 남은 것은 주로 키케로가 말한 것이다. 그것도 거의 1세기나 지난 다음에.

2. 그라쿠스 형제의 웅변

로마의 귀족들은 그런 식으로 정복이 그들에게 선사한 정치적 주도권을 유지하기를 원한 것이 분명하다. 그들은 출발점, 즉 진정한 과두정치로 되돌아왔고, 잇따른 전쟁이 깨뜨려 놓았던 합

의가 로마 사회에 돌아온 것을 격찬했다. 기원전 2세기 후반에
는 원정 때문에 재산을 탕진한 한 평민(이 시민군은 파산했다)의
소송이 제기되었다. 그는 빚에 짓눌린 끝에 자신의 재산을 처분
한 뒤 정치적·사법적 결정을 피해 도시로 흘러들었다. 이로 인
해 위기가 시작되었다. 그리고 그라쿠스 형제, 즉 티베리우스 셈
프로니우스 그라쿠스(기원전 163-133)와 그의 동생 가이우스(기
원전 154-121)의 목소리가 커진 것도 이런 상황에서였다.

우리는 여기서 그들의 정치적 역할을 언급할 생각은 추호도
없다. 하지만 그들의 웅변은 다르다. 그것은 그들을 권좌에 등극
케도 했고, 어쩌면 추락케도 했을지 모른다. 가장 고상한 '씨족'
——그들 어머니에 의하면 그것은 코르넬리우스 가문이다——
에게 둘러싸여 양육된 이 '탈선자들'은 그들의 독트리나를 근거
로 혁명을 꾀하였다. 그들은 스토아학파 철학자 블로시우스 데
쿠메스의 학원에서 교육을 받았다. 그들은 가장 뛰어난 수사학
교사들로부터 배웠다. 플루타르코스에 따르면 우선 가이우스 그
라쿠스는 comitium(쿠리아, 즉 고대 로마의 씨족들의 집회소 앞에
자리한 광장) 위에서 발언했고, 시민에게 발언할 때는 원로원이
아닌 포룸으로 갔다. 그런 것이 이 '선동적인' 열변의 상징이 되
었다. 이것은 티베리우스에 의해 몇 년 전에 창시된 것으로 원
로원의 귀족의 토론회가 아니라 백성에게 발언하는 것이다.

또한 그라쿠스 형제의 화법은 로마 웅변술의 역사에 지워지
지 않는 흔적을 남겼다. 그것은 극도의 긴장이 특징이다. 그것은
비장미와 서정성, 웅변가가 감동시키기를 원하는——설령 그것
이 폭동에 이르더라도——청중의 지속적인 질의에 의해 만들어
진다. 키케로——그라쿠스 형제는 그에게 나쁜 정치를 구현했다

——는 가이우스에게 탄복하지 않을 수 없었다. "표현면에서 그는 탁월하다. 사상면에서는 심오하다. 모든 면에서 그는 압도적이다……." 그리고 우리는 평민과 귀족 계급간의 충돌(이 무정부적인 사건들은 기원전 4세기에서 3세기 사이에 발발했다)을 다룬 역사가 티투스 리비우스의 글에서 웅변가가 하는 연설을 읽으면서 이 '폭동의 수사학'의 충격을 가늠할 수 있다. 그들은 그라쿠스 형제들의 그것들을 그대로 본떴는데, 우리는 그 중 몇몇 웅변적인 단편들을 간직하고 있다. 많은 세월이 지난 다음 프랑스 혁명은 이런 엄격하고 격분하는 웅변의 부활을 보게 된다. 그리고 국민의회(프랑스 혁명의회)에서는 기원전 133년부터 123년까지의 웅변가들의 스타일이라고 해도 이상할 게 없는 연설들이 울려 퍼진다.

3. 웅변·정치·미학

그라쿠스 형제 이후에는 전쟁의 공적, 또는 웅변이라는 두 길만이 정치적 상승을 허락한 것이 분명하다. 한편에서는 지휘관들이 마리우스·술라, 그 다음 크라수스·폼페이우스·카이사르와 함께 국가 서열 1순위를 계승했다. 다른 한편으로, 더 이상 그들의 명성이나 폐쇄적인 특권에 기댈 수가 없게 된 귀족들은 재능으로 인정받는 '신인간들'을 인정하여야 했다.

마리우스가 장군으로서의 재능을 가지고 획득한 것을 키케로(기원전 106-43)는 웅변가의 재능으로 획득했다. 둘 다 아르피눔이라는 자치도시의 평민 가문 출신으로 태어났다. 기사 계급이었던 그들은 신인간들이었다. 하지만 마리우스가 민중파의 정치적 도당을 만들면서 어느 정도 그라쿠스 형제와 흡사한 도약을 추구했다면, 키케로는 기사 계급의 정치적 상승을 찬성하는 설교를 통해 원로원의 고귀한 신분의 전통에, 옵티마테스(원로원의 보수파)의 움직임의 중심에 섞인다.

그때부터 로마에는 수사학 학원들이 급증하게 된다. 그리고 심지어 라틴어로 웅변술을 가르치기 시작한다. 공공 질서에 위험한 판단들인 이 라틴어 수사학자들(그들은 군중, 특히 민중을 조종하는 법을 가르치지 않았을까?)은 기원전 92년 도시에서 금지되었다. 그래도 여전히 이 학원들은 다시 세워지고 로마에서 웅변을 하는 광경은 공화정 시민의 생활과 미래의 행정관들의 양성과는 뗄 수 없게 되었다. 최고의 변호사들을 둘러싼 관객들이 그들의 말에 귀를 기울이고 있다. 이것이 '포룸 수업'이다. 거기서 미래의 웅변가들이 단련된다. 동시에 유명한 스승들을 모시고 그리스를 여행하는 것이 수사학의 문화적 심화 과정에서 피할 수 없는 단계였다. 그리하여 키케로는 아테네, 그 다음 로도스의 웅변술 교사 몰론을 찾아가고, 플라톤학파들과 스토아학파들의 철학 강의를 열심히 들었다.

그때부터 라틴 민족은 수사학에 관한 이론서들을 직접 생산하는 단계에 이르렀다. 코르니피키우스라는 사람의 작품으로 추정되는 《헤렌니우스에게 가르쳐 주는 수사학》은 어떤 라틴 수사학자의 저서이다. 그리고 키케로는 《De inuentione》(발명론, 다시 말해 아이디어·논지를 발견하는 기술, 그리고 다양한 주의·주장들을 취급하는 법)라는 개론서를 출판함으로써 작가로서의 활동을 시작했다. 한편 이 시대에는 웅변의 스타일에 관한 하나의 논쟁도 전개되었다. 절제·명확·단순함 속의 우아함을 권하는 '아테네' 스타일은 부연·장식(풍부한 수식·그림·조화)을 추구하고, 비장미를 지향하는 '아시아니스트' 스타일과 대립했다.

키케로로 말하면 그는 '중간,' 또는 온건한 스타일을 선택하여 아테네 스타일의 무미건조함과 아시아니스트 스타일의 과장을 피했다. 중요한 그의 첫번째 연설 《베리네스》에 좋은 예가 있다. 《베리네스》는 서술은 아테네 스타일이고 서론과 결론은 기꺼이 아시아니스트 스타일이다. 그리고 방법과 효과의 세심한 할당은 그의 억제된 풍부함에 의해 '현대적인' 화법의 모습을 보여 준다. 자신의 피통치자들을 '착취하던' 시칠리아의 한 총독에 대한 이 길고 쓸모없는 비난(베레스는 소송 초기에 도망쳤다)에서 독트리나(이론 실습)는 좋은 감식안에 의해 균형이 잡힌다. 그는 다른 사람보다 더 심했을까? 당시에는 부정에 관한 소송이 어찌나 많았던지 특히 베레스 사건은 키케로에게는 시골 사람들과 로마의 기사들을 대표하여 발언함으로써 자신을 돋보이게 하고, 그 결과 집정관의 길이 열리는 기회가 되었다는 것을 알아야 한다.

4. 마르쿠스 툴리우스 키케로: 어떤 초상화의 스케치

라틴 문학의 모든 위대한 산문가들은 수사학과 관련된 깊이 있는 체험을 갖고 있다. 그리고 그 중 일부——세네카·소(小)플리니우스·타키투스, 훗날에는 아풀레이우스까지——는 재능 있는 변호사와 웅변가들이었다. 다른 사람들에 관해서 우리는 설득력 있는 풍부한 표현력과 자질을 상상할 수 있을 뿐이다. 왜냐하면 우리에게 남아 있는 건 키케로의 연설밖에 없기 때문이다. (플리니우스의 《찬사》와 상당히 뒤늦게 나타난 다른 《찬사》들을 제외하면.) 다른 웅변가들은 문법학자들이나 수사학자들의 인용에 의해, 또는 키케로가 로마의 웅변술에 대한 비평사를 제안한 대화인 《브루투스, 궤변, 웅변가》에서 언급한 내용에 의해서 우리에게 알려져 있다. 이는 이 분야에서 키케로라는 인물이 압도적임을 의미한다.

이것은 거북할 수는 있지만 부당한 처사는 아니다. 우선 번역과 시(지금은 소실되었다)는 넣지 않더라도 구두 변론, 정치적 연설, 웅변론, 철학적 대화와 개론, 서신 등 다양한 분야에 걸친 그의 작품 범위 때문에라도 키케로는 '무시할 수 없다.' 사람들은 그를 '인류의 교육자'로 소개했고, 그것은 지나친 표현이지만 그래도 그의 영향력과 사상의 질을 조금은 알 수 있게 해준다. 한편 설령 사람들이 그를 '길잃은 정치학계의 지식인'으로 간주하면서 그의 역할을 과소평가하고 싶어하더라도 이것만은 인정해야 한다. 로마의 정치 무대(여기서 그는 한 번도 가장 중요한 역할을 연기하지 못했다)에서 그의 존재는 사실 하나의 증인일 뿐만 아니라 공화정 최후에 발생한 이 긴 위기의 정열적인 배우였다는 것을.

사실 웅변가·웅변술 이론가·철학자·정치가로서의 키케로를 순서대로 연구하는 것은 헛된 일이 될 것이다. 그의 경력 속에서는 그의 재능의 이 다양한 면모로 인해 '힘든 시간들'과 함께 모든 것이 뒤얽혀 있다. 왜냐하면 키케로의 책들은 그의 연설과 함께 그가 살았던 시대의 정치적·이데올로기적 현실 속에 위치하기 때문이다. 이런 이유로 만일 우리가 위기와 사상의 역사를 모른다면, 그의 글을 읽는 것은 때로 어려운 일이 될 것이다. 사실 우리는 키케로가 어떤 유력한 정치적 위치(집정관)를 차지했다가 잃고(추방), 그것을 되찾기 위해 노력하고(귀국), 첫번째 삼두정치의 그늘 속에서 근근히 살다가 시민 전쟁에서 나쁜 진영을 선택하고, 카이사르 시대에 도덕적 영향력을 미치고 로마력으로 44년 3월 이후 로마의 운명과 다시 관계를 맺는다고 믿고 단호하게 안토니우스의 반대파에 참여하고, 훗날 아우구스투스가 될 젊은 옥타비아누스를 지지했다고 대략적으로 말할 수 있을 것이다.

얼마나 복잡한 인생 행로인가! 정치적으로 '힘든' 시대를 사는 사람들을 지배하는 것은 웅변가이다. 키케로가 물러났을 따여가는 그로 하여금 작가, 나아가 철학자가 될 구실을 주었다. 하지만 그의 말년, 안토니우스와 옥타비아누스가 충돌하는 혼란기에 행동과 생각은 키케로의 인생에서 같은 비중을 차지한다. 그는 안토니우스를 반대하는 '전쟁론'을 토로하는 바로 그 순간 그의 마지막 철학적 저서들을 쓰고 있었다.

그는 비평가들을 당혹시켰다. 그의 정치적 실패들은 그가 자신의 능력과 재능에 대해 갖고 있던 높은 자부심과 대조를 이루지 않는가? 사실 자주 키케로의 실수는 정당한 의심, 훌륭한 망설임으로 해석된다. 간계를 꾸미는 데 서툴고, 그의 사상에 관한 합의의 일환으로 항상 정치 계급을 한데 모으려고 노력하고, 공화정의 구질서가 더 이상 그를 구원하지 못할 것임을 자각한 보수주의자, 오늘날의 기준으로 보면 현실적이라기보다는 윤리적인 인간인 키케로는 그 시대가 요구하는 힘을 한 번도 가진

적이 없었다. 그에게는 군대, 그리고 전쟁을 일으키려는 야심이 없었고, 또한 잘 조직된 어떤 '당파'의 구체적인 힘도 없었다. '무기력한 중도파'와 비슷한 위치를 선고받은 그에게는 그의 용기만큼이나 그의 한계를 보일 기회도 많았다.

본 연구에서 우리는 이 말 잘하는 작가의 주요 작품들에 역점을 둘 생각이다.

집정관 키케로: 카틸리나 사건(기원전 63)

마르쿠스 툴리우스 키케로가 성실히 명예로운 과정의 단계를 건너뛰었을 때 그는 집정관이 될 수 있는 나이에 이른다. 그는 이미 《베리네스》에 의해 이목을 끈 바 있었다. 이 책은 그 내용을 발설할 수가 없어서 발행한 것이다. 하지만 그는 변호사였기 때문에 이미 정치적 발판으로써 법정을 정당하게 이용할 권리가 있었다. 《베리네스》처럼 당시의 정치 계급을 연루시키는 다양한 입장들은, 그를 술라의 '우익' 과격주의 잔해 제거의 찬성자로서 뿐만 아니라 귀족 신분을 위험에 빠뜨리지 않으면서도 그 규율을 완화시켜 주는 온건한 이해력을 갖춘 인간으로 '자리잡게' 했다. 폼페이우스에게 양도된 특별한 권력에 찬성하는 그의 의견 표명(〈Pro lege Manilia〉: 기원전 66)은 매우 교묘하며 정치 언어와 전술을 조종하는 그의 소질을 보여 준다.

그는 신인간이었고, 그 사실은 중요하다. 귀족들은 그가 집정관이 되도록 내버려둠으로써 시대가 변했음을 보여 준다. 어쨌든 키케로는 최고행정관이 되기가 무섭게 호민관 룰루스가 공술한 토지균분법안에 반대하는 연설을 통해 '민중의 집정관'이

되고자 하는 의사를 밝히면서 옵티마테스의 '원로원의' 정신과 민중파의 개혁——단 이 개혁들은 아무것도 변혁하지 않는다는 조건하에——에 대한 관심을 몸소 결합시켰다. 특히 그는 교양이 부여하는 재능을 주장하면서 토가를 입은 집정관——토가는 로마에서 장군에 대해 '민간인'을 나타내는 표지이다——으로서 말과 생각에 의해 통치하기를 원했다.

상황은 그에게 웅변술의 무기에 관한 이 도박의 합법성——그리고 한계——을 볼 수 있는 기회를 준다. 두 번에 걸쳐 집정관직에서 멀어진 L. 세르기우스 카틸리나는 지체 높은 가문 출신이지만 다른 많은 이들처럼 몰락한 자의 하나로 어떤 음모를 꾸민다. 그는 아무도 원하지 않는 사람들, 불만으로 분노한 사람들, 그리고 그처럼 그들의 유산을 탕진한 사람들을 선동하고자 했다. 그의 '슬로건들'은 혁명의 울림을 갖고 있었고, 사람들은 거기서 몇몇 그라쿠스주의자들의 메아리를 식별해 낼 수 있었다. 그리고 서민 집단을 장악하고 있던 카이사르는 이 '불안정'을 남몰래 조장하지 않았다. 어쨌든 전후 사정에 밝은 이 집정관이 사건을 맡게 된다.

그는 카틸리나를 고발하였다——〈첫번째 카틸리나의 탄핵〉은 유명한 "Quousque tandem, Catilina…"(카틸리나, 너는 언제까지 우리의 인내심을 악용할 셈이냐…)라는 구절로 시작된다——그리고 당시의 타락한 인간들(ripoux)을 열거한 놀라운 목록을 통해 그의 공범자들을 규탄한다.(〈두번째 카틸리나의 탄핵〉) 그는 〈세번째 카틸리나의 탄핵〉의 비극적 황혼기에 도시의 수호자로서 일어선다. 그는 카틸리나의 공범자들을 사형시킬 것을 요구한다.(카틸리나는 훗날 그의 무리들과 함께 피스토리아에서 살육당한다.) 그리고 한 명의 웅변가가 자포자기한 무법자에 대한 대응으로 그의 목소리를 듣고 모인 백성들의 화합을 내세우면서 커다란 폭력을 일으키지 않고 넘어간 이 시대를 로마인들이 기억해 줄 것을 간청한다. 결국 키케로는 4개의 연설로 공화정을 구한 셈이었다. 어쨌든 그는 위험에 처해(periculum) 마음을 졸이다가 안심하는 모습을 보여 주면서 지도층의 필수적인 단결을 엄숙하게 찬양했다.

사실 오늘날 우리가 읽을 수 있는 《카틸리나의 탄핵》은 이 사건이 있고 3년 후에 발표되었다. 그리고 행동의 핵심이었던 집정관의 웅변은 아마도 더욱 즉흥적으로 제작되었을 것이다. 우리는 '수정되고 정정된' 이 연설들(기원전 60)이 이제 공모자들을 간소하게 처형한 것 때문에 사람들로부터 비난을 받는 전 집정관을 위한 변호의 수단이기도 하지만, 또한 앞으로 그가 끊임없이 환기시킬 참고 기준인 그의 정치적 미래를 위한 변호의 한 수단이라는 것을 잘 알아둘 필요가 있다. 4장으로 구성된 이 비극은 웅변의 한 양식뿐 아니라 정치의 한 양식도 보여 준다. 키케로는 대중의 구제에 헌신하는 내용의 윤리학을 과시한다. 그 윤리학은 로마인들의 가치에 충실하며, auctoritas(도덕적·정치적 권위)의 진정한 지표인 gravitas(근엄함)의 흔적이 말과 행동에 뚜렷이 새겨진 것이었다.

웅변가가 철학자가 되다

카틸리나 사건의 결과는 키케로에게는 재앙이었다. 카이사르와 백만장자인 M. 리키니우스 크라수스가 의지하던 민중파의 공격의 표적으로서 이에 대항할 수 없었고, 폼페이우스로부터 기대하던 지지도 얻을 수 없었던 그는 결국 1년간 망명(기원전 58)할 수밖에 없었다. 당시의 '실력자들'의 개인적인 야심을 위해 원로원의 전통·금전·군대의 힘을 객관적으로 결합시킨 것은 키케로에게 웅변·도덕·체제·법 위에 세워진 정치적 이상의 한계를 여실히 보여 주었다. 망명지에서 돌아온 뒤 공허한 그리스도교 변증론 시리즈 이후 《세스티오를 위하여》는 그에게 합의를 촉구하는 것──성공은 못했지만──그리고 이런 상황에서는 '명예를 거스르지 않는 휴식'을 갈망하는 것이 정당하다는 것을 설명할 기회를 주었다. 더 이상 할 수 있는 행동이 없었으므로 키케로는 명상 쪽으로 전환한다.

이런 생각에서 그는 로마에 철학적 문학을 도입하는 과업에 전념한다. 그 까닭은 작가들이 그리스의 원작들에 근원을 둔 이런저런 개론들을 라틴어로 번역하거나 개작했기 때문이 아니라 그들이 기교 없이, 다시 말해 철학 사상의 표현에 웅변술의 아름다움을 가미하는 데 주력하지 않고 그 일을 했기 때문이라고 키케로는 말하고 있다. 그렇게 하면 유창하게, 그리고 화려하게 말할 수 있고 쓸 수 있다는 것이다.

어떻게 철학서를 쓸 것인가? 이것은 커다란 문제이고, 그 자체로 철학적인 문제이다. 소크라테스 이전의 철학자들, 플라톤·아리스토텔레스·스토아학파, 그리고 에피쿠로스학파는 이에 대해 시적 잠언집에서 시·서신 및 다소 역사적인 대화를 거쳐 학술적인 개론에 이르는 여러 종류의 저술을 통해 다양한 대답을 내놓은 바 있다. 그 중 키케로의 마음을 사로잡은 것은 이 마지막 양식이었다. 그는 절대로 한 유파의 지도자는 아니었다. 따라서 그에게는 독단적인 진술보다는 토론이 훨씬 더 흥미 있었다. 그의 기호는 플라톤 철학 또는 더 구체적으로 말하면 카르네아데스의 신(新)아카데메이아(플라톤학파)가 제시한 플라톤 철학의 '개연론 관련' 서적을 읽는 쪽으로 흘러 찬반 토론을 조장하게 된다. 우리가 이해하기로 이 방법은 수사학과 철학을 타협시킨다——또는 재일치시킨다. 요컨대 문학을 통해 철학을 로마 문화에 등록시키고자 하는 이 계획에서 대화는 어떤 장식과 기교를 공급하는 데 그치지 않았다. 키케로는 로마인들을 대화하게 만듦으로써 문제들을 구체화했고, 공화정의 생활과 가치에 결부시켰고, 모든 토론에서 그들이 내놓는 의견에 특별한 무게를 부여하는 이런 권위를 지닌 모범적인 인물들에 의해 논의되게 만들었다.

기원전 55년부터 54년, 그리고 기원전 52년부터 51년 사이에 키케로는 3편의 불후의 저서를 작성한다. 동일한 착상에서 나왔으므로 하나로 합칠 필요가 있는 이 작품들은 상호 보충적인 것들로 확인되었다. 《웅변에 관하여》·《국가론》·《법률에 관하여》가 그것이다. 이 세 작품은 체제와 풍속의 위기에 처한 한 도시의 문화·행동·정치간의 관계를 총괄적으로 통찰하기 위한, 연속적이면서도 집중적인 접근들이다.

이상적인 웅변가

《웅변에 관하여》는 웅변술 개론이 아니다. 오히려 정반대이다. 여기서 키케로는 하나의 기술로서의 웅변술 대신 인간인 웅변가에게 관심을 가졌다. 이 경우에는 완벽한 웅변술이 아니라 이상적인 웅변가를 만드는 방법적·문화적·도덕적 요구 사항을 정의하는 것이 중요하다. 이런 이상적인 웅변가는 언어의 장인이 아니라 사람들의 의식을 지배하고, 나아가 도시 전체를 지배할 수 있는 하나의 힘을 지닌 사람으로 생각되었다. 요컨대 《웅변에 관하여》는 설득하는 기술의 철학적 원리에 관해 묻고 있으며, 그런 까닭에 하나의 철학적 대화를 구성하고 있다.

이 책의 등장인물들은 키케로 이전 세대의 웅변가들이다. 이 대화의 시간적 여유를 제공하는 기원전 91년의 로마의 연극제 때에 크라수스는 투스쿨룸에 있는 그의 별장에 그의 장인인 법학자 Q. 무키우스 스카이볼라와 그의 친구인 웅변가 M. 안토니우스를 초대한다. 청년들(술피키우스·코타·G. 율리우스 카이사르 보피스쿠스——미래의 독재자의 아버지)이 그리스를 좋아하는 세련된 웅변가 Q. 루타티우스 카툴루스와 함께 와 그들과 합류한다. 두 주역인 크라수스와 안토니우스는 토론을 이끌고 다른 등장인물들은 그것을 문화적으로 설명한다. (그들은 여러 세대가 예속되어 있는 로마의 전통 속에서 법, 그리스의 문화, 웅변술에 관한 신중한 훈련을 대표한다.) 대화의 역사적 상황이 그것을 정치적으로 설명한다. 크라수스는 선동정치가 필리푸스와 싸우던 중 며칠 뒤 비극적으로 죽는다. 이러한 잠재적인 긴장은 결국 로마에서 웅변가의 역할의 목적이 무엇이고, 웅변술 하나만으로도 어떤 행동력을 발휘할 수 있는가를 여실히 보여 준다. 더할 나위없이 키케로다운 문제이다.

《웅변에 관하여》의 극도의 풍부함은 이 책을 몇 줄로 요약하기 어렵게 만든다. 키케로는 웅변술의 가공할 위력이 최후의 순간에는 웅변술의 극단적인 어려움이 되고, 웅변가에게는 플라톤

이 중요한 제약이라고 부른 것을 규정한다는 것을 증명하고 싶어했다. 그것은 바로 심오하고 생각 깊은 교양으로서 사람의 마음에 관한 지식, 연설 이론의 장악이다. (이것은 웅변가에게 세 가지 의무를 요구하는데, 그것은 증명하고, 청중을 즐겁게 하고, 감동시키는 것, '요컨대 아름다움, 미적 감각, 정신의 고양으로 설득시키려는 배려이다.)

주제는 흥미롭지만 이 모든 것은 다분히 지루한 일이 될 수도 있을 것이다. 그런데 전혀 그렇지가 않았다. 안토니우스와 크라수스의 웅변의 창작, 문체, 웅변 행위에 관한 길고 자세한 설명은 연결 대화와 수많은 빛나는 여담에 의해 조화를 이루고 미묘한 차이를 보인다. 여기에 다른 이야기 상대가 개입한다. 키케로는 자신이 플라톤에게 빚졌음을 익살스럽게 밝히면서——플라타너스 한 그루의 선명한 그림자는 《페드르》에서 일리소스 개울가에서 수다를 떠는 장면을 연상시킨다—— '철학적 대화'를 가르치지 않으려고 조심했다. 그의 등장인물들은 약간은 부자연스러운 상황 속에서도 자연스러움을 많이 간직한다. 여기서 우리는 웅변가 키케로에게서 작가적 재능을 발견하게 된다. 그는 그 자신, 그러니까 키케로를 교육한 한 세대의 역사적 대표자라고 할 만한 뛰어난 인간들의 빛나는 대화로 이루어진 지적 사실성, 나아가 심리적 사실성을 복구하는 법을 놀랄 만큼 잘 알고 있었다.

스키피오의 공화정

《국가론》은 시대를 거슬러 올라간다. 이 책의 배경은 기원전

129년, 라틴 축제일, 제2의 아프리카인 스키피오 아이밀리아누스
의 집이다. 격동적인 현실 속에 다시 한 번 일시적으로 한가한
틈이 있다. 티베리우스 그라쿠스는 공화정의 체계와 통일성과
체제를 위태롭게 만들었다. 혁명적 웅변가의 정책의 반대편에 가
입한 스키피오는 뒤로 물러서기를 원한다. 그리고 그의 친구들
과 함께 하나의 국가에 어울리는 이상적인 정부의 양태에 관해
토론한다. 그 중에는 충실한 친구 렐리우스, 그리고 그리스의 독
트리나에 열중한 다른 측근들이 있다. 그리고 《웅변에 관하여》
에서와 마찬가지로 지식을 갈구하는 청년들이 있다. 여러 세대
간의 대화는 확실히 키케로가 철학적 명상에 관한 착상을 할
때 반드시 필요하다. 이번에도 역시 ‘정신적 유언,’ 또는 정치적
유언이라는 개념이 부과된다. 왜냐하면 스키피오는 그로부터 며
칠 뒤에 죽기 때문이다. (불가사의한 상황에서.)

　이것은 어느 정도는 로마의 절정, 한 시대의 끝, 회상의 순간
의 유언이라 할 수 있다. 스키피오는 이상적인 공화정에 관한 그
의 명상을 풍부히 하기 위해 로마의 역사 쪽으로 고개를 돌려
이제는 그 위대한 균형이 위험에 처한 한 국가의 위대함과 성
공의 이유를 분석한다. 이유는 같음에도 불구하고 이것은 플라
톤의 《국가》와는 거리가 멀다. 《국가》는 결국 질서, 지식의 길,
정의에 관한 모든 조사를 통괄하는 사변적이고 이론적인 숙고
이다. 하지만 이 마지막 문제에 관해서는 방법의 상반됨에도 불
구하고 두 대화가 다시 합쳐진다. 스키피오는 형태 분석으로 정
체의 ‘유형들’(군주정치·과두정치·민주정치)을 비교한 뒤 그것
들 중 어떤 것도 순수한 상태로는 한 국가에 지속적인 균형을
가져다 줄 수 없다는 결론을 내렸다. 너무나 확실한 로마의 지

속은 이상적인 정부에 대한 하나의 표본 구실을 할 수 있다――
그것이 두번째 책의 주내용인 '고고학'의 동기이다. 우리는 폴
리비오스에게서 하나의 소중한 개념을 다시 발견한다. 하지만
스키피오는 최초의 문제, 즉 국가의 완성은 통치자의 본질적인
미덕들 속에서 추구되어야 한다는 것에 대한 답을 주지 못했다
는 반박을 받는다. 그것은 정의에 관한 모순되는 토론의 계기를
마련한다. L. 푸리우스 필루스에 따르면 그것은 이익에 의해 지
배되는 것이고(이것이 카르네아데스의 주장이다), 렐리우스에 따
르면 그것이 도시들의 기본적인 미덕, 진정한 토대이다.

이 토론이 제3권도 점령하고 있다. 우리는 제4권과 제5권에
대해서는 사실 아무 자료도 갖고 있지 못하다. 반대로 마크로비
우스 덕에 제4권의 핵심은 남아 있다. 이 유명한 '스키피오의
꿈'은 플라톤의 대화의 에르(Er)의 신화에 비교할 수 있는 역할
을 키케로의 대화에서 맡고 있다. 이 정치가는 투시력이 있는 척
하면서 우주적이고 종말론적인 환영이라는 장치를 통해 세상의
조화를 묘사하고 위인들의 영혼의 불멸성을 주장한다. 이 감탄
스러운 글은 결국 위대한 정치가가 반드시 갖춰야 될 초월성을
규정한다. 그것은 영광에 의해 실현되고 그에게는 진정한 최고
의 영예의 가치를 지닌다는 것이다.

《국가론》의 영향력은 막대했다. 우선 이 책은 플라톤의 이론
적 제약을 로마의 현실주의로 개종시켰다. 스키피오 아이밀리아
누스는 키케로의 정신적·정치적 스승이고, 찬미하고 본받아야
할 표본이었다――그는 《베리네스》에서부터 그것을 주장했다.
이런 표현은 미덕의 훈련에서 더 이상주의적인 엘리트주의를 기
반으로 한 그리스의 전통에 대해 역사적 실례가 풍부한, 지극히

로마다운 접근이 입증되는 것을 보여 준다. 요컨대 스키피오는 이상적인 통치자는 못 될지 몰라도 그래도 거기에 가장 근접한 사람이다. 그런 사람이 도시의 첫번째 서열을 차지하는 것은 당연하며, 그것은 특히 princeps(첫번째)란 용어가 의미하는 바이다. (그후에는 옥타비아누스 아우구스투스가 그것을 요구하게 된다.)

그렇다면 키케로는 아우구스투스의 사명을 교사하기 위해 그 자신의 사명을 생각한 것일까? 그것은 확실치 않다. 이에 관한 주된 생각은 현실과 이상의 변증법이 공화국의 위대함과 지속성을 보장하기 위해 '도덕적인 원로원 의장직'의 필요성을 암시한다는 것이다. 스키피오는 그 본보기였다. 또는 적어도 역사가 정치가에 대한 묵상의 모델로 제시하는 인물이다. 키케로 자신은 모범적인 플라톤학파의 한 사람으로서 완전함을 믿지 않고 완전하게 될 가능성을 믿었고, 자신의 행동을 그런 전례들에 맞추려고 노력했다. 그리고 동시에 시민으로서의 그런 영웅적 정신은 영예의 불멸성에 의해 정치 참여의 변천——때로는 비극적인——을 정당화한다.

로마를 위한 '헌법'?

《법률에 관하여》는 우리를 현실의 한가운데로 인도한다. 이번에는 키케로 자신이 그의 동생 퀸투스, 그의 가장 친한 친구 아티쿠스와의 대화를 통해 직접 대화에 등장한다. (그런데 퀸투스의 명예로운 과정은 고심한 흔적이 보인다.) 따라서 저자는 '권위자'의 역할을 맡아 그가 인정한 권위를 크라수스와 안토니우스에게, 그 다음엔 스키피오와 렐리우스에게 준다. 자만이나 순진함의 발로일까? 그렇지 않다. 키케로는 불규칙한 위기 상황에 직면하여 동시대의 다급한 어떤 문제에 대해 뭔가 구체적인 기여를 하고 싶어했다. 그는 지식인으로서, 단 개인의 정치적 경험에 의지하는 실용주의적 지식인으로서 대응했다.

키케로는 법에 대해 '자연 속에 내포된 최고의 이성'이라는, 스토아학파로부터 많은 영향을 받은 이론을 공식화하면서 종교법, 그리고 정치법·제도법의 '법전'을 제시한다. 그것들은 모두 매우 보수적인 착상을 보여 준다——《십이표법》을 모방한 이 '유기적인 법들'의 고풍스러운 스타일, 이 로마 법률의 간결한 스타일은 조상들의 관습의 전통에 대한 과감한 애착을 보여 준다. 철학적이지만 향수에 젖은 개론이기도 한 《법률에 관하여》는 그의 대화 상대자들이 이끌어 가는, 약간은 현학적인 키케로의 이런 인터뷰 양상 때문에 답답한 느낌도 든다.

위험의 증가와 카이사르의 독재

키케로가 《법률에 관하여》를 썼을 때(더 늦다고 보는 가설도 있지만 기원전 52년으로 추정된다) 다시 한 번 정치적 긴장이 시작되었다. 첫번째 삼두정치(기원전 61)에 의해 잠시 안정되었던 폼페이우스와 카이사르간의 경쟁이 '제3자' 크라수스가 죽은 뒤 되살아났다. 정부의 동의가 없자 두 사람은 결혼(폼페이우스와 카이사르의 외동딸 율리아)을 통해 '비공격협정'에 조인했는데, 그것도 그들의 이해와 이데올로기의 근본적인 대립을 제대로 은폐하지 못했다. 폼페이우스는 제도적 적법성, 다시 말해 원로원과 보수주의자들에게 의지하고자 했다. 카이사르는 그가 시대에 뒤졌다고 판단한 체제를 더 이상 중시하지 않고 중간에 놓인 선동자들을 통해 거만한 호민관들과 모든 종류의 혼란을 휘젓는 행동을 계속함으로써 그것을 약화시켰다. 그는 민중파에게 의지했는데 그것은 혁명정신에 의해서가 아니라 급진주의에 의해서였다. 자신의 권위의 힘으로 로마를 근대화시킬 수 있다고 믿은 그의 확신이 그의 선택과 행동을 이끌었다. 갈리아 쪽의 원정은 그에게 부족하던 것을 마련해 주었다. 군대가 그것이다. 왜냐하면 당시 상황은 내란으로 치닫고 있었기 때문이다. 그것은 모든 사람이 느낄 수 있었고, 알 수 있었다.

이런 상황에서 조정자 역할을 하기를 원한 키케로는 톡톡히 그 구실을 했다. 카이사르에게 고용된 호민관 클로디우스는 키케로와 그의 친구들을 공격했다. 난폭한 패거리들이 로마를 주름잡았고 클로디우스는 결국 암살당하고 만다. 웅변가가 섬기던 T. 안니우스 밀로가 살인의 책임자로 구속되었다. 키케로는 그를 변호하기 위해 여지껏 발표된 것 중 가장 아름다운 구두 변론을 썼는데, 그것은 결국 한 번도 발설되지 못했다——왜냐하면 재판 당일 공포 분위기에서 웅변가는 공포에 굴하여 빨리 말하고 그의 논증을 되는 대로 해치웠기 때문이다. 그리고 밀로는 추방되었다. 그럼에도 불구하고 《밀로를 위하여》(기원전 52)의 수정된 글은 특히 완벽한 구두 변론의 예로서 웅변술의 모든 수단을 사용한 비난받을 데 없는 구조를 갖고 있다. 그런 까닭에 우리는 이 글을 비참한 실패가 아니라 빛나는 예술 작품으로 읽어야 한다.

키케로와 카이사르의 관계는 이상했다. 두 사람은 정치적으로는 대립하면서도 지적으로는 서로를 높이 평가했다. 그리고 키케로의 '서신'에서 내란에 관한 당시의 편지는 어떤 괴로운 처지를 보여 준다. 폼페이우스는 원로원의 정당한 권리를 옹호했지만 거기에는 정치적 분별, 나아가 전략적 분별이 완전히 결여되어 있었다. 이탈리아를 떠나 버리겠다는 그의 결심에 대해 키케로는 어찌할 바를 몰랐다. 이런 상황에서는 카이사르의 선언에 저항하려는 그의 개인적인 노력들은 의미가 없었다. 후세 사람들은 키케로의 '서신'을 읽으면서 우유부단함이 뚜렷하게 나타날 때가 많은 정치적 편지에 대해 엄격한 태도를 취했다. 사실 키케로는 아티쿠스나 절친한 친구들에게 편지를 쓸 때 그가 마음속 깊이 생각한 바를 드러냈는데, 그것은 정치가에게는 흔한 일이 아니다. 한편 사람들은 거대한 편지 모음인 《아티쿠스에게》와 《친구에게》에 결집된 931통의 편지에서 키케로의 감수성, 그의 문학적 작업, 당시의 지식인·사교계·정치가들의 생활에 관한 많은 증언들을 발견할 수 있다. 우리는 거기서 키케로가 다양한 동시대인들로부터 받은 편지들도 볼 수 있는데, 그것은 지금까지도 가장 귀중한 자료들을 제공하고 있다. 키케로는 이 편지들 중 일부를 교정하고 수정하여 책으로 내고 싶었을 것이다. 하지만 그에겐 그럴 여유도 시간도 없었다. 그리고 따라서 우리가 받아보는 이 서신들은 약간은 '뒤죽박죽'인 상태로 어려운 시대의 진정한 일기, 키케로의 감수성에 관한 소중한 증언 노릇을 한다고 할 수 있다.

여기에서는 많은 것들 중에서도 특히 공화정이 서서히 카이사르의 독재 쪽으로 흘러가는 것을 본 키케로의 쓸쓸한 심정을 발견할 수 있다. 또 그가 공적인 생활에서 하나의 역할을 고수하려고 노력했다는 것(독재자는 관대한 척했다), 그리고 기원전 44년 3월 15일 폭군이 몰락하는 모습을 보고 그가 만족했다는 것도 알 수 있다.

생각하는 기술, 사는 기술

이 혼란한 시기에 키케로는 이미 언급된 3개의 큰 대화들을 초석으로 하는 철학적 초안을 계속 추진하고 있었다. 그것은 그에게 단지 그리스 철학을 베껴쓰는 데 그치는 것이 아니라 로마의 현실에 비춰 그것을 다시 생각하는 작업이었다. 사실 키케로의 글 속에 등장하는 철학적 대화들은 로마인들 사이에서 벌어지며, 토론과 논쟁을 설명하는 역사적 사례 부분은 로마의 전승에서 차용했다. 하지만 정신상태는 다르다. 키케로는 이론적 사변보다 행동·선택·가치를 포함하는 묵상을 선호했다. 그의 철학은 '구체적'이었다. (그리고 그런 만큼 철학자들의 기대를 저버릴 우려가 있었다.)

《신의 본성에 관하여》와 《점복에 관하여》(기원전 45-44)는 종교 문제를 다루면서도 형이상학에 굴하지 않고, 다만 로마 사회와 제도 속에서 종교와 점(占)이 담당한 역할을 고려했다. 마찬가지로 '최고의 선'(《최고선에 관하여》)이라는, 우선 듣기에도 지극히 이론적인 문제에 관해 키케로는 철학적 유파들——특히 스토아학파(금욕주의)와 에피쿠로스학파(쾌락주의)간——의 논쟁을 '현실주의 비평'으로 대체했다. 현실주의 비평은 스토아학파들의 지나치게 독단적인 엄격함을 묵살하는 것을 목적으로 삼았다. 그리고 쾌락의 철학을 도덕적 요구의 이름으로 비난했다.

확실히 키케로는 균형을 추구했다. 그리고 학설들의 비판적 검토뿐 아니라 중용을 염두에 두는 언어를 함축한 긍정적 개념인 인성——피소는 《최고선에 관하여》 제5권에서 그것을 잘 보여준다——에서 그것을 발견했다.

그러므로 키케로의 철학적 절충주의는 철학사에 관한 하나의 비판적 시각이다. 《아카데미학파 철학》은 키케로의 방법을 증언하고, 《투스쿨룸의 강연》은 그의 사색을 증언한다. 기원전 45년에 쓰여진 《투스쿨룸의 강연》은, 투스쿨룸에 있는 그의 별장에서 친구들끼리 만나는 가상의 이야기——겨우 초고만 썼다——를 상상한 것이다. 사실 이 토론들——이 용어는 찬반 대화를 상정하리라——은 연설을 통해 '양식화'한다. 웅변가 키케로는 '철학적 대의들'을 주장한다. 죽음은 악일까? 고통은 모든 악 중에서 가장 큰 악일까? 현인은 슬픔을 접하기 쉬울까? 또 열정에 접하기 쉬울까? 미덕은 행복의 충분 조건일까? 그런 것들이 이 다섯 '강연'의 주제였고, 그것은 재빨리 대화의 허구성을 벗어나 더 수사학적인 형태인 '대화술'에 자리를 양보하면서 이의를 제기하는 대화 상대자를 가정하지만 그 상대가 딱히 누구인 것은 아니다. 우리는 이런 식으로 키케로의 사색——철학은 연습이고, 개인적 사색의 방법적 훈련이다——의 메아리를 들을 수 있다. 그리고 그것은 윤리의 명령·훈계로 귀착한다. 형식면에서 이 글들은 철학적 설득이라는 명목하에 수사학의 무기를 차용했다. 가르치고, 즐겁게 해주고, 감동을 주는 웅변가의 의무는 여기에서 투스쿨룸의 '연사'의 의무가 되었다.

기원전 44년, 키케로는 2편의 걸작에서 대화의 형식을 되살렸다. 《대(大)카토, 또는 늙음에 관하여》와 《렐리우스, 또는 우정에 관하여》가 그것이다. 이것은 과거에 대한 향수인가? 사는 기술, 늙는 법, 우정을 돈독하게 하는 법에 관한 이 2개의 중요한 주제에 관한 지혜를 설교하기 위해 두 위인의 권위를 무기로 기원전 2세기로 돌아간 것이다. 그들이 권위자들이다. 하지만 여기에서도 질문들은 키케로의 사색의 영역에 속한다. 이것은 일촉즉발의 현실 속에서 의무를 다룬 《도덕적 의무에 관하여》가 제기하는 것과 똑같다. 이번에 키케로는 사회생활에 관한 어떤 철학의 고독한 내레이터 노릇을 하는데, 그것은 파나이티우스에게서 많은 영향을 받은 것이다. 그것은 사람들간의 사회적 관계의 기초가 되는 정을 강조하고, 완벽한 이상이 아니라 도시에 대한 정치의 책임을 모색하는 철학이다. 키케로는 이 개론을 자신의 아들 마르쿠스에게 바쳤다. 실제로 우리는 거기서 정치적 유언뿐 아니라 윤리적 유언도 발견할 수 있다.

《필리피카》

왜냐하면 키케로는 최후의 대전투에 참가했기 때문이다. 기원전 44년 9월 2일부터 43년 4월 21일까지 키케로는 원로원의 신분과 집정관의 위세를 제외하곤 어떤 제도적 임무도 부여받지 않은 채 카틸리나의 탄핵의 폭풍을 다시 찾아간다. 카이사르의 죽음으로 왕위 계승의 위기가 시작되었다. 공화정의 양심이 되고 싶었던 63세의 전직 집정관은 자신의 웅변술을 유일한 무기로 삼아 안토니우스에 대한 저항을 계획한다. 뿐만 아니라 퇴직한 웅변가 유베날리스가 '완전무결하다'고 판단한 그의 두번째 연설인 그 유명한 〈두번째 필리피카〉가 '공개 서신,' 하나의 성명서로서 여러 사람에게 알릴 목적으로 고의적으로 구상되었다. 그 결과 행동·생각·웅변은 불가분의 관계가 되었다. 그리고 우리는 '안토니우스의 연설'의 열정 속에서 키케로의 일관된 인격을 발견할 수 있다. 후손들은 아티쿠스에게 보낸 편지에서 키케로 자신이 사용한 어떤 암시를 인용하여 마케도니아의 필리포스 2세의 협박에 항의하는 데모스테네스의 연설과의 유사함에 근거하여 이것에 《필리피카》란 이름을 붙였다. 이것은 대단한 찬사이다. 그리하여 고대의 가장 위대한 두 명의 정치웅변가는 같은 이유로, 그리고 같은 평판 속에서 합류한다.

뿐만 아니라 키케로는 그의 수사학 개론들——《웅변가》·《웅변술 시합》등등——속에서 수사학에 부여한 지위——교양의 기초로서, 그리고 철학적 사색의 보조자——를 그의 작품과 행동 전체를 통해 보여 주었다. 조화 속에서의 미의 추구, 풍부하고 견식 있는 생각에 대한 요구, 공화정의 가치관을 말로 옹호함으로써 폭력을 피하려는 배려, 이 모든 것이 충실히 이행되고 있고 일체를 이루고 있다. 공화정을 구할 능력이 없었던 키케로는 그 대신 사상과 문학 창작의 거의 모든 분야에서 고전주의의 기본적인 지표들을 로마에 제시했다.

5. 카이사르, 자기 자신의 증인

키케로는 역사적인 작품을 1편도 남기지 못했다. 그는 그의 집정관직의 역사에 관해 쓰고 싶은 유혹을 느꼈다——그리고 결국 시라는 형식을 취해 그렇게 했다. 《집정관직에 관하여》가

그것인데, 이 시에 관해서 우리는 정말로 그것을 나쁘게 생각해
야 할지 아닐지 판단할 수 있을 만큼 아는 것이 많지 않다. 하
지만 결국 이런 자기 변명이 담긴 그의 계획은 결국 사료편찬
에 관한 키케로식 견해와 그것의 중요성과는 별 상관이 없다. 《법
률에 관하여》에서와 마찬가지로 《웅변에 관하여》에서는 역사적
지식의 중요성과 분석적 방법에 따라 처리하는 '먼 시대의 이야
기들'에 비해 시기적으로 가까운 사건들에게 부여되는 편애가
강조된다. 하지만 중요한 것은 '꾸며진 역사'——사람들을 어리
둥절하게 만들 수 있었던 표현——의 요구이다.

키케로가 그 세대와 그 이전 세대들의 라틴어 역사가들에게
가하는 비난은 그가 보기에는 철학적 독트리나의 발표가 받은
비난과 같은 것이었다. 이 두 번의 징계는 그들의 품위에 맞는
문체 처리의 혜택을 받지 못했기 때문에 문학적 요람기에 있었
다. 키케로는 역사도 철학처럼 꾸며진 것이 되기를 바라면서 '윤
색된' 역사 대신 주요한 문학 장르의 고유한 미적 특성을 따르
는 사료편찬을 권했다. 그의 말에 따르면 그것은 위풍당당하게
흘러가는 강의 흐름처럼 풍부하되 충돌 없는 문체를 내포한다.
그것은 또한 수사학적 과장에 의해 역사의 아름다움을 강조하
는 역사 분야의 처리도 내포한다. 왜냐하면 연설에서처럼 표현
의 아름다움은 사건의 깊은 의미, 그것의 모범적인 성격, 사건들
에 내포된 이상적인 부분을 강조해 주기 때문이다. 영혼에 영향
을 미쳐야 하는 역사는 단조롭고 무미건조한 문체 속에서 쇠퇴
해도 안 되고, 헬레니즘 시대의 일부 사료편찬자들이 하던 대로
틀에 박힌 감동적 표현으로 흐트러져서도 안 된다. 역사적 진실,
다시 말해 사실의 의미에 대한 깊이 있는 충실함의 요구는 역사

가의 본분을 결정한다. 그것은 마치 취향이 그에게 진실로 '문학적인' 저술에 대한 관심을 불러일으키는 것과 같다.

이런 이유로 키케로는 카이사르의 '기록'에서 '사료편찬' 작품으로서의 위엄을 절대로 인정하지 않았다. '기록'이라는 이름 자체는 그것의 영향력을 단번에 제한한다. commentarius는 '기억' 또는 '기억하기 좋게 요점을 간추린 비망록,' 사건을 해석하지는 않고 기록하는 데 만족하는 일종의 '취재 수첩'이다. 이 용어는 hypomnema라는 그리스 단어를 라틴어로 번역한 것으로, 원래는 헬레니즘 왕국에서 군주들이 그들의 통치 기간 동안에 일어난 사건들이 미래 역사가들의 관심에서 멀어지지 않게 하기 위해 작성하게 한 고문서와 기록들의 모음을 의미했다. 카이사르가 했듯이 '기록'이라는 제목으로 자신의 이야기를 소개하는 행위는 역사(historia, res gestae)와 사실의 해석 저편에 남기를, 따라서 가공하지 않은 정보를 숨김없이 드러내기를 진심으로 바라는 것이다.

《갈리아 전기》(7권)와 《내란기》(3권)를 읽으면 카이사르가 그런 소개 방식을 어떻게 이용했는가를 잘 알 수 있다. 겉으로 보면 이것은 갈리아 지방 원정, 그리고 폼페이우스와의 전쟁 동안의 그의 공적과 행동에 대한 간결한 보고서처럼 보인다. 그는 절제되고 우아하고 극단적으로 정확한 문체로 글을 썼다——키케로는 이런 언어의 명확성을 칭찬하였는데, 그것은 때로 《유추론》(지금은 소실되었다)이라는 개론을 쓰면서 문법학자를 자처하던 한 장군에게서는 충분히 예상된 행동이었다. 그러니까 결국 카이사르는 '객관적인' 이야기, 아무런 부연이나 수사학적 장식도 없는 내레이터로 만족하는 척한 것이다.

고대부터 이 이야기들의 역사적 가치는 의심을 받아왔다. 그것은 고대인 카이사르가 '객관성'에 관한 현대적 노작들 속에서 길을 잃었기 때문이 아니다. 우리의 조상들에게 하나의 사건은 그들이 그 사건으로부터 정말로 인정하고 싶어하는 의미(그리고 원본이라는 사실마저도)만을 지니는 것이 당연하다. 그리고 '받아들여진' 이 의미는 작가들의 권위와 어느 정도 만장일치를 이루는 그들의 동의에 의해 확고해진다. 이 경우엔 카이사르가 유일한 증인이다——하지만 얼마나 대단한 증인인가! 그 누가 갈리아인의 전쟁에 관해 카이사르보다 더 잘 말해 줄 수 있으랴? 그렇다, 그의 개인적인 행동에 높은 가치를 부여하기 위해 그 누가 그보다 더 잘, 여기저기 왜곡할 준비가 되어 있겠는가? 그러므로 작품을 그의 상황 속에, 그리고 그의 계획 속에서 다시 평가할 필요가 있다. 갈리아 전쟁은 기원전 58년부터 50년까지 카이사르를 로마에서 멀리 떨어진 곳에 억류했고, 그것은 정치적으로 대단히 불리한 조건이었다. 그동안 폼페이우스는 정치 상황을 장악했다. 그리고 폼페이우스가 카이사르의 부재중 그에게 집정관직을 맡기는 것을 거부하자 내란이 발발했다——로마로 돌아오기 위해선 그의 군대를 내쫓아야 했음은 물론이다. 여론에 '정보를 제공하기 위해' 매년 발행되었건, 아니면 기원전 51년말 또는 50년초 집정관 후보자를 준비시키기 위해 단 한 번 발행했건간에 이 '기록'은 정치적 계획의 일환인 것이 분명하다. 이 책은 '군사적 승리를 위한 전략'을 완성했고, 그 덕에 카이사르는 폼페이우스와 인기면에서(폼페이우스는 해적들과 미트라다테스를 상대로 한 원정 전투에서 대단한 명성을 획득했다), 그리고 능력면에서('개선장군'에 대한 군대의 충성은 그에게 가공할 영향력을 부여했다) 대결할 수 있었다. 어쨌든 카이사르는 그의 주특기인 급진주의를 가지고 내란에 대비했다. 그리고 거기서 승리했을 때도 역시 《내란기》를 발행했는데, 그것은 어쨌든 약간은 특별한 이런 종류의 전투에서 그가 앞장서서 평화를 주도하고 우수한 전략을 선택하고 합법성을 세심하게 따지고 패자들에게 관용적인 행위를 했다는 것을 확실히 밝혀두기 위해서였다. 그래서 이 책은 정확히 기원전 45년, 그러니까 독재자가 로마를 떠나 있을 동안에 발행되었다.

따라서 '기록'이란 제목은 완전히 부당하게 얻은 것은 아니다. 2편의 글이 카이사르에게 로마인들의 여론의 좋은 추억을 상기시켜 주는 것을 목적으로 하고 있기 때문이다. 그것은 분명히 선전 행위이지만 가공할 솜씨가 있었기 때문에 실현된 것이었다. 왜냐하면 근대 연구자의 표현에 따르면 카이사르에게 역사 왜곡은 하나의 예술과 비슷했기 때문이다. 모든 것이 세부 속에서, 말하고 이야기하는 방식 속에서, 완벽하게 냉정하고 태연한 문체로 행해진다. 사람들은 이 책들에서 당파색에 젖은 문구, 높은 언성, 신앙고백을 찾으려 했으나 헛수고였다. 카이사르는 잘 만들어진 1권의 책이 얼마나 사려 깊고 훌륭한 이미지를 부여할 수 있는지를 헤아려 '적재적소의 인물'이라는 평온한 권위 위에 세워진 개인적인 적법성을 쌓았다.

파르살루스에서 중단된 《내란기》는 카이사르의 충성스런 부관들에 의해 완성되었다. 그들은 정보의 첩부는 계속했지만 카이사르처럼 쓰는 기술은 없었다. 그때부터 사람들은 독재자의 재능을 평가하게 되었다. 그리고 그는 자신이 약간은 역설적인 방법으로 후손들을 매료시켰다는 것을 인정해야 한다. 프랑스의

어린이들, 갈리아인의 후예들은 상당히 오랫동안 《갈리아 전기》
에 매달려 로마군 쪽에서 본 라틴 주제들의 (매우 군사적인) 언
어를 배워야 했다.

6. 살루스티우스, 위기의 역사가

이 시대의 중요한 역사가는 우리가 카이사르의 '영토' 라고 부
르는 것에 속해 있었다. 하지만 살루스티우스(기원전 86-35)가
추문으로 점철된 개인의 정치 경력(그럼에도 불구하고 그는 그
덕에 부자가 되고 로마에서 가장 아름다운 정원들을 손에 넣는다)
끝에 카이사르의 진영에서 유력한 중심 인물의 역할을 맡았던
것을 고려한다면 그 정도의 표현으로는 부족할 것이다. 그 자리
가 그에게 위기 상황이 사람들과 국가간의 대립을 얼마나 잘 드
러내는가를 다른 사람들보다 더 잘 느끼게 해준 것일까? 어쨌
든 카이사르가 죽은 다음 집필을 시도한 살루스티우스는 위기
의 역사가가 되기를 원했다.

그는 기원전 43년 또는 42년에 발간된 《카틸리나의 전쟁》의
서문에서 그 점을 설명했다. 소재의 선택은 기원전 63년에 공화
정이 겪은 위기의 심각성을 보면 납득이 간다. 그리고 그것은 키
케로의 경력에 너무나 깊은 상처를 남겼다. 하지만 살루스티우스
는 집정관을 주인공으로 생각하지 않았다——작가는 그를 하늘
이 내린 인간으로 보기를 거부했다. 부정적인 의미에서는 오히려
카틸리나나 그의 항변을 주인공으로 보는 편이 타당하다고 생
각했다. 그에게는 놀라운 에너지가 있는데, 단 그것이 악의 편인

것이다. 반대로 살루스티우스의 두번째 저술인 《유구르타 전쟁》
은 기원전 2세기말 로마의 권위를 재건하기 위해, 그리고 어떤
면에서는 실추된 원로원의 과두정치를 전복하기 위해 마리우스
가 과시한 진보주의적인 에너지를 강조한다. 살루스티우스는 사
료편찬 작업을 계속하면서 그것들을 이 2권의 저술로 연결시켰
다. 《역사》는 술라의 죽음에서부터 시작되어 기원전 67년에 중단
되었는데 글들이 극히 단편적인 상태로 남아 있다. (어쨌든 우리
가 보기엔 그렇다.) 지금 우리에게 남아 있는 이 글들은 감탄스
럽긴 하지만 바로 그런 까닭에 《카틸리나》와 《유구르타》가 이
단편들보다 우리에게 더 많은 이익을 준다.

사람들은 카이사르에게 보낸 2통의 '편지'도 살루스티우스의
것으로 보고 있는데, 그에 따르면——만일 그것들이 진본이라면
——살루스티우스는 기원전 49년부터 46년까지 독재자 옆에서
역사가로서 정치 고문 노릇을 한 것으로 보인다. 반대로 사람들
은 《키케로에 대한 비난》도 그의 것으로 치부하는데 그것은 잘
못된 것 같다. 이것은 정치적인 내용이긴 하지만 상당히 상스럽
기 때문이다.

살루스티우스는 시대의 태만이라는 측면에서 인물들의 도덕
성을 배치한다. 왜냐하면 로마 공화정은 그의 저력이던 집단적
미덕을 상실했기 때문이다. 카틸리나는 이런 몰락을 그대로 보
여 주고 있으며, 그것의 비뚤어진 결과를 악용한다. 이 시기의
로마의 정치적·도덕적 허약함 때문에 이 '사건'이 그런 중요성
을 띨 수 있었다. 그 결과 음모는 폭로자 또는 촉매 역할을 한
다. 전에는 그라쿠스 형제의 위기 이후 마리우스의 등극——그
리고 그것은 살루스티우스의 '회고'를 설명한다——이 폭로자

와 촉매 노릇을 함으로써 공화정 내부의 당파들의 대결의 발단이 되었다.

　고대에는 모든 사료편찬 계획이 윤리적 개념에 폭넓게 의지했는데, 그것은 그만큼 역사철학이 대체로 철학에 근거하여 해명되기 때문이다. 철학은 본질적으로 윤리학을 지향한다. 그러나 살루스티우스는 이런 선과 악의 논점을 넘어선다. 그리고 사건의 변증법적 맥락에 관심을 가진다. 사실 그에게 엄밀한 의미의 이야기는 어떤 제한된 공간만을 차지할 뿐이다. 플래시백·여담·분석에 의해 깨진 역사적 시간성은 재건되고 양식화하고 극화된다. 그 결과 저술은 표현이 풍부한 회화처럼 보이게 되어 분쟁 상황에서는 그것의 구성 자체가 위기, 그리고 특히 질서와 무질서의 변증법의 원인이 되는 힘의 관계를 배열한다. 살루스티우스가 주장하듯 그것이 정치의 한 가지 교훈이다. 그리고 그는 거기서 스승 투키디데스를 만난다.

　이 '투키디데스의' 정신은 살루스티우스의 문체의 선택에 영향을 끼친 것으로 보인다. 살루스티우스는 장황한 사료편찬이라는 키케로의 원칙들을 거부하고 간결함 속에서 표현력을 찾고, 부연 설명이 많은 연설보다는 공들여 지은 표현을 선호했다. 그는 밀도 있는 글을 추구했다. 때문에 그의 글은 어렵고 때로는 애매할 때도 있다. 문장의 엄격한 구조는 유별나게 거친 단절르 인해 갑자기 파괴될 때가 있다. 그리스식 표현을 라틴어로 베껴 쓴 것은 사람을 어리둥절하게 만드는 이런 밀도를 강화한다. 하지만 우리는 예스러운 어휘와 형식을 추구하는 작가의 경향에서 투키디데스의 형식적 모방과는 별도로 로마의 정신이라고 할 수 있는 근엄함을 추구하려는 태도를 엿볼 수 있다. 살루스티우스의 언어는 로마의 옛 미덕에 대한 그의 향수를 그대로 나타내듯 향수에 차 있다. 그리고 역설적이게도 통용되지 않는 하나의 어휘에 다시 힘을 불어넣는 이런 저술법은 심미안과 지식이 넘치는 비평가 올뤼 젤로부터 혁신적인 방법이라는 평가를 받았다.

로마사의 한 연대기(상실)를 작성한 폼포니우스 아티쿠스와 《위인전》의 저자인 코르넬리우스 네포스는 살루스티우스에 비해 심사숙고했다기보다는 호기심을 끄는 역사 접근 방식을 보여 준다. 반면 우리는 바로의 작품의 대부분을 분실한 탓에 고대 로마에 관한 이루 헤아릴 수 없는 지식의 원천을 상실했음을 부인할 수 없다. 바로——그는 위의 두 작가들과 마찬가지로 키케로의 측근이었다——는 그의 시대의 가장 박식한 사람임에 틀림없다. 그는 시와 산문을 혼합한 소위 '메니페아의 풍자'라고 불리는 활기찬——그리고 자주 도덕적인——풍자시를 거쳐 농학에서 문법까지(논문 《라틴어에 대해서》와 《농사론》이 남아 있다), 문학비평에서 철학까지, 신학에서 건축학까지 모든 분야에서 74편의 저서를 집필한 것으로 알려졌다. 그는 지대한 영향력을 행사했다. 그는 진정한 백과전서파였다!

7. 루크레티우스의 학술적인 시

우리는 에피쿠로스 철학을 장시로 쓰려는 루크레티우스(기원전 1세기초쯤 태어나 기원전 55년에 사망)의 시도를 이런 학술적인 맥락 속에 집어넣어야 한다.

우리는 키케로를 통해 그리스 철학을 라틴어로 표현하는 것이 당시의 관심사였다는 것을 알았다. 로마는 그만의 생각과 취향에 맞는 문화적 수단을 필요로 했다. 철학을 말하기 위해 시에 호소하는 것은 사람들이 이론적으로 생각하는 것처럼 그렇게 엉뚱한 일은 아니었다. 오랫동안 철학자들은 시인이었고, 특히 소크라테스 이전의 철학자들이 그랬다. 한편 허구적 대화도 고대인들이 보기에는 교의적인 논문보다 덜 '철학적'이지 않았다. 그리고 교훈적인 시는 모든 분야에서 맹위를 떨쳤다. 키케로는 아라토스의 천문학적 내용의(그리고 지루한) 장시를 운문으로 번역했다. 그리고 루크레티우스의 선택에 의해 충격받은 모습을 조금도 보이지 않았다——그의 동생 퀸투스에게 보내는 편지에서 그는 이 시가 '재능과 재간으로 충만'하다고 말했다. 그리고 그는 루크레티우스의 사망 후 이 시의 발행을 도운 것으로 알려졌다. 그것은 에피쿠로스의 도덕에 대한 악착스러운 반대자치고는 분별 있는 행위였다.

이런 독트리나와 비교할 때 오히려 루크레티우스는 놀라울 수 있다. 왜냐하면 에피쿠로스는 인간을 명철함으로부터 멀어지게 만드는 허망한 쾌락 속에 시를 포함시켰기 때문이다. 루크레티우스는 자신의 생각을 이렇게 설명한다. 그는 에피쿠로스의 생각이 엄숙하다고까진 할 수 없어도 어렵다는 것을 알고 시라는 형식을 통해 그것을 가장 읽기 좋게 만들고자 했다. 마치 쓴 압생트(독한 양주의 일종) 물약을 담은 잔의 가장자리에 꿀을 바르듯이. 하지만 《사물의 본성에 관하여》는 인류의 해방자인 에피쿠로스에 대한 찬양이라는 것도 알아야 한다. 그리고 그 점은 소재에 품위를 주며, 그 품위는 시가 그 가치를 부여한다. 게다가 인간들에게 광명을 가져다 주려는 에피쿠로스의 투쟁에는 어떤 서사시적인 요소가 있다. 그리고 루크레티우스는 바로 서사시의 운율과 형식, 장단단격의 6각시, 노래의 단락을 선택했다.

아무튼 루크레티우스의 시는 무엇보다도 먼저 엄청난 철학적 걸작임에는 변함이 없다. 우리는 여기저기서 시적 재능이 번득임을 부인하지 않지만(특히 에피쿠로스를 찬양할 때) 특히 루크레티우스가 어렵고 극도로 엄격한 독트리나, 요컨대 로마 전통의 '주요 이데올로기'나 그의 동시대인들에게 친숙한 개념들과는 상당히 거리가 먼 하나의 독트리나에 활기찬 시의 리듬을 붙였다는 점에 감탄한다. 에피쿠로스학파는 새로운 것이 아니다. 이탈리아, 특히 캄파니아 지방에 확고한 뿌리를 내린 에피쿠로스의 사상은 키케로의 대화에 등장하는 주요 논쟁의 핵심에 있을 정도이며 논쟁의 차원, 나아가 정치적 차원마저 띠고 있었다. 에피쿠로스는 쾌락의 철학을 장려하면서 특히 공민의 참여 의무를 포함하는 관습을 선동하는 의무의 철학과 정면으로 충돌했다. 스토아학파가 악에 대한 저항, 현인의 의연한 태도, 자제력, 희생정신을 찬양한 만큼——따라서 그들은 '늙은 로마인들'의 허위의 미덕에 동의했다——에피쿠로스학파는 이런 영웅주의의 헛됨, 불멸에 대한 환상, 종교가 우리에게 안겨 주는 두려움을 고발함으로써 로마인들에게는 무엇보다도 먼저 그들의 미덕에 대한 철저한 비난으로 여겨질 수도 있었다.

에피쿠로스학파 철학자들은 공적 생활에서 벗어남으로써 평온을 추구하라고 충고했다는 점에서 어떤 면에서는 시대를 앞서 가고 있었다. (고요함은 아우구스투스 시대의 평화가 주장하는 행복의 하나가 된다.) 기원전 1세기 중반, 그들은 배반자들, 나아가 파괴자들처럼 보일 수 있었다. 사실 정치적 기권이 일절 금지되던(이론적으로는) 한 공화정 안에서 심기가 불편하던 그들은 각자에게 자신의 삶을 살게 해줄 견식 있는 군주에게 이 일을 위탁하는 경향이 있었다. 그렇기 때문에 루크레티우스의 투쟁은 정치적인 것이 아니라 철학적인 것이었다. 정열적인 그의 십자군 전쟁은 지식의 전쟁이었고, 그의 항거는 실존적 자유의 항거였으며, 그는 다만 포기와 오류에 맞서 싸운 것뿐이다.

에피쿠로스의 진실

사실 무척 오랫동안 에피쿠로스학파는 잘못 읽히고 잘못 이해되어 왔다. 그리스도교의 전통은 그의 고대의 적수들의 동인만큼이나 '쾌락의 독트리나'에 대해 엄격했다. 에피쿠로스학파는 소크라테스라는 원천에서 유래하지 않은 유일한 학파이며, 그 점 때문에 문제시되었다. 그후 대학의 철학은 이러한 '윤리적인' 비평을 오랫동안 중계방송해 왔다. 에피쿠로스의 물리학으로 말하자면 사람들은 원자의 개념을 곡해함으로써 피해를 입었다. 그리고 마르크스의 유물론은 에피쿠로스학파의 이론적 유물론을 분석할 때 제대로 판단하지 못했다. 사실 그들은 이런 사상의 결과에 의해 정신이 혼미해졌고, 그래서 그것의 원칙과 방법을 검토하는 것을 망각했던 것이다.

그럼에도 불구하고 《사물의 본성에 관하여》의 구성은 설득력이 있다. 처음 나오는 2곡의 노래는 에피쿠로스의 규범, 다시 말해 인식에 대한 엄격한 방법을 설명한다. 그리고 그것을 우주의 해독에 적용하면서 원자 모델의 필요성을 밝히고, 이 원칙으로부터 모든 결과를 끌어낸다. 노래 3과 4는 이런 맥락에서 인간의 자연을 연구하고 인류의 진화를 설명한다. 노래 5와 6은 이런 세계관을 다시 한 번 확장하면서 자연의 큰 현상들을 연구하고 자연의 질서——전염병을 포함하여——와 사회의 질서간의 충돌의 본보기로서 아테네의 페스트를 떠올리면서 끝맺고 있다. 따라서 시의 모든 악장은 많은 원칙들에서 출발한 세상의 '재건축'이다. 그것은 모든 목적원인론을 배제하고 자연을 형성된 존재가 아닌 과정으로 생각하는 관점이다. 사람들은 라틴어로 na-tura가 그리스어의 physis와 마찬가지로 철학자들이 '소산적(所産的) 자연'이라고 부르는 것뿐 아니라, 이런 '역동적인' 의미를 함축할 수 있다는 데에 충분한 관심을 기울이지 못했다. 게다가 애매함을 피하기 위해서는 《De natura rerum》을 '사물의 본성에 관하여'보다는 '존재의 기원에 관하여'로 번역하는 것이 더 옳았을지 모른다. 그것은 아리스토텔레스식 서술을 도입한 것처럼 보인다.

사실 에피쿠로스학파에게 존재는 '만들어지는 것'이다. 그것은 갑자기 생긴다. 그리고 거기서 모든 문제가 발생한다. 에피쿠로스학파는 약간은 라이프니츠의 식대로 합성물이 존재하기 때문에 반드시 단일한 것도 존재한다고 상정하고 '분할할 수 없는 것을 생각할' 필요성을 증명했다. 그것이 원자이다. 원자는 글자그대로 '나누어질 수 없는 것'(우리가 수학에서 리미트를 상상할 때와 약간 비슷하다)을 의미한다. 이런 최소의 실체는 최소의 특질, 자연계의 물체의 일반적인 성질, 즉 형태·무게·크기만을 가지며 그외 다른 결정 사항은 갖지 않는다. 허공 속에 던져진 원자는 물체의 관측 가능한 법칙에 따라 등속 운동으로 동시에

낙하한다. 하지만 그것들이 모이고 합성물을 형성하려면 서로 만나야 한다. 관찰 가능한 합성물의 존재는 사실 허공 속 원자의 추락의 독특한 평행상태의 파괴를 내포하며 '빗나감,' 즉 원자들을 연속적인 충격, 결국 만남 속에 끌어들이는 최소한의 사고를 생각하게 만든다. 그것이 clinamen으로, 우리는 이것을 필요한 '탈선'으로 상상할 수 있다. 그것은 불확실한 순간에, 불확실한 장소에서 가능한 한 가장 좁은 거리를 비켜 나가는 것이다. 원자 개념을 형성할 때처럼 이 '있을 수 있는 가장 작은 것'이라는 단위는 구체적인 것이 아니라(왜냐하면 정의상 원자는 관측 불가능하기 때문이다) 정신적인 것이다. 이것은 '생각할 수 있고,' 노에시스[현상학에 있어서 의식의 기능적·작용적 측면]적인 최소의 것으로서 우리의 지각 능력 저편에 있다. 이것은 원자 자체도 마찬가지이다. 따라서 존재와 물체의 기원을 초래하는 최초의 과정은 원인 없는 사고이며, 생각이 '형성하는' 불확정적인 일이다. 그리고 세상은 존재의 총체와 마찬가지로 모든 궁극성에서 벗어난다.

에피쿠로스학파의 궁극성 없는 세상은 주체의 무한한 자유를 창시했다——그것이 에피쿠로스가 고백한 계획이다. 또한 모든 종류의 초월성, 특히 신성한 초월성에 대한 모든 굴복으로부터 존재를 해방했다. 이런 관점에서 에피쿠로스학파의 교리는 확실히 '근대적'으로 보인다.

에피쿠로스학파의 휴머니즘

에피쿠로스학파는 대번에 이상주의자들·목적원인론자들, 그리고 초월성을 상정하는 모든 철학의 거센 비난에 부딪쳤다. 이런 비난은 희화에까지 이르렀다. 에피쿠로스학파의 도덕은 쾌락에 가치를 부여할지는 몰라도 방탕을 선동하지는 않는다. 고대의 모든 철학은 의도는 그렇지 않더라도 결과적으론 행복의 이론들이기 때문에 에피쿠로스학파의 생각은 혼란과 격정을 피할 것을 권한다는 점에서 다른 철학들과 조금도 다르지 않다. 그것은 모든 아타락시아(마음의 평정)의 조건이다. 이 경우 에피쿠로스는 쾌락을 고통의 부재, 우리의 자연스런 본능과 일치하고 우리에게 주어진 보잘것없는 존속 기간의 행복한 전개에 유익한 상태로 정의했다.

이런 '쾌락의 운영'은 엄격함(왜냐하면 공허한 많은 쾌락들은 결국 혼란을 가져오기 때문이다), 그리고 따라서 많은 분별력을 내포했다. 이런 도덕관에 분개한 키케로도 에피쿠로스의 삶이 절제와 지혜로 충만한 것이었음을 인정했다. 어쨌든 이 행복 선언은 신들에 관해서는 무관심을 덧붙임으로써(에피쿠로스는 신들이 존재한다는 것을 조금도 부인하지는 않았지만 그들을 '천체간의 공간'으로 추방하고, 그들은 우리에 대해서 전혀 염려하지 않는다고 보았다) 엄격주의자들의 비위를 건드렸다. 사실 이것은 주체의 자유 위에 세워진 휴머니즘을 내포하는데, 이 주체의 자유라는 것은 초월적인 가치들을 포함하는 이데올로기들 속에서는 생각할 수 없는 것이다. 그리고 전쟁 직후의 사르트르의 실존주의처럼 이 철학은 로마에서 이론보다는 유행에 속하는 '생활 방식'과 행동들에 의해 현금화되었다. 기원전 1세기의 로마 에피쿠로스학파를 생 제르맹 데 프레의 재즈광처럼 상상해도 전혀 틀린 일은 아닐지 모른다. 그들은 다음 세대에 그들의 상징, 그들의 시인들과 함께 통속적인 이데올로기 속으로 녹아들었다.

루크레티우스는 그의 걸작을 통해 사실은 기원전 2세기도 훨씬 전부터 존재해 온 이 철학(에피쿠로스는 기원전 341년부터 270년까지 살았다)에 대한 좀더 심도 깊은 지식을 제공하는 데 기여한 것으로 보인다. 키케로의 논문들의 내용에 관한 논쟁들은 에피쿠로스의 주제들이 '철학적 불가타'(라틴어역 성서) 속에 녹아 있다는 것을 은폐해서는 안 된다. '철학적 불가타'는 시대의 창조적인 정신들을 계발하면서도 그런 주제나 그런 논쟁에 결정적인 철학적 명찰을 붙일 일도 없고 그럴 필요성도 느끼지 않는다.

한 문화의 변화는 관념들을 다른 방법으로 미화하여 풍부하게 만듦으로써 나타나며, 철학적 사색이 아닌 다른 이유들로 시대의 분위기 속에 있는 여러 가지 기호들의 방향을 전환시킴으로써 끝난다. 독트리나 저편에서 집단의 사상은 관습으로부터 이미 충분히 멀어졌기 때문에, 우리는 전적으로 에피쿠로스파 사상의 진전의 탓으로 돌릴 수 있는 가치들의 전복을 자주 목격할 수는 없다. 그리고 그들은 아마도 우의적인 비너스 찬가를 통해 시를 쓰고(생식에 관한 사랑의 본능을 통해 생을 찬양하기 위해), 이피게네이아의 희생을 떠올리면서 신에 대한 복종이 야기하는 끔찍한 범죄들을 고발한 루크레티우스의 독창성을 과대평가했을 것이다. 이런 신화 비평과 신성에 대한 상징적인 세속화는 오래 전부터 유행해 왔고 더 이상 많은 사람들을 화나게 하지 않았다. 루크레티우스의 독창성과 위대함은 특히 이 시의 정열적인 힘에 있다. 이 시는 인간의 지성과 자유에 대한 신앙심의 표명으로 결국 에피쿠로스주의는 하나의 휴머니즘임을 선언하고 있다.

8. 라틴 시의 '누벨 에콜'

근대 사상의 주창자 루크레티우스는 미학적으로는 반동주의자였다. 그의 '철학적 서사시'는 엔니우스로부터 영감을 얻은 것이다. 그리고 그는 진력날 정도로 고집스럽게 어휘와 형식의 의고주의를 실천하였다. 그는 라틴 철학 어휘의 빈곤을 추방하기 위해 원자라는 그리스 표현을 피하면서까지 신어 창조를 감행해서 insecabile(나눌 수 없는 것)라는 단어로 무겁게 표절할 정도였다. 또한 그는 그의 독트리나의 진지함에 가치를 부여하기 위해 근엄함을 중시하는 무거운 분위기를 로마의 전통으로부터 빌려왔다. 이것은 살루스티우스와 비슷한 점이었지만 거기에는 신랄함이 없었다. 사실 경박하고 좀 지나치게 그리스적이고 나아가 전통파괴적인 것으로 인정된 어떤 철학의 고정된 이미지를 정정하기 위해, 옛날 식으로 뛰어난 영감을 지닌 신성한 시인의 미학적인 표현을 취하는 것이 현명하게 보일 수도 있었다. 여하튼 부피·호흡, 그리고 인내를 필요로 하는 교훈시가 세련된 새로움의 씨를 뿌릴 수 있을 만큼 좋은 문학적 토양인지는 의문이다.

사실 기원전 2세기말부터 새로운 분위기가 싹터 로마 시인들에게 새로운 영감을 불어넣었다. 헬레니즘 시대의 그리스 시를 읽는 행위는 간결함과 경쾌함의 매력을 입증했다. 이것은 한 위대한 장군을 감동시킬 정도였다. 그리고 킴브리족의 정복자인 Q. 루타티우스 카툴루스가 조직한 애호가와 시인들의 동인(그들 중에는 청년 키케로도 있었다고 한다!)은 라틴어를 가지고 그리스 풍자시의 박자와 주제에 맞춰 시를 썼다. 현존하는 문헌의 부족으로 우리는 로마인들의 이런 문학적 삶에 대해서는 아는 것이 없다——하지만 그 결과만은 잘 알고 있다. 알렉산드리아 시대의 대량의 작가 불명의 노래와 서사시는 제쳐 놓더라도 그리스의 가장 오래 된 서정시인들(사포·알크만·알카이오스)의 시, 핀다로스·바킬리데스·시모니데스·박식한 칼리마코스·테오크리토스의 열광적인 시가와 찬가를 읽는 행위는 엔니우스 이후 '고급 장르'의 전통 속에서 제자리걸음을 하던 로마인들의 시적 취향과 영감에 혁명을 일으켰다. 이 새로운 관심은 '새로운 시인들'(그리스어로 neoteroi)로부터 만들어졌는데, 그들은 그리스인들로부터 운율과 절의 도식을 빌려옴으로써 형식을 개혁하는 데 그치지 않고 영웅적인 이데올로기에 짓눌려 왔던 감성도 드러냈다.

그때까지 문화의 중심은 남쪽이었는데, 신기하게도 이 '새로운 양식'의 시인들은 이탈리아 북부에서 왔다——그렇다고 거기서 하나의 규칙을 결론으로 이끌어 낼 수는 없다. 오래 전부터 로마화한 알프스 이남의 갈리아키살피나 사람들이 '도시로 갔다.' 베로나의 시골 평민 가문에서 태어난 카툴루스(기원전 87?-54?)도 이에 해당되었다. 그는 로마에서 도시생활을 발견하였다. 이 '도시 정신'은 수도에 일어난 풍속의 변화를 보여 주었다. 혼란스러운 이 시기에 어떤 세속적이고 교양 있는 우아함은 지도층들로 하여금 위기를 벗어나고 세련된 도락의 매력을 발견할 수 있게 했다. 처음에는 카이사르와 관계를 맺었다가 나중에는 그와 사이가 벌어진 카툴루스(그는 몇몇 풍자시에서 카이사르에 대해 무자비한 모습을 드러냈다)가 공직 생활에 헌신한 것은 지방 총독 멤미우스를 따라 비티니아에 갔을 때뿐이다. 멤미우스는 루크레티우스가 그의 《사물의 본성에 관하여》를 헌정한 사람이기도 하다. 당시 로마 사회는 동인은 아닐지라도 지식 계급들의 '소집단'을 퍼뜨리고 있었다.

사랑에 빠진 시인?

키케로를 박해한 호민관 클로디우스 풀케르의 누이 클로디아는 매력적이고 바람기 있는 여자였다. '새로운 양식'은 상류 사회의 아가씨들이라고 해서 비켜가지 않았다. 몇몇 아가씨들은 집 안 깊숙한 곳에서 양털을 잣는 주부가 되기를 거부하고 가공할 품행의 자유를 갈구했다. 따라서 클로디아는 고관들·시인들과 교제하면서 연인의 수를 늘려갔다. 카툴루스도 불행히 그들 중 하나였다. 그는 레스비아라는 별명을 사용하여 클로디아의 매력과 매정함을 노래했다.

이런 독서는 라틴 문학사상 처음으로 카툴루스의 시의 상당 수가 분격한 사랑의 감정상태를 형성한다는 사실에 의거하고 있다. 그리고 그것은 어떻게 보면 어떤 개인적인 경험의 시적 고백으로 추측된다. 시인이 젊은 나이에 죽은 것 때문에 사람들은 그가 상사병으로 죽었다는 결론을 내렸다. 왜냐하면 이 남자가 읽던 책을 읽으면——기원전 1세기 중반쯤 누구보다 호색적인 시인 멜레아그로스는 에필리온의 에로틱한 시선집을 펴냈다—— 우리는 그의 시적 영감 속에서 경쟁심이 그가 직접 체험한 일만큼 중요했다는 것을 상상할 수 있기 때문이다. 게다가 고대 시인들이 내적 감정의 표현을 그토록 배려했을 것으로 간주하는 것은 어쩌면 크나큰 시대착오일지 모른다. 우리가 사랑에 관해 말할 때 그것은 그리스의 '에로티카'의 전통 속에서 어조를 바꿔 가면서 주제의 모든 수단을 가장 잘, 가능한 한 가장 아름답고 미묘하게 표현하기 위한 것이다. 아무도 사포·밈네르모스나 멜레아그로스의 사랑의 목록을 작성하는 데 신경을 쓰지 않는 마당에, 무엇 때문에 고집스럽게 라틴 시인들의 정열에 기대를 걸고 그들의 애정생활에 대한 소설을 꾸미겠는가?

그리고 연애 감정의 표현이 로마에서 그들의 모든 다양성 속에서 문학의 소재가 된 것을 관찰하는 대신 '실제로 체험한 감정'에 대한 연구를 고집하는 것은 어쩌면 핵심을 비켜가는 것일지 모른다. 그런데 그때까지는 오직 서사시의 사랑, 몇몇 비극적인 투쟁과 희극의 방종한 유희들만이 이 분야의 라틴 작가들에게 영감을 주어왔다. 카툴루스는 그리스 표본들을 모방하였다. 그의 시 제51편을 읽으면 알 수 있다. 거기서 그는 사포를 번역하면서——탄성이 나오게——경쟁심의 법칙에 따라 자기가 만들어 낸 구절 하나를 덧붙였다. 이 시는 사랑하는 사람이 뿜어내는, 상대를 무력하게 만드는 매력을 묘사했다. 이때 이 주제어 대한 전기적인 자료가 반드시 필요한 것일까? 또 카툴루스는 다른 시들에서 알렉산드로스 대왕 시대의 에필리온(짧은 서사시, 또는 대개는 시선집에 많은 경구시를 모방했다. 거기에서 그는 자신의 많은 재능, 그리고 현재 우리가 가지고 있는 문헌상태로 볼 때 그리스 서정시의 운율과 절을 처음으로 라틴어로 도입하는 독창성을 발휘했다. 요컨대 그는 장단단 6보격과 장단단 5보격(이는 로마에서 특별한 성공을 거둔 운율 양식이다)으로 구성된 애수 띤 2행시를 처음으로 우리에게 선사하였다. 하지만 형식과 내용간의 어떠한 조화의 법칙도 이런 다양한 운율의 선택을 쾌

임지는 것 같지는 않다. 카툴루스의 미덕은 아마도 로마에서 아직은 새로운 시적 표현이던 한 영역을 개척하면서 특별한 재능을 보여 주었다는 데 있을 것이다.

이것은 한 가지 열정이 그의 인생을 관통했다는 사실과는 양립되지 않는다. 많은 작품들은 진실 같은 인상을 풍긴다. 특히 그것이 비통한 내용일 때에는. (낭만주의는 우리에게 그것으로부터 진실성의 조짐을 보라고 가르쳤다.) 하지만 그의 작품에서는 익살스런 말투의 시들이 쓰라림과 나란히 있으며, 특히 신랄한 경구시에서는 심술궂음까지 엿보인다. 그는 사랑에 관해서는 구변이 좋았으며, 그 점 때문에 어쩔 수 없이 진실성을 의심받고 있다. 그의 독특한 성향은 우리에게 사랑에 빠져 미쳐 버렸거나 적어도 그럴 수 있는 그의 모습, 어쨌든 사랑의 광기에 사로잡힌 모습을 보여 준다. 그는 사랑의 행복과 고통을 가장 풍부한 감수성을 가지고 표현한다. 그는 이처럼 어떤 표현의 진실에 도달했고, 그 속에서 독자는 기꺼이 자기 자신을 발견한다. 그리고 만일 카툴루스가 사랑에 빠진 시인이 아니라면 적어도 사랑에 빠진 사람을 위한 시인이라고 할 수 있겠다.

하지만 우리는 다른 이유들 때문에 카툴루스를 좋아할 수 있다. 이것은 의심의 여지가 없는 명백한 사실인데, 그는 그리스 시인들의 다분히 비개성적인 예술에 개성을 불어넣는 법을 알았다. 서정성은 그 덕분에 발전했다. 처음에 노래의 예술, 그것은 좀더 주관적인 표현의 시적 장소가 되는 것을 지향했다. 그것이 가정하는 모든 모호함을 가지고. 그 결과 라틴 애가는 이런 모호함을 탁월하게 사용할 줄 알게 된다. 하지만 우리의 작가는 아리아노스의 불평을 말하는 데 '불행한 카툴루스'의 탄식을 말할 때

만큼, 그리고 베레니스의 머리털을 언급하는 데에도 레스비아의
입맞춤을 언급할 때만큼 많은 재능을 쏟아붓는다. 그의 예술가
적 면모는 그의 시집에 실린 116편의 시 하나하나에서 드러난다.
어떤 시에서 그는 연인처럼 보인다. 어쨌든 새로운 영감, 사랑의
열정에 비길 만한 시적 열정이 이 책 전체를 관통하고 있다.

결 론

　행동에 대한 사랑, 말에 대한 사랑, 지혜에 대한 사랑, 그리고
사랑에 대한 사랑이 라틴 문학의 두번째 탄생을 밝혀 주는 것
같다. 토대면에서 상당히 엘리트주의인 이 '근대성'은 국가 전통
의 기초를 세웠고, 그때까지 결여되었던 광휘를 국가 전통에 선
사했다. 위기가 사색의 정신과 미적 호기심을 자극한다는 것은
널리 알려진 사실이다. '로마 혁명'(역사가 Ronald Syme의 유명
한 저서명을 흉내내자면)은 제도적 위기를 뛰어넘어 정기와 창
조성 속에서 이루어졌다. 이를 두고 문화 혁명을 언급하는 것은
우스운 일일까?

4

아우구스투스의 시대

아우구스투스 시대의 작가들은 '토박이 로마인들'이 아닌 것이 공통점인 듯하다. 그들은 모두 지방 출신으로서 호라티우스를 제외하고 모두 북부 이탈리아에서 왔다. 여기서 우리는 라틴 공간의 변화를 읽을 수 있다. 그리고 그것은 그리스의 이탈리아가 설립한 인력의 중심으로부터 멀어져 장차 통일된 단일한 이탈리아라는 전체적 공간 위에서 개화하기 위한 현상처럼 보인다. 두 세대의 시인들이 교차한다. 하나는 베르길리우스와 호라티우스 세대로서 그들은 내란이 터졌을 때 성인의 나이에 도달해 있었다. 티불루스·프로페르티우스, 그리고 특히 오비디우스는 이런 심한 충격 때문에 '쫓겨났다.' 그들은 그들의 선배들이 기원한 황제의 평화를 이용했다. 이 시인들 앞에서 역사가 티투스 리비우스는 위대한 공화정에 대한 향수는 로마의 새로운 창건이 되기를 원하는 한 시대의 지적 특색의 일부를 이룬다는 것을 보여 주는 듯하지만, 그러면서도 어려운 과도기적 단계로 느껴지도록 내버려둔다. 상당히 무겁고 이데올로기적인 공적 예술은 학술적이면서도 재치가 넘치고, 심각하면서도 가볍고, 화려하게 장식되었으면서도 현학적이지는 않은 '아우구스투스 시대의 문학' 앞에서 놀랄지 모른다. 아우구스투스의 가장 아름다운 유물은 아마도 거기서 찾아야 할 것이다. 그 중 일부는 현대적인 사물에 익숙한 우리의 눈에도 로마인의 천재적 재능의 정수를 구현하고 있는 것으로 보인다.

1. 베르길리우스와 로마의 알렉산드리아학파

베르길리우스(기원전 70-19)는 만토바에서 상당히 늦게 로마화된 한 지역에서 태어났다. 만토바의 시골은 테오크리토스의 시칠리아와는 전혀 다름에도 불구하고 시인의 최초의 행동은 시칠리아 사람 테오크리토스를 흉내내는 것이었다. 테오크리토스는 기원전 3세기에 '전원시'를 발표한 바 있다. '전원시'는 대개는 서민층으로 이루어진 여러 인물들이 개입하는 '소희극' 형태의 상당히 짧은 시들의 모음이다. '도시적'이거나 신화적인 몇 편의 시를 제외하고, 이 시들은 대개 열심히 일하기보다는 피리를 부는 데 훨씬 더 많은 시간을 소비하는 목동들을 다루고 있다. 어쨌든 그들은 대개는 고대 그리스의 전통으로부터 생각하고 시적으로 표현하는 특권을 넘겨받은 현세의 대귀족들이 아니었다. 이 점이 알렉산드리아파 시의 상당히 독특한 점이다. 이 시들은 각 시들의 길이, 고귀한 주제, 인물들의 품위 같은 여러 영역에서 '위대함'을 부인한다. 이것은 중요한 미적 변화이다. 이제 사람들은 어떤 새로운 이데올로기의 영향력을 볼 수 있다. 변화하는 세상에서 예술을 위한 예술은 더 이상 멸시되지 않게 된 것 같다. 그것은 시적 창작의 유희적 성격도 마찬가지이다. 사람들은 사소한 주제, 이를테면 한순간 하나의 좋은 단어에 대해서도 몇 줄을 썼다. 이것이 경구시를 성공시킨 요인이다. 그들은 예술작품을 묘사했다. 그들은 '문체의 연습'에 열중했다. 그들은 자격, 나아가 뛰어난 솜씨를 연마했다.

최초의 시집들은 로마에 이런 시를 더 잘 알리는 역할을 했

다. 이미 카툴루스가 증언한 바 있는 이 새로운 취향의 선구자
는 시인 코르넬리우스 갈루스였다. 갈루스는 《아펜딕스 베르길
리아나》라는 제목으로 모아 놓은 베르길리우스의 시 〈제10전원
시〉에서 경의를 표한 바로 그 사람이다. 베르길리우스 작품의 알
려지지 않은 부분들이 햇빛을 본 것은 이런 상황에서였다. 우리
는 여기서 알렉산드리아파의 영감에 속하는 거의 모든 것, 즉 가
벼운 경구시들(《카탈렙토》에서 그것들을 다시 모아 놓았다), 1편의
유쾌한 에필리온(짧은 서사시, 여기서는 〈각다귀〉라는 제목의 패
러디 시), 박식하고 정교한 형태의 전설적 이야기(《깃털 장식》)를
발견할 수 있다. 이것들은 부차적인 장르들이 가장 큰 호기심을
유발하는 이 '시의 실험실'에서 행한 베르길리우스의 시 작업을
증언한다. 우리는 이 시인 클럽이 기꺼이 모작을 행했음을 상상
할 수 있다. 그리고 《아펜딕스 베르길리아나》의 모든 작품들이
베르길리우스의 것인지는 확실치 않다. 이 시들은 어쨌든 시 창
작의 또 다른 위상을 증언한다. 그것은 '세속적'으로 되는 것이
며, 그것의 화려한 광채를 로마의 상류 계급에 선사했다. 그러면
그들은 그것의 재치를 맛보고, 대신 그것에게 상당한 사회적 후
원을 제공했다.

　하지만 이때 다시 한 번 시대가 바뀌었다. 이 '마이케나'(문예
학술의 옹호)는 귀족 계급의 사상과 원칙에 대한 시 창작의 예속
을 옛날보다 훨씬 덜 함축한다. 그리고 시인들의 독립은 그들의
매력의 한 요소로 간주되는 경향이 있었다. 마이케나스 자신은
상당히 신분이 높은 인물로서——그는 아우구스투스의 근친이
었을 뿐 아니라 '재상'이기도 했다——'그의' 시인들, 즉 베르길
리우스 또는 호라티우스에 대해 영향력을 행사하였을 뿐 아니라

우정까지도 공유했다. 특히 그는 어떤 멋진 계획에 대한 그들의 관심을 나누어 가졌다. 그것은 알렉산드리아의 시인들을 '로마화' 시킴으로써 그들을 모방하는 것이다.

베르길리우스가 다수의 전원시를 쓴 것은 이런 정신에서였다. 전원시는 목동들을 등장시키는 소희극 형태의 시이다. 우리가 갖고 있는 시집은 《전원시》라는 제목을 달고 있는데, 그것은 확대된 것이 분명한 한 작품에 베르길리우스 자신이 선택하여 집어넣은 작품들이다. 이리하여 처음에는 9편이던 전원시에 열번째 작품이 추가되었고, 이에 대해선 이미 우리가 언급한 바 있다.

베르길리우스의 아르카디아

베르길리우스는 테오크리토스로부터 형식——장단단 6보격의 대화체——과 배경, 즉 도시인들의 사상에 부합하기에는 너무 상투적인 시골을 빌려왔다. 뿐만 아니라 목동들의 이름과 그들의 삶의 방식도 빌려왔다. 아르카디아[펠로폰네소스 반도의 중앙 고지, 도원경을 의미]는 이탈리아의 시골 속으로 고스란히 들어왔다. 왜냐하면 알렉산드리아의 시인들의 시 속에서 그것은 더이상 펠로폰네소스 한가운데에 있는 거친 지방이 아니라 상상 속의 풍경, 전원시의 경치가 되었기 때문이다. 처음에는 아르카디아 목동들은 판과 아르테미스와 어울리고 음악에 홀딱 빠진 것으로 유명했다. 역사적 상황은 이 지상 낙원의 양식을 기원전 1세기말의 로마에 유행시키는 데 크게 공헌했다. 너무 많은 전쟁과 정치적 대결, 또한 도시생활의 너무 많은 긴장은 시와 음악이 유일한 장난감인 멋진 나라에 대한 갈망을 키웠다.

로마의 지도층은 그들의 정원이라는 은신처에서 평화를 발견했다. 약삭빠른 조경사들은 안락하고 조화롭고 기분 좋은 자연을 인공적으로 꾸몄다. 그러므로 베르길리우스 시에서 '자연에 대한 느낌'을 간파한다는 것은 정확한 표현이 아닐 것이다. 왜냐하면 이 경치는 고상함, 예술과 미에 대한 숭배, 사랑의 고통을 추구하는 성향을 그 특징으로 하는 '아르카디아의' 삶의 방식의 요소들 중 하나에 불과하기 때문이다. 하지만 베르길리우스의 개인적인 추억이 여기저기 끼어들어 이 전원시에 사실적인 느낌을 채색한다. 목동들은 언제나 아르카디아의 주민인 반면 농부들은 너무나 현실적인 문제들, 특히 옥타비아누스군의 고참들을 위한 토지 몰수——그들은 그래서 그들의 밭에서 쫓겨났다——를 언급함으로써 이 이상의 세계에 혼란을 가져온다.

〈제1전원시〉에서 토지 수용의 위기에 처한 멜리베우스가 한가롭게 애인을 위해 피리 곡을 작곡하는 데 몰두한 티티루스에게 자신의 씁쓸한 심경을 토로하는 것도 이런 연유이다. 베르길리우스 자신도 대대로 물려받은 토지를 보존하기 위해 고위직에 있는 친구들의 도움을 받아야 했다. 꿈을 현실 속에 끼워넣기 위해서인지 몰라도 농부들의 토지 수용 문제는 〈제9전원시〉——최초의 시집의 마지막 작품——에 뫼리스라는 인물과 함께 다시 언급된다. 뫼리스는 '시 덕에' 토지를 지킬 수 있었던 메날쿠스라는 사람의 늙은 하인이다.

어떤 관점에서 보면 베르길리우스는 상당히 인위적인 장르인 전원시에 그 시대의 흔적, 그리고 그의 개인적인 관심의 흔적을 남겼다. 몇몇 작품은 해석하기 어렵다. 어쩌면 그것들은 비의적인 의미를 피력한 것일지도 모른다. 제4·제5·제6전원시, 다시 말해 시집의 핵심적 작품들이 특히 그렇다. 특히 〈제4전원시〉는 많은 논문의 주제가 되어왔다. 베르길리우스는 여기서 자신의 감정을 실명으로 표현하면서 장차 새로운 황금기의 도래를 알릴 신성한 아이의 탄생을 내다보고 예언했다. 이것은 전원시의 통상적인 음조와는 거리가 멀다. 그리고 이런 '베르길리우스의 신비성' (이것은 일부 알렉산드리아파가 연마하던 모호함과 수수께끼에 대한 고급스런 취향과 일치한다)은 가장 큰 영향력을 갖고자 한 시인의 야심을 잘 보여 주고 있다.

농부의 생활을 읊은 위대한 시

기원전 39년부터 29년 사이에 쓰여진 《농경시》는, 옥타비아누스 아우구스투스에 대한 기원으로 시작되기 때문에 대번에 이데올로기적인 사명을 띤 것처럼 보인다. 제3번 노래에서 마이케나스의 어떤 '지시'에 대한 암시도 같은 의미로 진행된다. 우리는 이탈리아의 농업이 위기에 처해 있었으며, 베르길리우스가 이 문제를 직접 체험하였다는 것을 확인한 바 있다. 이 문제에 대한 권력자의 입장은 어떤 것이었을까? 아마도 대단히 당혹스러운 처지였을 것이다. 어쨌든 아우구스투스는 사람들이 오랫동안 생각해 온 '토지로의 귀환'이라는 정책을 내세우지는 않았다. 그렇게 했으면 선전 계획 속에 시인의 역할이 정당화되었을 것이다. 대신 그는 로마의 낡은 가치들을 상기시켰고, 그것들은 시골생활과 농업 분야의 일 속에 뿌리박혔다. 이런 관점에서 농업뿐아니라 목축과 심지어 양봉——이는 매우 상징적인 일이다——까지도 찬양한 것은 전쟁으로 위기에 처한 사회생활에 대한 감동적인 찬사에까지 이르렀다. 그리고 그것은 로마 문명의 기반 자체였다. 베르길리우스는 경고의 고함을 지른 것일까, 아니면 그의 향수를 표현한 것일까? 그는 무엇보다도 먼저 시를 썼고, 거기에 서사시의 차원을 부여했다.

헤시오도스는 그의 생전에 같은 주제를 놓고 《노동과 나날》을 썼다. 알렉산드리아파에게 헤시오도스는 어마어마한 천재였다. 때로는 호메로스보다 낮다는 평가를 받을 정도였다. 그리고 우리의 현대적인 취향만이 교훈적인 발언과 결합된 시 형식에 대해 걱정할 뿐이다. 우리의 걱정과는 반대로 예술을 찬양하기 위해 예술에 호소하는 것은 고대에 높은 평가를 받던 행위였다. 그것은 적어도 농업 기술 같은 것들을 절대로 '범속' 하다고 판단하지 않았다. 수많은 라틴 농학자들의 논문은 철학, 나아가 시로 뒤덮였고 마찬가지로 《농경시》는 똑같은 학술적인 원천(주로 카르타고인 마고의 저술)에 의존하는, 정말로 매우 귀중하고 정통한 농업 논문으로 간주될 수 있다.

하지만 베르길리우스의 시는 교훈적인 내용과 야심을 뛰어넘는 것으로, 유명한 구절들 속에서 특별히 큰 규모를 발견할 수 있다. 그리고 그것은 정당한 일이다. 왜냐하면 이 시들은 진정한 '백미' 이기 때문이다. 황금기, 카이사르의 죽음 뒤의 전조들, 스키티아의 겨울에 대한 언급 등이 그것이다. 아리스타이오스의 전설들과 지하세계의 에우리디케를 찾으러 간 오르페우스(그리스 전설에 나오는 초인적인 음악적 재능을 지닌 인물로서 노래와 연주로 지하세계의 왕 하데스를 감동시켰다)의 에피소드도 마찬가지이다. 이 파편들——시 속의 시들——은 여기서 다시 한 번 알렉산드리아파의 미학 속에 포함될 수 있다. 알렉산드리아파는 이런 식의 끼워넣기를 좋아했다. 그리고 그것은 저자의 시적 재능이 모든 문맥에 맞게 선사한 진정한 '장식'이었다.

아이네아스의 전설에 대한 서사시적 찬양

《농경시》에서 베르길리우스는 노동과 행동에 대해 절대적으로 낙천적인 윤리관을 표명한 바 있었다. 황금기는 우리 앞에 있다고 그는 말했다. 시초의 황금기는 소극적인 행복 속에서 인간의 힘을 마비시켰다. 그것은 속임수였다. 인간은 시련과 행동에서 그 운명을 찾았다. 명백히 '현대적'인 그런 신화 독서법은 《아이네이스》(아이네아스의 방랑을 노래한 시집)의 초안을 더 잘 이해할 수 있게 해준다. 《아이네이스》는 《농경시》를 완성하자마자 시작되었다. 그리고 베르길리우스는 그가 죽던 해인 기원전 19년까지 집필에 몰두했지만 그의 열두 노래를 완성하지는 못했다.

트로이의 몰락 이후 아이네아스의 시련과 투쟁은 이탈리아 정착, 그 다음 더 멀리 로마의 건설뿐만 아니라 그의 제국의 개화, 제국주의를 위한 일종의 황금기를 예측했다. 주피터는 제국주의에 대해 제1권에서 공간면에서나 기간면에서 한정되지 않는다고 단정하였다. "내 그들에게 무궁한 통치권을 주었노라."(imperium sine fine dedi) 이 서사시는 스스로 위대한 로마에 대한 찬사이기를 바랐다. 그리고 아이네아스의 전설에서 희망을 담은 노래의 서사시적이면서도 종교적인 어조를 발견했다. 거기서 우리는 베르길리우스가 아우구스투스의 정책을 굳건히 했다고 말할 수 있다. 그것은 로마의 기본 가치의 복원, 내란으로 멍든 도시를 위한 새로운 기반, 그리고 제국의 광대한 공간에 맞춘 '현대적인’ 체제를 목표로 삼았다. 하지만 주피터보다 더 현명한 아우구스투스는 이 제국을 현재의 국경에 제한시키고자 했다. 그것은 그의 정치적 유언이 된다. 베르길리우스는 그의 군주보다는 낙관적이었다.

새로운 로물루스를 찬양하기 위해서는 그의 조상인 트로이 사람 아이네아스를 언급할 필요가 있다. 아이네아스는 율리아 씨족의 공식적인 시조이다. 이렇듯 시는 이 장르의 원형인 호메로스의 서사시에 대칭되게 부응한다. 《오디세이아》는 《일리아스》를 계승했다——그리고 《아이네이스》는 1편의 《오디세이아》 같은 인상을 풍긴다. (처음 등장하는 여섯 곡은 트로이에서 카르타고를 거쳐 라티움까지 가는 대항해를 이야기한다. 결국 주인공은 그가 바라던 땅에 도착한다.) 《오디세이아》 다음 《일리아스》(마지막에 등장하는 6곡은 아이네아스가 그의 백성들을 안주시키기 위해 주도해야 했던 전쟁들에 할애된다)가 이어진다. 호메로스의 시가 어느 정도는 세상의 종말을 의미했다면 베르길리우스의 시는 신세계 건설을 묘사했다. 그리고 그의 서사시는 근원지에서 멀리 떨어진, 그리스에서 로마로의 이런 이동도 축하했다. 그런데 이 이동은 로마 문화와 권력의 생성의 기초가 되었다. 역사 내부에 존재하면서 베르길리우스는 이런 유산을 승화시켰다. 마치 그가 아이네아스가 그의 모험에서 직면하는 ‘시련들’ 가운데 카르타고 착륙을 배치함으로써 지중해 세계 위에서의 패권 다툼을 위한 로마와 카르타고간의 대결이라는 역사적 현실을 승화한 것처럼. 디도와 아이네아스의 사랑은 서사시의 소설적인 요소에 그치지 않는다. (알렉산드리아파도 이런 장르의 중첩을 좋아했다. 그리고 아폴로니오스의 착실한 모방자인 베르길리우스도 거기에 대해 무감각하지는 않았던 것이 확실하다.) 디도가 자살한 것처럼 카르타고도 로마의 운명에 정복되어 파괴된다. 그리고 아이네아스의 보호자인 비너스는 디도를 옹호하던 주노(주피터의 아내, 출산의 여신)를 이긴다. 이 에피소드의 상징적 체계는 그것의 비장미를 능가하기는커녕 그 영향력을 깎아내린다. 아이네아스의 운명은 로마의 운명으로 해석되며 신화의 시대가 역사의 시대를 비추고 있다.

《아이네이스》와 로마의 운명

따라서 시간은 《아이네이스》의 구조에서 볼 때 다양한 측면에서 매우 큰 역할을 한다. 인간의 삶의 시간은 세대의 고리에 의해 나타난다. 자신의 아버지 안키세스를 업고 아들 율리우스의 손을 잡은 아이네아스의 모습은 거의 우화에 가깝다. 그리고 이런 충실함의 미덕은 로마에 '효성'이라는 이름을 안겨 주었다. 이것은 영웅에게 신성한 의지에 대한 존중을 뛰어넘어 '양심적인 아이네아스'라는 특별한 속성의 가치가 있다. 신화의 시대는 영웅의 시련과 위업에 의해 나뉜다. 그리고 그것은 여기서는 글자 그대로 역사 생성의 기반을 내부에 간직하는 '선사 시대'로 소개된다. 이는 결국 창건의 시대이다. 그리고 그의 질서정연하고 조화로운 속도는 인간의 시대 밖에서 드러나는 신의 계획을 증언한다. 지하세계(지옥)로 내려온——다시 말해 시간을 벗어난——아이네아스는 죽은 영웅들뿐 아니라 위대한 로마의 장엄한 풍경도 발견한다. 그것은 주피터가 시의 도입부에서부터 폭로한 것이다. 반면 영웅은 끔찍한 폭풍우에 갇혀 있다. 아이네아스는 자신의 도시를 3년간 통치하고 율리우스는 30년간 통치한다. 그리고 알바를 건설한다. 그리고 그곳에서 트로이의 후손들이 300년간 통치한다. 그 다음 로물루스가 오고 역사가 시작된다.

한편 아이네아스의 인물은 여러 가지 '직업'을 겸임하는데, 조르주 뒤메질은 이를 인도유럽 문명의 기본 구조로 지적하고 있다. 그는 전사이고, 사제이고, 트로이의 함락으로 방황의 반사회적인 불안에 빠진 시민에게 도시생활의 지속성과 안전을 마련해 주는 공공 건축의 장인이다. 이런 요소들은 전설의 내용 속에 존재할지 모른다. 하지만 베르길리우스의 시는 인물의 상징 체계의 뛰어난 직관에 의해 그것들을 천재적으로 전개시키고 있다.

이 모든 특징들은 베르길리우스의 서사시에 현대 비평가들이 보아도 놀라운 복잡성과 깊이를 부여한다. 베르길리우스의 종교적 감성·감수성, 그리고 상징·수·기호에 대한 관심은 수많은 흥미진진한 연구를 낳았다. 몇몇 아름다운 번역을 통해 베르길리우스의 시를 읽다 보면 엄청난 시적 강도의 순간들에 매료될 것이다. 사람들은 우리에게 카르타고인들의 사랑과 지하세계로의 추락이라는 엄청난 순간들이 묘사되는 시의 첫부분에 특별한 관심을 기울이라고 권한다. 물론 아이네아스를 향한 디도의 열정은 다른 많은 작가들에게도 영감을 준다. (게다가 심술궂은 아이네아스보다는 디도라는 인물에 더 많은 관심이 쏟아진다.) 그리고 단테의 작품은 그리스도교를 믿는 후손들을 위해 아이네아스가 성인이 되기 위해 거치는 통과 여행을 연장한다. 하지만 많은 아름다운 글들이 마지막 6곡 속에 존재하며, 시의 절정은 제8번에 있다고 보는 것이 옳을 것 같다. 여기는 어머니 비너스가 그에게 주는 무기를 받아든 영웅이 이제부터는 자신의 땅에 정착한다는 것을 알고, 그의 방패 위에서 장차 닥칠 로마사의 중요한 순간들의 상징을 보는 부분이다.

이토록 위대하고 아름다운 한 작품을 단 몇 쪽만으로 충분히 설명할 수 없으므로 우리는 이 그림에서 잠시 멈춰야 한다.《농경시》의 제3번 노래에서 베르길리우스는 옥타비아누스 아우구스투스를 중심에 모신 신전을 세우겠다고 약속했다. 이 신전이《아이네이스》임은 의심할 나위 없다. 그리고 이 신전의 한가운데에서 우리는 역사의 현기증나는 광경을 발견할 수 있다. 아이네아스의 방패와 마찬가지로 그것은 전체로 읽히며 시간을 초월한다. J. 페레의 표현에 따르면 이것이 바로 '로마 운명의 거울'인 것이다.

2. 호라티우스: 에피쿠로스학파와 전통

기원전 38년 호라티우스(기원전 65-8)를 마이케나스에게 소개한 것은 베르길리우스였다. 그 역시 시골 사람으로 남부 아풀리아의 경계선에 위치한 소도시 베누시아 출신이었다. 시인은 이런 자신의 뿌리를 무척 중시했다. 그리고 그는 자신의 유년기, 아버지의 유익한 충고들, 스승의 가르침들을 회상하는 것을 좋아했다. 마이케나스 문단에 받아들여진 그는 주위의 에피쿠로스학파에 물들지만, 그의 기질상 절제 감각은 그 어느 때보다도 확고하였기 때문에 그를 스캔들을 일으킨 현행범으로 체포할 수는 없다.

《풍자시》는 에피쿠로스학파와 전통간의 하나의 타협이다. 제 각각 길이가 모두 다른 이 작품들은 《한담》이라는 제목으로 기원전 35년과 29년에 발표된 2권의 작품집으로 구성되어 있다. 그리고 라틴어 사투라[satura; '혼합된 요리' 라는 의미]의 의미대로 거의 모든 것을 다루고 있다. 우리는 이미 원시 라틴 연극에 관해 말할 때 이 용어를 본 적이 있다. 기원전 2세기말 스키피오 동인의 일원으로 학식 있고 재주 있는 작시가인 귀족 루킬리우스가 이 '잡문'에 독창적인 문학 형태를 부여하면서 단일한 운율(6보격)로 상당수의 작품을 썼다. 그는 여기서 유머와 더불어 약간의 잔인함도 가미하여 시대의 풍속을 다루면서 그것을 표면상으로는 자연스럽게 비평하고 있다. 풍속은 사방에서 관찰될 수 있는 것이기에 루킬리우스의 풍자시들은 형태는 다양하되(대화가 들어간 소희극, '소논문,' 일화적인 성격의 이야기들) 한 가지 항구적 특징을 갖고 있었으니, 주제는 진지하되 그것을 날카롭고 공격적인 유머로 다룬다는 것이었다.

여기서 루킬리우스의 《풍자시》는 키닉학파(견유학파) 철학자들에 의해 창시된 준철학(paraphilosophique)의 전통 속에 들어갔다. 독자를 훈계하면서(다시 말해 독자를 약간 '야단치면서') 방탕을 고발하는 내용의 독설이 그것이다. 그리스에서는 비온과 메니포스가 이 기술로 이름을 드날렸다. 그리고 로마에서는 세네카가 동시대인들의 폭음·폭식이나 비겁함을 규탄하기 위해 쓴 강경한 글들에서 만큼이나 많은 독설의 영감이 루킬리우스·호라티우스·바로의 《풍자시》들에서도 발견된다. 형식적인 관점에서 보면 루킬리우스의 운문 형식의 장광설은 급류 같은 면이 있어서 호라티우스와 고대의 다른 문학비평가들로부터 비난을 받았다. 어조와 문체는 지나치게 자유스럽고, 시를 짓는 데에는 너무 무성의하다고 그들은 말하고 있다. 호라티우스의 말에 따르면 그는 아무 준비 없이도 한 시간에 200편의 시를 받아쓰게 할 수 있었다고 한다. 그것은 확실히 많은 양이다. 이 엄청난 작품 (30권이다!) 중 남은 것은 정말로 너무나 미미해서 우리는 그것을 감상할 수 없다. 하지만 몇몇 단편들은 루킬리우스가 입바른 소리를 잘했고, 생동감이 넘치는 표현 감각을 갖고 있었음을 입증하고 있다.

따라서 호라티우스는 풍자시를 쓰면서 독설이라는 상당히 소설화한 형태를 기준으로 삼았다. 그리고 그는 거기에 좀더 완벽한 광채를 부여하고 싶어했다. 호라티우스에게는 에피쿠로스학파의 영감이 키닉학파적인 스토아학파의 전통을 대체했다는 것이 패러독스였던 모양이다. 이것들은 언뜻 보기에 정반대된다. 호라티우스는 그의 《풍자시》를 통해 시대의 타락을 비판하긴 했지만, 그에 대해 분개하거나 화를 내는 체하지는 않았다. 그의 동시대인들의 행동은 그를 웃게 만들었을 뿐이다. 그리고 격정으로부터 해방되고 철학적으로 초연할 것을 장려할 때도 안정을 찾는 것이 도에 지나친 감정보다는 사는 데 더 편하다는 것을 꼭 암시했다. 첫번째 작품에 제기된 큰 문제는 삶에 대한 각자의 불만족임이 확실하다. 사람들은 자신의 욕망을 진정시키고, 근심을 피하고, 좋은 것들과 좋은 순간들을 이용하고 헛되이 흥분하지 않음으로써 그것을 해결한다. 에피쿠로스학파가 이런 초연한 태도를 권한 것은 사실이다. 내란의 고됨과 충격 이후 시대의 분위기도 그랬다. 우리가 보기에 내란은 정통적인 에피쿠로스학파보다 호라티우스의 작품을 더 부채질한 것 같다. 그리고 시인은 한 번도 정통적인 에피쿠로스학파의 고지식한 대변인 노릇을 한 적이 없다.

호라티우스의 서정성

이 철학은 《송가》에서 발견된다——또는 그것들 중에서 많이 발견된다. 왜냐하면 여기서도 역시 호라티우스는 때때로 인간성의 탐구자이기 때문이다. 그의 야심은 무엇보다도 먼저 '아이올리스[소아시아의 그리스 식민지]의 노래를 이탈리아의 장단에 맞추는 것', 다시 말해 그리스 서정시의 리듬과 운율의 도식을 라틴어에 응용하는 것이었다. 이것은 천부당만부당한 일이었다. 왜냐하면 그리스 서정시의 기본적인 음악성은 그리스어의 고유한 구조뿐 아니라 이런 유형의 시에 더 잘 맞춰진 변증법적 형태에 호소할 수 있는 가능성——이는 헬레니즘 시대의 시에 의해 넓게 활용되었다——을 토대로 했기 때문이다. 라틴어는 그리스어보다 딱딱하고 어휘면에서 빈곤하고 다루기 힘든, 전혀 다른 언어이다. 호라티우스가 시도한 것은 무모한 계획처럼 보였지만 결국은 성공했다. 그리고 그는 (라틴 시를) 개혁했다고 자부해도 좋을 것이다. (비록 정확한 의미에서 그 이전에 카툴루스의 두 작품이 소위 서정시적일 수 있다고 하더라도.)

서정적인 음악성에 관한 문제는 무척 다루기가 어렵다. 왜냐하면 사실 우리는 고대 음악에 대해 아는 바가 전혀 없기 때문이다. 서정적인 작품들은 키타라[고대 그리스의 현악기]나 류트[비파의 일종]의 반주에 맞춰 노래로 불렸다. 그리고 만일 그것들이 노래로 불리지는 않았다 해도 기본적으로 노래로 불릴 수는 있어야 했다. 절(節)로 이루어지고 때로는 후렴도 포함하는 구성은 '노래'의 이런 겉모습을 잘 보여 준다. 한편 찬가·합창가, 또는 단성가 형식의 서정시는 그리스에서는 흔히 엄숙한 축하식의 전통을 근거로 한 것이었는데, 그러한 전통은 로마에는 전혀 알려지지 않은 것으로 보인다. 이것은 위고의 용어를 빌려 말하자면 다른 '시인의 기능'을 내포했다. 핀다로스는 이것을 그의 에피니키온(epinicion; 큰 경기의 승리자를 찬양하는 노래들)을 가지고, 또 스테시코로스는 그의 종교적인 찬가를 가지고, 시모니데스는 그의 애도가, 또는 장송곡을 가지고 설명한 바 있다.

호라티우스의 야심——그는 기원전 23년에 발표한 그의 시집 《송가》의 제1-3권(제4권은 10년 뒤에 추가되었다)에서 이것을 열심히 표현했다——은 '영감을 지닌 서정시인'에 포함되는 것이었다. 이는 uates(라틴 전통에서 고양된 영감의 '신성한 시인'을 가리키는 용어)이면서 lyricus(그리스 용어를 그대로 옮겨쓴 것으로 음악적인 시를 의미)이기도 하다는 것을 의미한다. 그렇지만 이것이 그가 '위대한' 서정성에 헌신하였다는 것을 의미하는 것은 결코 아니다. 구체적으로 말하면 핀다로스의 서정시가 서정성의 좋은 예이다. 더 간단히, 그의 시집은 '카르미나'라는 제목을 달고 있었는데 그것은 운각으로 나뉘고 리듬을 붙인, 거의 모든 표현 형태에 적합한 제목이다——이를테면 그것은 라틴어 기도문에도 적용되지만 주문(呪文)에도 적용되며, '풍자시'와 그리스의 '찬가'의 범주에 속하는 것들도 표현할 수 있다.

따라서 호라티우스는 우리로 하여금 그가 계획하는 불멸성은 그리스인들의 평범한 '전환'에 의해서는 절대로 얻을 수 없고 진정한 경쟁심, 자신의 고유한 기질이나 로마의 풍속에 깊이 뿌리박힌 자신의 문화를 희생시키지 않는 대항심에 의해서만 얻어질 수 있는 것임을 쉽게 깨닫게 한다. 그에게는 핀다로스의 영감 같은 것은 조금도 없었고, 그것을 추구하지도 않았다고 한다. 그의 감수성은 라티움의 풍경, 유년기의 추억, '이탈리아의' 정신을 먹고 자랐다. 그는 특히 '부차적인' 서정성의 다양함을 좋아했다——《송가》가 그것을 증언한다. 거기서 그는 어조를 바꿔가면서 다정하게 농담하고, 생의 기쁨을 언급하고, 봄을 노래하거나, 목소리를 거의 높이지 않은 채 삶·죽음·행복에 관해 명상하고, 심지어는 더 큰 소리로 자신의 시대의 영광과 로마의 위대함을 찬양했다. 그런 점 때문에 그의 시는 '중요한' 서정성의 경계에 놓인다.

《송가》의 우아함

사실 《송가》의 미덕은 한결같이 매력적이면서도 근엄하고 가벼우면서도 깊고 몽상적이면서도 교훈적이라는 것이다. 비록 시인이 《풍자시》의 연장선상에서 인간의 불만, 그들의 삶의 덧없음, 그들의 행동의 광기에 관해 자주 명상하기는 해도 우리는 거기서 잘난 척하는 설교는 전혀 찾아볼 수 없다. 부드러운 철학은 다음과 같은 사려 깊은 충고를 낳는다. 미래에 대해 근심하지 말고 '지나가는 순간을 붙잡아야' 한다. 평화·고요함·사랑을 사랑해야 한다. 고통의 원천인 힘과 부의 환상에 절대 굴복하면 안 된다. 모든 지나침을 피하고 '중용은 지극히 귀중하다.' (이것이 '황금 같은 중용' 이라는 경구의 의미로, 이는 에피쿠로스적이라기보다는 아리스토텔레스적인 영감에서 나온다.) 실제로 《송가》가 모범적인 성격을 띠는 것은 호라티우스가 특히 자의식을 권할 때이다. 자의식은 비록 지혜는 못 낳을지라도 적어도 삶의 기술은 낳는다.

　호라티우스는 결론을 내리는 것을 좋아하지 않았다. 그는 자신의 시가들이 하나의 이미지, 하나의 사색, 하나의 느낌에 대해 '열려' 있도록 내버려두는 것을 좋아했다. 게다가 그의 시적 '방식'은 엄격함에 대한 우아함의, 그리고 둔함에 대한 고상함의 항구적인 승리가 특징이랄 수 있다. 아이올리스의 단장격 시의 엄격한 운율, 고정된 절 형식은 그에게는 속박이 아니었다. 그는 유창하게 시구를 다음 행까지 늘이거나 건너뛰고, 한 행 또는 한 절에서 다음 행 또는 다음 절로 미끄러지고, 기대치 않은 효과를 낳고, 하나의 단순한 단어를 메아리치게 하거나 하나의 미묘한 이미지를 빛나게 한다. 이것은 단순히 이론의 여지없는 뛰어난 솜씨, 운율의 곡예의 한복판에서 가장 큰 소탈함의 인상을 풍기는 천재적인 리듬 전문가의 솜씨만이 아니다. 이것은 까다로운 형태 속에서 가장 세부적인 것에 대한 감탄스러운 작업의 대가에 의해 멋과 깊이를 부여하는 결과를 얻는 도박이기도 하다. 《송가》를 라틴어 원본으로 읽는 것은 쉽지만 번역하는 것은 끔찍한 일이다. 그에 비해 《송가》보다 먼저 나온 풍자시 성격의 작품들인 《서정시》에서는 이 '성숙한 서정성'의 우아함을 거의 발견할 수 없다. 하지만 《송가》에서도 《세기의 찬가》는 '공식적인' 작품이 되기 위해(기원전 17년 아우구스투스에 의해 결정된 백년제(Jeux séculaires) 때 불렸다) 호라티우스의 예술은 로마를 영광스럽게 할 때에는 놀라운 호흡과 감동을 발견할 수 있다는 것을 보여 주고 있다.

《서간집》과 《시론》

　기원전 21-20년에 발표된 20통의 운문 편지 모음인 《서간집》
(그 다음 나온 2통의 긴 편지가 제2권으로 나옴으로써 완성되었다)
은, 고대의 출판인들에 의해 흔히 《한담》이라는 공통 제목을 달
고 《풍자시》와 합쳐져 출판되곤 했다. 실제로 이것은 편지 형식
의 가상의 이야기 속에 다소 철학적인 다양한 사색들을 담고 있
다. 단 그 어조는 상당히 다르다. 편지라는 형식(루킬리우스의 풍
자시에도 존재할 수 있었던)은 말의 과격함을 진정시킨다. 그리
고 호라티우스가 항상 신중을 기하던 독설도 더 이상 통용되지
않는다. 호라티우스도 나이를 먹었다——마이케나스에게 헌정된
《서간집》 제1권에서 그는 자신을 한 마리의 늙은 말에 비유했
다. 이렇듯 그는 《송가》의 환상을 포기했다. 그리고 대개는 마이
케나스가 그에게 하사한 사비니의 비싼 가옥에 틀어박혀 교조
주의와는 아무 상관없는 철학적 사색에 몰두했다. 확실히 에피쿠
로스주의적인 그의 성향은 무뎌졌고, 이때부터 그는 그보다 훨
씬 더 조용하고 감성적이고 너그럽고 관조적인 지혜 쪽으로 기
울게 된다. 그렇긴 하지만 그에게는 약간의 유머가 남아 있었다.
그는 이렇게 말했다. 현인은 전적으로 건강하다——감기에 걸렸
을 때만 제외하고.

　이 편지들이 실제 서신 왕래처럼 '수신인'이 있었을 것 같
는 않다. 어쨌든 이것들은 대개는 '수신자'를 드러냈다. 그리고
어떤 관점에서 보면 호라티우스는 이런 식으로 그의 친구들을
검토했다고 할 수 있다——그리고 다소 악의를 갖고 진짜 편지

인 양 위장하려고 노력했다. 하지만 그는 그의 관리인에게 서한을 보내기도 했다——이것은 그의 소유지를 언급할 수 있는 기회로, 그는 다른 곳에서 그에 대해 애정을 갖고 묘사하고 있다. 그리고 그는 이 서간집을 끝내기 위해 결국 '자신의 책에 보내는 편지'를 쓰고야 만다. 약간은 부자연스런 이런 방법 덕에 어쨌든 호라티우스의 독자는 그의 내부로 들어가 그의 안내를 받아 그의 관심의 구석구석을 돌아다닐 수 있다. 시인은 비록 정원은 아닐지언정 그의 소유지 안에서 철학하면서 행복의 비밀은 '아무것에도 놀라지 않는' 데 있다고 생각하게 되었다——《서간집》 제1권 6번 편지는 이런 식으로 시작된다. 게다가 널리 권장되는, 미덕을 향한 행진은 이렇듯 나이가 충동을 둔화시켰을 때 더 쉬운 게 확실하다. 그리고 호라티우스가 스토아주의의 성향이 있었다면, 그것은 스토아주의를 해야 할 일을 자진해서 하는 하나의 방법으로 암시한 것이다.

그는 이 뒤늦은 지혜의 휴머니즘을 자랑할 수 있었다. 그것은 키케로의 《노년에 관하여》의 좋은 충고들을 상기시키는 바 없지 않다. 호라티우스는 유식한 척하는 함정에 빠지지 않으면서 우리가 '교훈적인 문학'이라고 부르는 것에 접근한다. 그리고 그가 대재앙을 모면한 것은 오로지 시와 표현에 대한 그의 감탄스러운 솜씨 덕이다.

두번째 책은 아우구스투스에게 바치는 서신으로 시작된다. 그것은 그 시대의 생활과 문화에서 시인이 담당해야 하는 자리와 역할에 대한 긴 견해를 전개한다. 이 글은 일종의 '아우구스투스 치하의 시 창작 상황에 대한 보고서'였다고 말할 수 있다. 어쨌든 그것은 하나의 추도사, 베르길리우스·갈루스·바리우스와 함께 호라티우스가 소속된 한 세대 시인들의 조사처럼 들린다. 우리는 거기에서 요컨대 문학의 화려함과 유희에 열중하는 새로운 양식(이에 대해서는 오비디우스가 잘 설명했다)을 위해 지금 막 쇠퇴중인 하나의 '고전주의'에 관한 모든 향수를 읽을 수 있다. 하지만 이 고전주의가 사라지기 전에 호라티우스는 《시론》에서 그에 관한 이론을 만들고 싶어한 것 같다. 《시론》은 대개 '피소에게 보내는 편지'라는 제목으로 《서간집》과 합쳐진다. 476행을 통해 호라티우스는 하나의 미학의 원칙을 배치하면서 오늘날 우리가 에세이라고 부를 수 있는 것을 집필했다. 그는 엄격성·노동·조화와 심미안에 대한 탐구를 거쳐 연극 예술에 관한 하나의 이론까지 내놓았다. 그런데 이 이론은 장차 아리스토텔레스와 함께 거의 낭만주의 시기까지 이 분야의 좌표가 된다. 이것은 문학사의 중요한 문헌이지만 문맥으로 보면 일종의 시적 유언처럼 보인다.

3. 라틴 애가와 그 작가들

이때 하나의 새로운 시 형태가 몇 년 전부터 로마 시인들의 인기를 끌고 있었다. 그리고 로마의 대중도 그것을 좋아한 듯하다. 애가(哀歌)가 그것이다. 이를 두고 시의 한 장르라고 말할 수 있을까? 라틴 형태 아래 애가가 프로페르티우스와 티불루스에서부터 오비디우스까지 매우 두드러진 특수한 점들을 강조한다는 것을 고려한다면 이 문제는 미묘한 것이 된다. 애가는 점점 더 자주 연시의 매체가 된다.

사실 '특수화'는 매우 다양한 소재·주제·뉘앙스에 적용되던 그리스의 운율 모델에서 출발하여 점진적으로 로마에서 행해지기 시작했다. 단 그것은 다른 의미에서였다. 애가가 당연히 사랑을 담아야 하는 것은 아니지만, 애가의 2행시가 연시에 가장 잘 맞는 운율 형태라고 생각한 것이다. 애가는 우선 길이의 상대적인 짧음에 의해 정의된다. 이것은 한순간의 시로서 다양한 형태를 띨 수 있다. (이를테면 편지로 위장하여 사랑의 에피소드 1편을 들려 주고 연인들에게 충고를 늘어놓고, 심지어——오비디우스의 《사랑》에서——문학 비평에 관한 토론을 재미있게 늘어놓을 수 있다. 그리고 여기서 비극은 애가와 대립한다.) '애가'(élégie)가 그리스어 eilein('한탄하다'라는 의미)으로부터 유래한다는 가설로 말하면, 그것은 그리스에서나 로마에서 우리가 언급하는 모든 측면을 설명하지 못한다. 오비디우스는 어떤 '눈물의 노래'(《여주인공들의 편지》 제14권 8번째 시 Elegia flebile carmen)에 관해 말하면서 이를 암시하지만, 이 '장르의 법칙'에 의해 지탱되는 것 같지는 않다. 다른 곳에서 그는 그것이 '달콤하다'고 말하였다. (《사랑의 치료법》의 blanda elegia, 373절 및 이하를 참조하라.) 그것은 더 넓게는 흔히 관능적이고 때로는 유혹하는 이 시의 음색에 부합하며, 특별한 주제를 담은 말투보다는 하나의 시 양식을 함축한다.

열쇠는 아마도 시 장르들의 체계와 그것들의 서열에서 '애가 장르'가 차지하는 공간에서 찾을 수 있을 것이다. 애가는 기본적으로 서사시와 모든 형태의 '영웅시'에 대립한다. 애가는 어느 정도는 영웅시의 패러디이다. 그것은 근엄함을 교묘히 회피하고 가벼움, 또는 어쨌든 확실히 '덜 중요한' 미학을 선택한다.

6보격과 장단단 5보격 시의 불균형 때문에 애가는 장단단 6보격의 육중한 기둥에 비해 '절뚝거린다.' 오비디우스는 이것이 애가의 매력이라고 하면서 이런 요란스러운 방식을 찬양한다. 또 2행시이므로 절이 있을 수 없고, 따라서 철저하게 서정시다운 외관을 지닌다. 노래 부르는 듯하기는 하지만 노래로 불릴 수 없는 애가는 이런 식으로 자유라는 면에서 발전했다. 단순하면서도 유연한 이런 운율 형태는 거창한 미의 미학(이를테면 아우구스투스 시대의 국가의 건축 양식에 전념하는 미학 등)에 비해 정말로 우아함·'재미있음'의 미학의 표현처럼 보였다. 그리고 '애가 정신'의 핵심은 아마도 이런 자발적인 거리두기에 있는 것 같다. 또 '옛' 장르는 암시적 의미를 지니는 데 비해 애가의 특성은 '겉으로 드러낸 장르'라는 점이라고 기꺼이 말할 수 있을 것이다.

4. 티불루스와 프로페르티우스

사실 우리는 '애가 세대의' 세 시인들의 작품에서 일련의 거부를 발견할 수 있다. 공적 생활에 대한 거부, 행복에 대한 거부, 부에 대한 거부. 이것은 에피쿠로스학파의 주제들처럼 보이며 이미 호라티우스의 작품들에 존재하고 있었다. 하지만 그에 비하여 행복을 약속하기 위해 지혜에 기대를 걸지 않는 삶의 이상은 새로운 것이었다. 왜냐하면 호라티우스의 작품에서 사랑의 기쁨이 달콤한 기분전환처럼 보였다면 '사랑에 빠진 삶'은 애가 시인들에게 개인적인 계약처럼 보였기 때문이다. 사랑을 위하여,

그리고 사랑에 의해 사는 것, 그것은 파렴치하게 보일 수도 있는 요구이다. 그리고 아마도 애가 시인들은 약간 건방진 척하는 법도 알았던 것 같다. 그들은 마르스(전쟁신)보다 비너스(사랑과 미의 여신)를 더 좋아했다. 그리고 그것을 주장할 때 전사들의 위업에 관한 어휘를 철저히 왜곡함으로써 사랑의 쾌거를 묘사했다. 이를테면 이런 식이다. 미녀는 차지해야 하므로 그것을 공격하고, 치밀한 전략을 세우고, 자신의 문 앞에서 보초를 서고, 몇 가지 저항을 무시하고, 밀고 나가고, 보루를 쟁취하고, 기분 좋게 백병전으로 점령하고, 자신의 무기로부터 절대 배신당하지 않고 결국 승리를 경험해야 한다——따라서 '정부'가 된 아름다운 아가씨의 포로가 되어 하나의 구속인 이 '봉사'를 받아들여야 한다. (전쟁의 패자는 노예가 되었다.) 사실 아가씨는 대개 '고급 매춘부' 또는 상당히 뻔뻔스런 유부녀이다. 그래서 난관이 많다. 하지만 어떤 경우에도 우리의 시인들은 천사들과는 상관이 없다. 역설적이게도 로마의 에로틱한 애가는 오직 여왕이나 창녀일 경우에만 그늘에서 벗어날 수 있는 인물에게 더 큰 가치를 부여한다. 그 인물이란 여성을 말하는데, 그는 쾌락의 공범자이고 사랑의 조작에 능하다. 그의 마음과 몸은 결정적으로 문학의 소재가 된다.

티불루스(기원전 54?-19)와 프로페르티우스(기원전 47?-16?)는 그들 중 가장 나이가 많았으며, 기원전 30년대부터 20년대 사이에 작품들을 썼다. 그들은 비슷하면서도 서로 완전히 달랐다.

티불루스는 농촌, 시골의 조용함을 사랑했고, 그의 시골 별장을 사랑의 보금자리처럼 찬양했고, 그의 작은 소유지를 정성껏 경작하는 모험을 했고, 그럼으로써 호라티우스와 베르길리우스로부터 물려받은 일종의 전원시적인 유산을 과시했다. 한편 프로페르티우스로 말하면 그는 결단코 도시적이고(아시시 태생임에도 불구하고), 심지어는 세속적이기까지 했다. 우리는 그의 작품에서 재치 넘치고 약간은 속물적인 '문학가'(그는 자신을 칼리마코스에 비교했다)의 냄새를 맡을 수 있다. 하지만 둘 다 방해받는 사랑을 표현했다. 티불루스는 델리아, 그리고 나중엔 네메시스('델로스의 딸'로 '응보의 여신')라는 가명으로 우리에게 그를 따라 시골에 가기를 원치 않은 매춘부들 이야기도 했고, 또 마라투스라는 이름의 상당히 변덕스러운 청년의 이야기도 했다. 그는 이 소란의 '일지'를 재구성하는 데 전력을 기울이면서 한 문집에서 관습에 의해 잘못 다루어진 작품들의 순서에 관해 사색했다.

프로페르티우스로 말하면, 그는 킨티아에게 그의 생각과 불행의 여성이라는 별명을 붙였다. 사람들은 킨티아를 확인하기 위해 양가 출신의 교양 있지만 엽색으로 먹고 사는, 호스티아라는 여인의 이름을 제기했다. 사실 이는 켈리메나라는 여인이다. (사람들은 그의 신분을 알려는 노력을 한번도 해본 적이 없다.) 사실 프로페르티우스의 독창성은 《킨티아》라는 첫번째 작품(제1편)을 온전히 사랑의 시에 할애했다는 것이다. 그리고 그 시들의 여성 '등장인물'이 킨티아이다. 그후에도 이 가명은 이따금씩 다시 등장한다. 어쨌든 그 다음 제2편에는 등장한다. 이 제2편에 그는 네번째 작품의 3절의 애가를 기필코 합쳐 놓고자 했다. (우리는 거기서 킨티아가 죽고, 그 다음 애가에서는 킨티아가 라누비움에서 방탕한 생활을 하는 동안 프로페르티우스는 마음을 달래기 위해 로마에서 '난교 파티를 벌이는' 모습을 볼 수 있다.) 왜냐하면 제4편은 이 작품들을 제외하고는 더 고상한 영감을 바탕으로 로마의 종교 예식과 신들을 언급하고 있기 때문이다.

'애가 형태로 이야기된 연애 소설'이라는 가설은 작품의 순서나(작품의 순서를 끊임없이 뒤집어야 한다) 애가가 무엇인가에 관한 가장 기초적인 생각에도 저항하지 못하고 무너져 버린다. 왜냐하면 이렇게 '이야기된' 사건의 대파란·황홀·격렬한 아픔·질투·불안은, 여하튼 '연시'의 이론 자체로서 그것은 사랑의 상황의 목록이어야 한다는 에로틱 애가의 사명을 충분히 만족시키기 때문이다. 거기에는 상징이든 현실처럼 존재하든 사랑하는 여인의 죽음도 포함되는데 그것은 진부한 주제이다. 게다가 애가의 시인들은 그들 자신의 죽음을 언급하기를 좋아했다. 그렇다고 진짜 죽는 것도 아니면서.

만일 우리가 델리아와 네메시스의 운명을 탐색하기를 너무 쉽게 포기했다면, 그것은 결국 티불루스의 약간은 응석부리는 듯한 시가 그들에게 신빙성을 부여하지 못했기 때문이다. 반대로 프로페르티우스는 카툴루스를 본받아 사랑의 열정을 특히 좋아하는 주제로 삼았다. 그리고 그의 애가를 '낭만적으로' 읽으면 거기서 꿈을 꿀 수 있는 소재를 발견할 수 있다. 강한 욕망·쾌락·고통의 시인인 프로페르티우스는 빛나는 미사여구, 신화의 모티프를 무시하지 않고 감동을 증대시키는 법을 알았다. 카툴루스만큼이나 격렬한 그의 감수성과 관능성은 거의 보들레르에 가까운 어조와 함께 여인에 대한 육감적이고 잔인한 이미지 위에서 굳어진다. 이 모든 것이 킨티아라는 여인을 '신빙성 있게' 만든다. 그 여인은 프로페르티우스의 생전에 살았던 것으로 보이지만 그의 시의 여주인공은 아닌 것 같다. 우리는 그런 결론을 내려야 한다. 시인들의 사랑은 체험인 동시에 상상일 수 있으며, 사랑에 관해 말하는 것을 일거리로 삼는 어떤 문학 장르의 틀 속에서 용해될 수 있다.

5. 오비디우스, 사랑의 교사

게다가 우리는 오비디우스 덕에 에로틱한 애가가 철저히 동일한 한 여성의 이름을 사용함으로써(강한 문화적 내포로) '개인화하는' 용법이 애가 유행의 핵심이라는 사실을 확인할 수 있다. 왜냐하면 이에 관한 한 사람들은 그의 여주인공 코린나가 지상의 존재를 갖고 있었다는 것을 절대 믿지 않았기 때문이다. 그것은 사랑이 하나의 유희이고, 애가는 하나의 문학적 유희였던 한 시인에게는 이점이었다.

기원전 43년에 태어난 오비디우스는 아우구스투스 치하에서 충분히(이렇게 말할 수 있다면) 살다가 기원후 17년 또는 18년에 죽었다. 그는 특히 새로운 시대의 시인이었고, 그들의 반대 입장에 선 시인이었다. 왜냐하면 그는 살롱을 드나드는 사람, 사교계의 시인, 그의 뛰어난 솜씨와 재치 덕에 감탄을 사는 예술가였을지는 몰라도 공적인 도덕과는 충돌했기 때문이다. (그것도 분명치 않은 이유로. 그것은 아마도 추문 때문이었을 것이다.) 그리고 군주는 기원후 8년에 그를 흑해 연안의 토미스로 귀양보냈고, 그는 거기서 영영 돌아오지 못했다. 그 결과 사랑의 유희의 시인은 추방당한 원망의 시인으로 변모했다. 그리고 그가 경박함을 비난했던 전통적인 비평이 이런 급격한 변화를 일종의 속죄로 본 것은 놀라운 일이다. 만일 시인이 되기 위해 고통을 겪어야 한다면, 오비디우스는 운좋게도 그런 불행을 충분히 경험했다.

오비디우스는 그의 시대의 최고의 '웅변 학교'에서 교육받았다. 그곳에서 사람들은 훈련삼아(왜냐하면 '기능적인' 웅변은 더 이상 통용되지 않았다) 가상의 주제들에 관한 표현을 놓고 서로 경쟁했다. 그는 두각을 나타냈다. 그리고 신랄한 재치와 대단한 예술적 감각을 발휘한 이 완벽한 수사학적 기량은 그를 능란할 뿐 아니라 박식한 시인처럼 보이게 했다. 그는 공개 낭독에서 읽힌 비극(소실되었다) 《메데이아》로 성공을 거둔 뒤, 단호하게 애가로 돌아서 기원전 15년 또는 14년경 《사랑》이라는 제목의 시집을 썼다. 5편을 3편으로 압축한 것은 문학적 '생산물'에 대한 매우 세심한 '편집자의 작업'의 흔적이다. 극도로 의식적인 예술가인 오비디우스는 대중에게 삶의 단편들 대신 예술적 주제들을 제공했다.

우리는 애가의 시구로 된 가공의 독백집 《여주인공들의 편지》를 읽으면서 그것을 확신할 수 있다. 거기서 신화적 전통의 '방종한 미녀들'(페넬로페·아리안·메데아·디도……)은 그들을 비겁하게 차버린 영웅들에 대한 증오를 드러낸다. 《여주인공들의 편지》는 수사학의 단련, 인물 묘사, 역사 또는 문학의 한 주인공의 허구적인 이야기처럼 보인다. 하지만 이것은 애가가 오비디우스에게 차지하는 비중이 어땠는가를 충분히 말해 준다. 이것은 사랑의 관계를 소재로 하는 문학의 유희이다. 달리 말하면 사랑의 담화를 탐색하는 것(《여주인공들의 편지》에서보다 더 넓게)을 목적으로 하는 허구인 것이다. 결국 실제(《사랑》)가 《사랑의 기술》과 《사랑의 치료법》 때문에 이론에 진다. 이 두 작품은 '기술적인 개론'의 패러디를 통해 유머와 넘치는 기민함으로 유혹하는 방법, 그리고 손해를 보상받는 방법을 설명한다. 사람들은 거기서 카마수트라나 약품 대신 결국 《사랑》이 애가들, 즉 여러 가지 사랑의 상황을 통해 말하는 것을 발견하게 될 것이다. 더구나 이 모든 글들이 때로는 글자 그대로 서로 메아리를 주고받는다.

오비디우스 덕에 로마의 에로틱 애가의 구성 요소들이 모두 한 자리에 모였다. 사랑을 주제로 하면서 서사시의 영웅주의를 용감한 애인의 영웅주의로 대체한 시, 그것은 독특한 장면들에 의해 설명되는 '사랑에 관한 이야기'를 익살스럽게 전개하면서 한 가지 처세술을 묘사한다. 그리고 그 처세술에서는 시인이 일종의 교사를 맡고 있다. 그러기 위해 그는 애인의 역할을 자처한다——그는 애가의 '나'이다. 그리고 이런 묵계 위에서 그는 개성적인 말투와 보편적인 의견을 미묘하게 섞고, 자백을 가장하고, 환각을 불러일으키고, 속이고, 감동시키고, 자기 자신을 놀리고, 독자를 놀릴 수 있었다.

확실히 오비디우스를 읽은 다음에 티불루스와 프로페르티우스의 글이 더 잘 읽힌다. 이것은 우리가 오비디우스가 공공연하게 '사랑의 교사'를 자처한 방식에서 드러나는 것으로 짐작했다——자신을 '사랑에 빠진 마음의 전문가'라고 주장하는 그들의 방식. 여성의 매력과 배신에 대한 찬양은 《사랑의 기술》에서 가장 커진다. 《사랑의 기술》 중 1편은 여성을 유혹하는 기술에 할애되고 있다. 그리고 거기서 주인공은 짝들간의 기쁨의 상호성에 관해 염려한다. (이것은 고대 문학에서는 새로운 일이다.) 정열은 극단적인 경우에 불과하며 익살스런 행위가 법칙이라는 것, 결국 헤라클레스는 옴팔로스의 발치에서 지루해하지 않았다는 것, 만일 당신이 사랑하는 여인이 거짓말쟁이라면 그것은 당신이 거짓말쟁이 여자들을 좋아한다는 의미라는 것, 사랑에서 우리는 명령하거나 복종하겠다고 결심하기만 하면 명령하거나 복종할 수 있다는 것, 가장 세련된 유혹은 기쁨의 원천이라는 것, 사랑의 슬픔도 때로는 감미롭다는 것, 그리고 로마는 우리가 '여자 낚으러 다니기'와 변화의 매력을 무시하지만 않는다면 모험거리가 충분히 많은 도시라는 주장은 모두 오비디우스로부터 유래한 것이다.

우리는 빈틈없는 대가 하나를 보았다. 이 모든 것은 사람들의 심기를 불편하게 할 수도 있었지만 하나의 장르의 논리에 등록되었고, 거기서 그는 귀착점에 도달한다. 따라서 오비디우스를 모든 '연애 문학'의 창설자로 보는 편이 낫다. 그리고 연애 문학은 서유럽의 시뿐 아니라 연애 소설 속에서도 개화하게 된다. 마치 애가가 제시한 사랑의 상황들 중 하나에 나오는 상세한 가상의 이야기처럼.

《변형담》

오비디우스의 예술가적 기질은 그를 커다란 주제 쪽으로 이끌었다. 청년 시절에 그는 《거인과 신과의 싸움》의 초고를 썼다. 그것은 조형 예술에 의해 많이 설명되는 하나의 주제에 대한 문학적 취급을 담은 것이 분명하다. 기원후 1년, 신들이나 인간들이 다양한 존재나 물건·동물·강·나무들로 변신하는 것에 할

애한 거대한 시 《변형담》을 쓰면서, 오비디우스는 아마도 예술에 관한 그의 사색에서 영감을 얻었을 것이다. 그리고 그것의 목적은 자연 속에 존재하지 않는 것을 등장시키고, 그럼으로써 놀라운 '변신'을 실천하는 것이었다.

사실 알렉산드리아파 시대의 예술가들은 이런 신화의 에피소드들을 다루는 데 가장 큰 중요성을 부여하였다. 그리고 그것은 매력적인 미적 문제들을 제기했다——왜냐하면 변신은 그림 같은, 조형적 또는 언어적 표현 수단에 의해 표현되는 하나의 변화로서 그 자체에는 역학이 결여되었기 때문이다. 이것은 특히 현세의 모든 것의 지속적인 변화에 관한 철학적 또는 상징적 고찰과 조화를 이룰 수 있었을 것이다. 따라서 이 주제는 상상의 세계의 창고와도 같은 신화의 탐험이기도 하지만, 또한 심미적인 사색이기도 하다. 그것은 눈부신 풍요로움과 위대한 심오함으로부터 나온 것이다.

오비디우스는 자신의 작품을 잘 이끌어 나가기 위해 운율을 바꾼다. 그는 장단단 6보격으로 세상에 관한 하나의 놀라운 역사를 꾸미는 진정한 서사시를 썼다. 놀라운 것은 이 15권의 노래가 연결된 에피소드들을 초상화, 큰 프레스코 벽화, 우아한 소벽(小壁), 끼워넣은 이야기들, 공상의 산물, 교훈적이고 때로는 괴이한 그림들이 등장하는 거대하고 화려한 건물의 '모티프'로 가정하는 방식이다. 그 결과 사람들은 이 작품을 천일변신(《천일야화》에 빗댄 말)의 궁전에 비교하고 싶어하는 것 같다. 때로는 엄격하고 때로는 미로 같다는 점에서. 우리는 거기서 자주 길을 잃는다. 여기저기가 싫증난다. 그러다 갑자기 놀라운 예술의 한 작품이 나타난다. 그리고 우리는 고대의 상상세계의 시 박물관을 방문한 것 같은 느낌을 받는다.

우리의 역사 속에서 이 작품이 오랜 세월 동안 조형예술가들의 영감에 생기를 주면서, 티치아노에서 피카소에 이르기까지 많은 작가들에 의해 예술 작품으로 변신한 것은 하나도 놀라울 것이 없다. 이 정도의 부피라면 장황함이나 '속도의 저하'를 동반하기 마련이지만, 오비디우스의 《변형담》은 갑자기 활기 있고 우아하고 사랑스럽고 시적일 때가 많아진 신화학을 통한 고대에 대한 가장 매력적인 접근 중 하나로 남았다.

그에 비해 《달력》은 교훈적인 동시에 세속적인 시——로마의 종교적 달력에 대한 조사——인데, 오비디우스에 의해 박식하게 정련된 몇몇 유머의 요소들이 있기에 빛나는 작품이다. 오비디우스는 여섯 달 만에, 다시 말해 여섯번째 노래에서 싫증이 났다. 그것을 잘 알고 있었던 오비디우스——그는 성공한 작업만을 사랑했다——는 정열을 기울이지 않았고, 그것은 글에서 느껴진다.

"예술은 우연을 닮았다." 오비디우스는 《사랑의 기술》에서 그렇게 말했다. 유혹하는 기술에서 참된 것은 오비디우스의 예술에서도 참이다. '오랫동안 생각된 우연'은 어떤 훌륭한 솜씨보다 훨씬 더 많은 것을 전제로 한다. 중세는 문자 그대로 오비디우스를 숭배해서 그를 수도원에 들어간 것으로 만들 정도로 도덕적인 인간으로 만들었다. 르네상스, 우리의 고전주의 세기들은 그의 책을 먹고 자랐다. 낭만주의 때부터 그가 경박하고 피상적이라고 생각하는 것이 바람직한 것처럼 여겨지기 시작했다. 사람들은 그에게 예술을 빛나게 만드는 '진실'이 없기 때문에 문학적 품위가 결여된 듯하다고 말했다. 그것은 용서할 수 없는 미적 감각의 결여이다. 그리고 만일 우리가 그래도 이 예술가의 비범한 후손들을 존경한다면 그것은 커다란 어리석음이라 아니할 수 없다. 오비디우스의 부자연스러운 겉치레와 매너리즘조차 그의 작품에서는 감탄스러운 시적 행복감을 나타낸다. 그가 유배 당시에 쓴 애가들로서, 개인적인 어두운 영감에서 나온 것이 분명한 《슬픔》과 《흑해에서 보낸 편지》에서조차 오비디우스는 적당한 거리를 둠으로써 자신의 예술을 지키는 방법을 발견하고 있다. 《사랑의 치료법》에서 그는 '애가의 베르길리우스'가 되고 싶었노라고 말한다. 이 말은 경솔하게 받아들일 말이 아니다. 그는 또 다른 미학 속에서 모든 매력을 보여 줄 줄 아는 품위에 도달하려는, 매우 의식적인 야심을 드러냈다.

6. 티투스 리비우스: 대하 역사

티투스 리비우스, 우리는 그를 '역사의 베르길리우스'라고 부를 수 있을 것이다. 그리고 우리는 그의 《로마사》를 《아이네이스》의 맞은편에 놓아야 할 것이다. 이 사료편찬자는 그의 142권의 책을 통해 로마의 창설부터 현재의 아우구스투스까지 로마사의 급류를 훑는다. 이 불후의 명작은 그 나름대로 베르길리우스의 서사시에 비교할 수 있는 찬양이다. 《아이네이스》는 우리가 보았다시피 역사를 예측했다. 그것은 신화의 시대가 끝난 시점에서 시작한다. 전설에서 하나의 도시가 나온다. 그리고 이 최초의 시기에 할애된 제1권에서 티투스 리비우스는 로마를 차츰 전설에서 끌어냈다. 로물루스의 무훈시의 뒤를 이어 왕들의 시대가 이어지고, 그 시대에는 로마 시의 창설이 계속되고 정치적 수습의 기회가 마련된다.

　전설과 역사는 서로 섞이고 역사는 전설을 연장한다. 그리고 조르주 뒤메질의 분석대로 로마의 천재가 신화를 '역사화한' 방법, 또는 이 '왕들의 시대'를 구성하는 구전되는 이야기들의 뒤얽힘 속에서 신화에 비교할 수 있는 상징 체계를 파악한 방법이 이 책에 가장 잘 드러나 있다. 로물루스로부터 타르퀴니우스 수페르부스에 이르는 동안, 로마는 그의 지속성의 토대가 된 제도적·이데올로기적 표본들을 획득했다. 왕들의 추방과 함께 자유 시민권의 시대, 백성의 주권, 행정관의 1년 임기, 권력의 제한 위에 세워진 '공화정'의 시대가 시작되었다. 로마는 그의 정치적 아이덴티티를 찾은 것이다.

　그때부터 티투스 리비우스의 '역사'는 연대기 편집 방법에 따라 제 속도를 찾는다. 따라서 현존하는 35권의 책에서는 영웅의 시대에 대한 언급이 차례로 펼쳐진다. 영웅의 시대는 로마가 이탈리아에서 로마 주변의 백성들을 굴복시키면서 자신의 권력 공간을 정복하고, 평민들과 세습 귀족들간의 격렬한 충돌이 끝나고 그의 정치적 안정을 찾은 시기를 말한다. (제2권부터 제10권까지) 그 다음 제21권부터 제40권까지는 로마 제국주의의 전개를 이야기한다. 우선 한니발에 대항하여 싸운 제2차 포에니 전쟁을 다루고, 그 다음엔 그리스에 대한 헤게모니의 획득을 다룬다. 마지막으로 제41권부터 제45권까지는 속주에서 보인 마케도니아의 축소 현상에서 끝난다.(기원전 167) 여기서 우리는 책들이 10권씩 나뉜 것을 알 수 있다. 이것은 낡은 방식으로 통일성을 발휘하는데, 우리는 그것이 티투스 리비우스 자신이 한 일인지 확신할 수 없다. 이 문제는 현대인들에 의해서도 해결되지 않았다.

　중요한 것은 아마도 엄청난 어떤 소재 앞에서 티투스 리비우스의 진행은 인내심을 요할지 모르지만 특히 이론적으로 규명되었다는 것이다. 그는 서문에서 기본적인 4개의 질문, 사료편찬 조사의 적절한 기둥들을 배치함으로써 자신의 생각을 설명하고 있다. 우리는 로마의 성공·수명·규모를 확인하면서 어떤 방식의 삶, 어떤 풍속, 어떤 위인들, 어떤 수완들이 이런 상승을 가능케 했는지 자문해야 한다. 왜냐하면 그뒤로 로마가 노화라는 내리막길에 놓였다면, 역사는 우리가 따라야 할 예들과 피하는 것이 좋을 예들을 우리에게 가르쳐 줄 수 있기 때문이다.

　현대인들의 관심사 중에 확고히 뿌리박은 것이 있다. 그것은 바로 새로운 창건의 시간에는 과거의 교훈에 대해 자문함으로써 올바른 안정을 찾아야 한다는 것이다. 티투스 리비우스는 그 무엇과도 바꿀 수 없는 공화국의 미덕들을 강조하려는 경향이 있었던 모양이다. 그런 향수는 근본적으로 아우구스투스의 이데올로기와 상반되지 않았다. 아우구스투스의 이데올로기는 군주정치의 현실에도 불구하고 표면적으로는 옛 질서를 유지하는 척했다. 그리고 우리는 내란 때 잃어버린 책들을 읽어야만 티투스 리비우스가 그보다 훨씬 전에 논쟁에 개입해서 단호히 공화정에 찬성하는 입장을 취했는지를 알 수 있을 것이다. 그러므로 그가 로마의 백성과 그들의 운명을 찬양하면서 공화정의 미덕들을 칭찬한 것은 놀라운 일이 아니었다.

　어쨌든 그의 방식은 주목할 만하다. 티투스 리비우스는 살루스티우스와 달리, 그리고 키케로와 동일하게 역사는 '웅변 작업'이라고 생각했다. 이 말은 역사가의 산문은 수사학의 미사여구

들에 의해 더 부각되어야 하며, 차갑고 건조한 이야기의 간결함
을 가장해서는 안 된다는 의미이다. 웅대한 규모가 필요하고, 기
술이 필요하고, 비극과 행복을 민감하게 받아들여야 한다. 한 마
디로 역사가는 정보를 주고 기쁨을 주고 감동을 줄 줄 알아야
한다. 그에 대한 대가로 주로 이전의 구전과 역사가들의 비판적
인 검토에 의해 수집된 엄청난 참고 자료는 '종이쪽지'를 수집
한 것 이상이 된다. medium genus dicendi 또는 키케로가 추천
한 '중용을 지키는 방식'의 본보기인 티투스 리비우스의 방식은
이야기를 조직하고, 거기에 내레이션을 엄격하게 하되 끊임없는
탈선을 허락함으로써 변화를 주고 있다.

특히 역사적 인물들의 입을 통한 이야기의 구성(그것은 수사학
적 훈련과 흡사하다)은 티투스 리비우스에게는 그의 예술의 충만
한 차원을 보여 줄 수 있는 기회였다. 게다가 허구의 세계에 속
하는 이런 방식은 우리에게 흔히 혼동스럽고 빈곤한 하나의 소
재를 취급할 때 허구적 창작의 역할이 무엇인가를 알려 준다. 이
야기는 인물을 묘사하고, 극적인 순간을 과장하고, 막연한 분석
일 수 있는 것을 생생한 추론으로 바꿔 놓고, 독자에게 확실한
미적 매력을 제안한다. 마찬가지로 티투스 리비우스가 망각에 의
해 흩어지고 집단 기억에 의해 이미 '양식화된' 사건들을 재구
성한 방식에 대해 곰곰이 생각하면, 우리는 역사를 분석하고 그
것을 묘사하는 데 대한 관심을 그토록 강력하게 결합시키는 방
법이 있다는 사실에 놀랄 수밖에 없다.

따라서 티투스 리비우스는 디드로가 판단한 것처럼 고상한 작
가만은 아니었다. 그는 깊이 있는 사상가이기도 했다. 그는 로마
가 권력과 군중간의 멋진 변증법을 복원시키는 데 집착한다고

생각했다. 그리고 그는 fatales duces, 즉 운명의 낙인이 찍힌 이 위대한 '지도자들'을 즐겨 찬양하면서 이 개인들의 운명을 한 나라 백성 전체의 역사적 운명으로 돌렸다. 역사 속에서의 미덕들의 광경은 로마의 풍속의 힘을 만드는 것을 보여 주고 집단의 행동을 이끈다. 고대 역사가들의 공통점이었던 이런 도덕적 배려는 이상적인 로마 풍속의 외형을 그리려는 경향이 있다. 하지만 로마 풍속의 위업은 매우 현실적이다. 왜냐하면 세상의 정치적 질서는 그 흔적을 갖고 있기 때문이다. 요컨대 서사시적인 무훈들(이를테면 카밀라의 경우, 한니발과 아프리카인 스키피오의 경우)이 역사의 총체 속에 얼핏 보일지는 몰라도 티투스 리비우스의 역사는 한 제국의 역사적 인과론과 건설에 관한 총괄적인 반성의 산물은 결코 아니다.

결 론

티투스 리비우스 덕에 사료편찬은 하나의 중요한 문학 장르로 인정받았다. 하지만 산문은 '시인들의 시대'였던 아우구스투스 시대에 비해 상대적으로 후퇴한 것처럼 보인다. 사실 표면적으로는 상반되는 이 두 현실은 하나의 동일한 근본적인 변화에서 나왔다. 기원전 1세기는 사상에 관해 심사숙고하였고, '아우구스투스의 세기'는 예술에 관해 심사숙고하였다. 아우구스투스의 세기는 스스로 호기심 많고 박식하고 보편성에 몰두하고 개인의 표현에 공간을 할애하는 시대가 되기를 원했다. 그리고 로마화는 새로운 풍요로움에 도달하게 한 것 같다. 실제로 이런 현대적 변화가 전통으로부터 나왔고, 새로운 사상가들이 활기찬 미학적 문화의 유산을 포기하지 않고도 새로운 형식들을 좋아했다는 것을 확인하는 것은 놀라운 일이다. 풍요로운 세기, 요컨대 행복감을 안겨 주던 세기였던 아우구스투스의 시대는 어쨌든 불후의 빛나는 문학 작품들의 출현을 가져왔고, 그것은 라틴 문학에서 가장 훌륭한 작품들로 남아 있다.

5

제정 전기

앞장에서 우리가 상대적으로 짧은 역사적 기간——아우구스투스의 시대는 50여 년밖에 안 된다——동안 라틴 문학의 '안정기'를 향유할 수 있었다면, 이제부터 우리는 역사가들이 관례적으로 제정 전기(Haut-Empire)라고 부르는 한 시기의 넓은 영역에서 다양한 작품들과 저자들을 고려해야 한다. 제정 전기는 티베리우스의 통치(기원후 14)부터 콤모두스의 통치가 끝날 때(기원후 192)까지를 말한다. 이 시기엔 3개의 '왕조'가 권좌를 계승했다. 율리우스 클라우디우스 왕조에서 네로 황제까지, 그 다음 플라비우스 왕조에서 베스파시아누스·티투스·도미티아누스 황제까지 나왔고, 마지막으로 안토니누스 왕조에서 네르바 황제부터 콤모두스 황제까지 배출했다. 제국은 심각한 동요를 겪은 다음 안정을 되찾았고, 안토니누스 왕조 치하에서 분명한 절제와 상당히 무거운 행정 감독을 특징으로 하는 체제로 발전한다. 로마의 공간은 찬란한 경제·문화의 중심지를 지방으로 늘려감으로써 등질화하려는 경향이 있다. 그리고 그때부터 지방에서 황제들이 나온다. 이런 심각한 변화는 문학에 활기를 부여하는 흐름의 증가에서 읽혀질 수 있는데 그것이 통일된 어떤 것, 또는 그토록 많은 풍부함을 지닌 단순한 계보로 축소될 가능성은 없었다.

1. 상상의 세계의 수사학

이미 아우구스투스 치하에서 목격한 바이지만, 수사학 교육은 설득술이라는 '실용적' 접근으로부터 분리되었다. 그 이유는 사법의 영역이 토의성 웅변술의 분야처럼 더 이상 웅변가들에게 개방되지 않았다는 데 있다. 공화정에서는 그것이 가능했다. 이 두 분야에서 결정 방식은 새로운 체제에 의해 강경화되었다. 이제 변호사나 정치가가 될 수 없게 된 웅변가는 연사나 작가로 나섰다. 그렇다고 수사학의 교육적·문화적·미학적 중요성이 축소된 것은 아니었다. 왜냐하면 더 이상 실질적인 '사회적' 실천으로 나아갈 수 없게 된 이 지식이 어느 정도는 사변적인 야심들을 되살렸기 때문이다. 그런데 플라톤과 소피스트(궤변론자)들간의 대립은 그것들이 간접적으로는 중요한 내기였다는 것을 보여 준다.

아우구스투스 이후 여러 유파들의 '비현실적' 수사학을 풍자화하는 것은 쉬운 일이 될 것이다. 라틴 작가들은 포기하지 않고 웅변의 '타락'에 대해 눈물을 흘리면서, 마치 또 다른 행성에 떨어진 것처럼 광장으로 흘러드는 이 젊은 웅변가들의 욕망을 고발했다. 이것은 페트로니우스의 글에서도 보여지고, 타키투스의 글(《웅변에 관한 대화》)에서도 보여진다. 그것도 상당히 유사한 용어들을 사용해서——마치 웅변술의 쇠퇴에 관한 논쟁 자체가 '훈련의 실천'이 된 것처럼. 이런 실천들은 현실 상황들을 흉내내지 못하고 그것을 상상했다. 때로 그들은 집단적·역사적, 또는 신화적 상상의 세계의 영웅들에게 작성할 연설에 대한 정당화의 임무를 떠넘겼다. 이것이 '인물 묘사법,' 가공의 연설로 어쨌든 상당히 엄격한 형식적 규칙들을 따르기 때문에 우리는 많은 사료편찬자들에게서 그런 항구적 경향들을 목격할 수 있다.

또한 때로 그들은 하나의 정치적 의견이나 권고를 '주제'로 정한다——그것은 'suasoria'(판단을 부추기는 연설)로서 정욕처럼 보일 수도(오비디우스의 몇몇 애가는 '사랑의 suasoria'처럼 보인다) 있고, 유희나 철학처럼 보일 수도(세네카의 문체는 특히 그 영향을 많이 받게 된다) 있다. 그리고 때로 그들은 법·범죄 및 아주 복잡할 때가 많은 상황들을 가정하면서 논쟁의 형태로 서로 모순되는 사법적 논쟁을 가장한다. 이 모든 것이 문자 그대로 우리가 '플롯'이라고 부르게 될 것을 구성한다. 최근 P. 키냐르가 《알부키우스》에서 가이우스 알부키우스 실루스라는 그 시대의 웅변술 교사를 하나의 '소설가'처럼 다루고, '훈련의 주제'가 줄거리인 그 작품들을 '소설'이라고 부른 것은 적절한 일이다.

사실 우리는 끊임없이 박수갈채만을 받아온 '웅변법'의 실용적인 무용성만을 고려해서는 안 된다. 그 어느 때보다 더 웅변술은 그것이 고대 문화 속에서 간직해 오던 그 모습대로 하나의 구경거리로 남아 있다. 그리고 생각과 표현의 창의적인 구사를 극단적으로 복잡한 정교함으로까지 발전시킨다. '잘 말하는 것'은 그 자체로 하나의 목적이다. 그것은 연설의 풍부함을 가정한다. 그것은 스타일의 선택을 내포한다. 그것은 이성과 감성에 똑같이 호소한다. 다양한 분야에서 동기 없는 과시가 허락하는 무절제한 언동을 연마함으로써 '상상의 세계의 수사학'은 문학의 생명에 활기를 불어넣고 예술가들을 양성했다. 우리는 언어가 해야 하는 것에 대해서보다는 언어가 할 수 있는 것에 대해 더 많이 자문한다. 이것은 행복감에 젖은 사색적인 태도로서 반드시 나쁜 취향을 낳는 것은 아니며, 때로는 새로운 취향을 낳을 때도 있다.

2. 박식한 문학

로마는 이제부터 그 자신의 기준을 구사한다. 로마에는 천재들이 있었고, 로마에는 라틴 표본들이 있었다. 모방과 경쟁심은 그리스의 원천뿐 아니라 라틴 작가들에게도 발휘될 수 있었다. 그리고 이런 변화를 지식의 장에도 포함시켜야 한다——왜냐하면 아우구스투스 시대의 위대한 시인들은 그들의 생전에 라틴 학원에서 공부했기 때문이다. 사실 시칠리아의 유명한 화산에 대한 과학적인 연구인 《에트나》처럼 교훈적인 시는 너무나 '베르길리우스적인' 형식인지라 《아이네이스》의 시인을 이 작품의 저자로 보는 것이 관례였다. 마찬가지로 너무나 꼼꼼한 농학자인 콜루멜라는 그의 두꺼운 논문의 일부를 장단단 6보격으로 썼는데(《소박한 삶에 관하여》, 12권) 이것은 정원을 가꾸는 기술을 다룬 책으로, 특히 베르길리우스가 지나가면서 언급한 어떤 문제에 대해서는 《농경시》를 보충하는 것처럼 보인다. 결국 칼푸르니우스 시쿨루스의 《전원시》는 베르길리우스의 전원시의 연장선상에 있으며, 《아이네이스》의 모작이건 아니건간에 제정기 서사시의 대표작의 하나가 될 것이다.

한편 우리는 너무나 넓은 문명 공간에 대한 로마의 공인된 통치가 모든 분야에서 예술과 기술에 대한 전문적인 조사를 지향하는 기쁜 도약을 가져왔다고 생각할 수 있다. 기원후 1세기는 로마에 라틴어 백과사전을 안겨 주려는 배려로 점철되었다. 마치 황제의 권력에 의해 통일된 새로운 문화 공간에서 그가 집합할 수 있는 지식의 엄청난 총체를 합산하려는 듯. 티베리우스 치하에서 켈수스는 20권의 백과사전을 썼는데, 우리는 그 중 마지막 8권——의학과 위생학을 다룬——만을 접할 수 있다. 이 책들의 원천은 히포크라테스와 아스클레피아데스이다. 그리고 우리는 거기서 라틴 기술 용어의 엄청난 작업을 발견할 수 있다. (이것은 라틴어를 탐구하고 풍부하게 만드는 하나의 방법인 동시에 그리스 학문적 전통의 강탈이다.) 훗날 대(大)플리니우스는 160권으로 추산되는 경이적인 규모의 학술적인 작품을 하나 썼다. 그런데 그 중 《박물지》 37권만 지금 남아 있다. 우리는 이때 '역사'를 원래 그리스어가 지녔던 본래의 '조사'의 의미로 이해해야 한다——하지만 플리니우스는 티투스 리비우스와 같은 한 사람의 역사가로서 많은 작가들을 본떠서 작업했고(제1권에 소개된 그의 '전기'는 그가 2,000권 이상의 책을 참고로 했음을 암시하고 있다!), 자신의 정보를 '카드'의 체계에 의해 수집했다. 그는 대개는 이 카드를 정리하고 별다른 미적 배려 없이 그것들을 모사하는 데 만족했다. 요컨대 그의 야심은 많은 정보를 명료하게 획득하는 것이었다. 하지만 우리는 모든 것을 완전히 딴판으로 바꿔 이 자료들, 지식의 방법들, 세상에 대해 심사숙고하기 시작하는 그를 볼 수 있다. 따라서 그의 백과사전은 철학과 수사학의 여러 가지 색채로 치장하고 있으며, 그는 그것을 모르지 않았다!

다른 분야에서도 같은 추세였다. 사료편찬계에 표절이 판을 쳤다. 코르넬리우스 네포스의 전기들의 연속성에서, 단 상당히 '종합적인' 정신 속에서 발레리우스 막시무스는 이를테면 저명한 고인들을 향한 특별한 관심을 갖고 '기억해야 할 사건과 격언들'을 수집했다. 우리는 예들의 그런 모음이 수사학의 필요에 부응한다는 것을 잘 알고 있다. 그래서 수사학은 그것들을 많이 소비했다. 그 대신 수사학은 퀸투스 쿠르케스의 작품을 조명한다. 그의 《알렉산드로스의 일생》은 하나의 소설처럼 읽힌다. 이런 이유로 이 책은 고전주의 시대까지 후손들에 의해 무척 많이 읽히다가 이후 등한시되었는데 그것은 상당히 부당한 처사이다. 하지만 율리우스 클라우디우스 왕조 치하에서 사료편찬의 사명은 정치적 향수를 표현하는 기회를 주는 것이라고 생각되었다. 고대의 질서가 사람들의 기억 속에 있었고, 반대자들은 공화정과 내란의 역사를 증가시켰다. 미래의 황제 클라우디우스마저(티투스 리비우스의 충고에 따라!) 너무나 까다로운 계획에 몸을 던지는 젊은 시절의 과오를 저지른다. 크레무티우스 코르두스는 카이사르의 암살범들인 브루투스와 카시우스를 칭찬한 죄로 자살할 수밖에 없는 처지에 몰렸다. (그의 저서는 소실되었다.) 하지만 반대로 벨레이우스 파테르쿨루스는 카이사르 · 아우구스투스 · 티베리우스 · 세야누스의 칭찬을 빨리 듣기 위해 정말로 보잘것없는 재능을 가지고 로마 공화정의 역사를 날조한다. 한편에는 고통이 있고, 한편에는 아첨이 있는 것이다. 아직도 잘 정리되지 않은 정치 상황으로부터 유래하는 이 두 극단 사이에서, 우리는 좀더 순수한 역사 문학은 알렉산드로스 대왕과 위인들의 유언을 찬양하거나, 또는 생생함이나 이국 정서를 선사함으로써 많은 작가들을 유혹했음을 알게 된다.

그럼에도 불구하고 '놀라운 것들'에 대한 공공연한 취향을 보충하는 이런 이국 정서는 로마의 호기심의 새로운 면들 중 하나를 설명한다. 지중해 공간이 로마화한 지금 그들의 눈은 게르마니아와 함께 특히 동양 쪽을 향했다.

그러자 한편에선 야만인들이 놀랐다. 다른 한편에서는 헬레니즘이 '동양풍으로 되면서' 새로운 모습을 띠게 된다. 거기에는 현기증 같은 것이 있어서, 그 결과가 키벨레[大母神. 동방의 여신]·아티스[프리지아의 태양신]·미트라[인도-이란 신화에 나오는 빛의 신]·이시스[이집트의 의학·결혼·농업의 여신]의 숭배, 또는 군주들과 함께 종교의 변화에서만 느껴지는 것이 아니다──칼리굴라, 그리고 특히 네로는 황권의 태양 같은, 그리고 우주적 지배 같은 점들을 강조하면서 만일 우리가 그들을 동양의 영향으로부터 분리할 경우 병적인 판단이 될 수 있는 취향들(또는 환각들)을 연마했다. 신성함의 의미가 바뀌었다. 미(美)도 마찬가지였다. 더 복잡해지고 흔히는 부자연스럽게 꾸미는 '바로크적 성격'을 띠게 되었다. 제국은 세계주의를 흡수해 풍부해졌고, 로마 사회는 폭발해 많은 혼혈아들을 낳았다. (유베날리스 같은 보수주의자들에게는 청천벽력이었다!) 이제 이전 것보다 덜 엄격하고 더 감성적이고 관대하고 구원에 몰두한 새로운 휴머니즘이 그 모습을 드러낸다.

3. 소설의 탄생

페트로니우스의 《사티리콘》은 우리가 판단할 수 있는 한, 문학사상 '소설'이라는 이름을 부여할 수 있는 최초의 문헌이다. 장르 이론가들──이를테면 루카치──은 전혀 그렇게 고려하지 않고 그리스 소설들만을 인정했는데(아마도 후대의 작품들) 그것은 중대한 실수였다. 왜냐하면 이를테면 17세기 소설의 한 부분 전체가 이 고대의 문헌들로부터 공공연하게 영감을 받았기 때문이다. 참고삼아 말하자면 '악당 소설'(le picaresque)이란 말은 정의상 산적들의 이야기를 의미한다——그리고 라틴 또는 그리스의 고대 소설들은 이런 폭력을 가지고 플롯의 원동력의 하나로 만든다. 마찬가지로 그들은 여성에게(그리고 남녀간의 사랑의 관계, 또는 적대적인 관계에) 하나의 역할을 부여한다. 이 역할은 사료편찬에는 한번도 존재한 적이 없지만 앞으로 등장할 소설을 성공시키게 될 것이다.

《사티리콘》의 형식은 사람들을 당황하게 했다. 왜냐하면 이 작품(상당히 훼손된)은 산문과 운문의 혼합——매우 어울리지 않는——이었기 때문이다. 만일 우리가 이 작품을 그것의 상황에 놓고 볼 때('네로 황제 시대의 소설'로 연대를 추정하는 것이 군주의 친구로서 음모를 꾸몄다는 혐의로 자살로 몰렸던 G. 페트로니우스 아르비테르의 작품으로 추정하는 것보다 쉽다), 이 뒤범벅은 제목——전에 언급된 적이 있는 풍자시가 또 한 번 등장한다. 이것은 하나의 작품에 다양한 어투·주제·인물·문체를 집어넣음으로써 혼합의 원칙을 끝까지 밀고 나갔다!——을 충분히 정당화한다. 하지만 우리는 시——경구시 형식과 두 부분의 서사시 형식하에——가 이 책에서는 산문의 특별한 서술적 기능을 침범하지는 않는다는 것을 목격하게 될 것이다. 시는 변주곡처럼, 장식처럼, 또는 높이 평가해야 할 예술품처럼 산문 앞에 배치된다. 왜냐하면 문학 비평은 이 팽창하는 문헌의 반복적인 주제들 중 하나이기 때문이다. 사실 우리는 이야기의 중간에 튀어나온 서사시 성격의 구절(장단단 6보격)이 작품의 백미(白眉)인지 아니면 모작(模作)인지, 그것을 보고 감탄해야 하는지 비웃어야 하는지 잘 모른다.

산문의 새로운 용도——역사와 무관한 사람들의 어떤 이야기——와 비교하여 작가는 시 작법이 제공하던 전통적인 도구들을 이용한다. 한순간을 '재빨리 크로키'하기 위한 경구시, 사랑을 언급하기 위한 애가적인 2행시, 또는 영웅담식 서사시가 그것이다. 루카치가 주장한 대로 소설에는 '수상한 리얼리즘'을 위해 서사시의 '타락'이 존재한다는 것이 근본적인 문제를 제기한다. 그리고 그것은 반대 형식으로 표현되고 산문의 멋진 승리에 의해 해결된다. 그것은 유리한 입장을 차지한다. 그리고 감히 이렇게 말할 수 있다면 모든 영역에서 승리한다. 모험과 수훈, 대항해와 유혹을 말하기 위해 산문은 서사시의 초고를 다시 쓰면서 그것을 일상의 리얼리즘으로 꾸민다. 육체와 그것이 겪는 사랑의 시련을 말하기 위해 산문은 에로틱한 시에서 문장(때로는 그것의 아이러니까지)을 훔친다. 행동과 말을 분배하기 위해 산문은 극시에서 나온 대화뿐 아니라 철학적 대화까지도 가로챈다. 그런데 이때 그것의 취향과 언어의 법칙들은 서사시만큼이나 '파손'된다. 결국 그리고 특히 페트로니우스가 자신의 이야기를 놀라운 역동성을 가지고 꾸밀 수 있었던 것은 가벼운 의미로 수정되고 정정된 사료편찬의 서술적 기술, 그리고 '상상의 세계의 수사학'에 의해 마련된 언어의 멋진 해방 덕이다. 응석부리는 듯하고 부자연스럽게 꾸미고 수다스러울 때가 많은 그리스 소설에서는 이런 미덕이나 속도는 전혀 찾아볼 수 없다.

페트로니우스는 두 명의 '낙오자들,' 엔콜피우스와 아스킬토스가 암거래가 설치는 노골적인 국제 세상에서 겪는 모험과 낭패를 우리에게 들려 줌으로써 티투스 리비우스가 그의 역사적

조사의 방향을 정하기 위해 제기했던 네 가지 질문들에 대답한
다. 사람들의 삶, 그들의 풍속, 영웅들의 운명, 마지막으로 넓은
의미에서의 예술이 그것이다. 이 마지막 질문에 대해 소설은 예
술에서 나오는 환상과 변형이라는 미덕들에 극도의 관심을 가지
는 것이 분명하다. 현존하는 것 중 가장 광범위하고 유명한 에
피소드로서 해방 노예인 트리말키오의 집에서 상당히 당황스러
운 방식으로 열린 만찬 이야기인 《트리말키오의 잔치》에서 요리
사의 기술은 불가사의한 요리법을 제공하고, 맛있는 것을 환상
에 의해 이상하게 만들어 버림으로써 식욕을 잃게 하거나 그 반
대로 하는 것이다. 만찬 자체는 그것이 트리말키오에 의해 처음
부터 끝까지 인위적으로 계획된 '연출'이라는 의심을 받도록 내
버려둔다. 그리고 이 소설의 주인공들은 거기에 속는다——마
치 독자가 계획된 허구로서의 소설에 속듯이.

　하지만 다른 질문들은 이 책을 힘 있고 재미있게 만드는 데
기여한다. 엔콜피우스와 아스킬토스가 움직이는 공간에서는 이
상화된 것은 모두 제거되었다. 우리는 거기서 정말로 사람들의
삶을 볼 수 있다. 뿐만 아니라 등장인물들은 이런 삶의 구체적인
모습만이 아니라 윤리적 토대(그들의 풍속, 그것은 철학 논문들에
나오는 풍속과는 전혀 다르다)와 그들의 생활이 내포한 개인의
역사도 드러낸다. 인물들은 '그들의 삶을 이야기할' 기회를 놓치
지 않는다. 덕분에 그들은 놀라울 정도로 진보된 세상(해방된 노
예들의 세상) 또는 웃기는 몰락의 세상(엔콜피우스와 아스킬토스
는 실추된 기사들이다)의 규정은 불안정·무상함·상황과 운명
의 변화라는 것을 알게 된다. 그럼에도 불구하고 네로의 제국과
그 시대의 사회, 문화적 현실은 여기서 하나의 장식 이상이다. 그

것은, 책 자체이다. 이 책에는 dolce vita(달콤한 인생)와 공격적인 긴장, 퇴폐와 야심, 창의성과 욕구불만이 항구적으로 뒤섞여 있다. 펠리니가 이 풍부한 작품을 자기의 것으로 소화해 1편의 영화로 만든 것은 너무나 당연한 일이다. 그리고 그 영화는 《사티리콘》을 '이야기하지' 않으면서도 미학을 저버리지 않고 있다.

사실 《사티리콘》이 '의미' 하는 바를 정확히 말한다는 것은 상당히 어려운 일이다. 우리는 거기서 영웅들이 미스터리에서 미스터리로 넘나드는 모험을 하는 통과의례 소설을 볼 수 있었다. 여기서 가설은 아풀레이우스의 《변신》의 가설보다는 훨씬 설득력이 덜하다. 또는 이것은 상당히 음흉한 소설이다. (젊은 영웅들의 동성애적 사랑은 흔히 새디즘적이거나 매저키즘적인, 어쨌든 그들의 사랑을 훼손하는 수많은 간섭에 의해 방해를 받는다.) 또는 이것은 때로는 견습 소설의 외양을 취하고 있다――그렇지만 이것은 지하세계로의 하강처럼 그려진다. 또는 이것은 고전적인 의미에서의 '풍자시'로 시대의 악덕을 거침없이 고발하고 있다. 우리는 그외 가설들을 얼마든지 내놓을 수 있다. 그리고 아마도 시대착오도 계속해서 일으킬지 모른다. 왜냐하면 우리는 어쨌든 동시대인들이 이 책을 어떻게 '읽었는지를' 모르기 때문이다. 작품을 그 시대에 고립시키는 것 자체, 그리고 그것의 훼손상태(그렇다고 읽지 못하는 건 아니나, 이를테면 전체 줄거리를 은폐한다)는 미스터리를 증대시키고 호기심을 자극한다. 페트로니우스의 언어와 문체는 그때까지는 라틴 문학에 없었거나, 아니면 경구시를 위해 보류되어 온 야비한 리얼리즘 속에서 우리를 뒤흔든다. 여기서 재치·노골성·솔직성은 정직함을 지나쳐서 지나치게 뻣뻣한 문학의 팬들을 실망시킬 뿐이다. 즐거운 읽을거리를 찾는다면, 그리고 놀라고 싶다면 《사티리콘》을 읽어야 한다. (단 번역이 힘차야 한다!)

4. 세네카, 예술가이자 철학자

네로 시대의 또 다른 인물은 두말할 나위 없이 철학자 세네카(기원전 4?-기원후 65)이다. 그는 안달루시아의 한 도시로 장차 동양 문화의 교차점의 하나가 될 코르도바의 유력한 가문에서 태어났다. 로마에 왔을 때만 해도 세네카는 키가 굉장히 작았다. 그래서 사람들은 이런 '에스파냐의' 영향이 수사학자인 그의 아버지 세네카 때문이라고 생각할 수밖에 없었다. 세네카의 아버지가 수사학자로 불린 것은 그가 남긴 2권의 '선집' 때문으로, 거기에는 《웅변 연습》과 《논쟁》의 주제들이 당대의 최고 수사학자들의 참신한 표현들(수정되어)과 함께 실리고 주석이 달려 있다. 이것은 어쨌든 속주에서는 문화생활이 화려했고(마르티알리스와 퀸틸리아누스 같은 다른 '에스파냐인들'이 이 활기를 증명하고 있다), 안나이우스 같은 대가문은 웅변가와 작가들의 참된 온실이었다는 것을 잘 말해 준다. 이 가문은 세네카와 그의 아버지 외에도 지리학자 폼포니우스 멜라, 그리고 특히 시인 루카누스를 로마에 선사했다.

세네카에게는 항상 부드럽지 못했던 타키투스는 그를 동시대인들의 기호에 전적으로 타협한 사람, 따라서 그 점을 잘 고려하면 문화와 미에 관해 어떤 현대성을 잘 대표한 사람으로 묘사했다. 철학자 세네카는 스토아주의 안에서 자신의 길을 모색하면서도 자주 과거의 학설의 독창적인 면모들을 인용하곤 했다. 하지만 작가 세네카는 수사학이 가르치는 새로운 문체 쪽으로 과감하게 돌아선 예술가였다. 그는 인기 있는 사람이었고, 황실의 단골이었고, 궁정생활의 부침에 흔들렸다. 칼리굴라의 측근이었던 그(그리고 황제의 누이인 율리아 리빌라와는 약간 지나치게 친한 사이였던 것 같다)는 클라우디우스 치하에서 메살리나에 의해 코르시카로 유배되었다가 8년 뒤 아그리피나에 의해 소환되어 당시 13세이었던 아그리피나의 아들, 그러니까 미래의 네로의 교육을 맡았다. 클라우디우스가 죽은 뒤(그는 무척 무자비한 풍자시 《신성한 클라우디우스의 바보 만들기》를 통해 경의를 표한다. 거기서 우리는 사망 후 바보로 변한 황제를 볼 수 있다) 세네카는 부르루스 옆에서 새 황제의 중요한 정치적 고문이 되어 일종의 장관 역할을 수행했다. 이것은 그를 특히 아그리피나의 살해를 지지하도록 이끈다. 곧 황제의 총애를 잃었음을 느낀 그는 자신의 철학 저서에 전념하기 위해 퇴직했다. 그리고 피소의 음모에 연루되었다는 이유로 결국 자신의 혈관을 잘랐다.(기원후 65)

황실 사회에서, 그리고 특히 '정치 계급'의 한가운데에서 철학을 한다는 것은 일종의 도박이었다. 그리고 철학자가 되고자 한 것은 정말로 영웅 노릇과 흡사했다. 스토아주의는 카토·브루투스, 그리고 공화정 로마의 여러 영웅들의 추억을 잊지 못하는 황제 체제의 반대자들이 기꺼이 과시하던 도덕이었다. 그리하여 원로원은 트라세아 파이투스의 오만한 모습이 등장하는 것을 보았다. 네로의 정책에 대해서는 그의 침묵 자체가 비난과 다름없었다. 미덕에 대한 그런 요구가 세네카 같은 사람을 사로잡았다는 것은 놀라운 일이다. 왜냐하면 결국 세네카는 그의 유배 전후로 제국의 충실한 종들의 일원이 된 사람이었기 때문이다. 악덕들의 광경이 그를 미덕으로 가도록 격려한 것일까? 세네카의 철학 저서를 검토할 때 우리는 그것을 믿지 않을 수 없다. 그는 거기서 시대의 불행과 무절제를 그저 고발만 했을 뿐이다. 그런데 그는 시대의 불행의 당사자였고, 무절제의 증인이었다. 이런 기이한 긴장은 우리가 그의 철학 저서를 통해 악의 광경에 의해, 그러나 동시에 지혜의 흥분된 꿈에 의해서도 약간은 당황하고 또한 거기에 매료되기도 한 어떤 생각으로 인한 불안에 귀를 기울일 때 더 잘 이해될 것이다.

스토아주의의 교리문답

세네카의 최초의 철학 저서들——마르키아·폴리비우스·헬비아에게 주는 그의 《위로문》——은 수사학의 흔적을 지니고 있다. 이것은 운명에 의해 시련을 겪은 동시대인들에게 보내는 가공의 연설로, 플라톤학파의 철학자인 크란토르가 그들이 취한 형식의 대가로 통했다. 그것은 키케로가 딸을 잃었을 때 스스로를 '위로하면서' 자신을 위해 사용했던 형식이다. 게다가 세네카가 클라우디우스의 측근인 해방 노예 폴리비우스와 그의 어머니 헬비아에게 쓴 글에서, 주로 자신의 유배에 대해 한탄하면서 그의 특사를 얻기 위해 탄원서를 꾸몄을 때의 행동과도 약간 흡사하였다. 하지만 스토아학파의 논지의 선택은 생각의 선택을 여실히 증언한다. 세네카는 인간의 조건의 불행을 고려하면서 용기, 의도적인 무관심, 엄격함으로 만들어진 도덕적 저항을 권장한다. 철학의 기능은 '불행에 대비하는 것'임이 분명하다. 그리고 스토아학파에서 주장하는 현인의 이상적인 평정은 약간은 강제된 어떤 미덕의 이런 훈련을 자극한다.

그의 다른 논문들은 '대화'라는 제목을 가지고 있는데 그것은 잘못된 일이다. 왜냐하면 그것들이 전개하는 '철학적 연설'은 '대화술'의 수사학적 수식에 따라 상상의 대화자의 항변을 듣는 대목에 의해서만 중단되기 때문이다. 세네카는 《지혜의 불변성에 관하여》·《영혼의 평정에 관하여》·《여가에 관하여》·《삶의 짧음에 관하여》·《분노에 관하여》·《행복한 삶에 관하여》·《관용에 관하여》·《자선에 관하여》 등을 통해 자신이 묵상한 것을 제시하려고 애썼다. 이 책들은 젊은 군주의 교육적 상황 속에서 쓰였고, 세네카의 측근이나 친구들에게 헌정되기까지 했다. 우리는 그들이 '델피니에게 드림'을 쓴 것으로 간주할 수 있다. 세네카가 자신의 제자를 유식한 군주로 만들고 싶어한 것은 의심의 여지가 없는 일이다. 그리고 젊은 네로의 총명함은 이런 계획을 예측케 하기에 충분했다. 이런 까다로운 교리문답은 네로 통치의 역사적인 결과와 대조를 이룬다. 하지만 형식의 관점에서 우리는 거기서 고유한 문체가 나타나는 것을 확인할 수 있다. 그 문체는 때로는 현학적이고 재치 넘칠 때도 많지만 항상 호전적이다.

세네카는 자신의 발언을 통해 미덕을 열렬히 옹호했으며, 독설을 사용해 악덕을 규탄했다. 그리고 학술적인 증명보다는 강렬한 이미지를 선택하기를 주저하지 않았다. 이 철학자가 '교훈'(도덕적 명령)을 주고자 하는 그의 노력 속에서 좋아한 무기는 은유로서, 이것은 고통·병·폭력·고문의 구체적인 장면에서 빌린 것일 때가 많았다. 이런 상황에서는 현인의 냉정함도 과장된 것처럼 보인다.

이 '공격적인 교리문답'은 세네카가 공적인 무대에서 은퇴한 뒤 62세부터 65세 사이에 쓴 《루킬리우스에게 보내는 편지들》, 또는 《도덕에 관한 서한》이라는 대시리즈에서 상당히 완화된다. 이것은 진짜 서신이었을까, 아니면 가공의 편지였을까? 비평가들은 그것을 확실하게 밝힐 수 없었다. 하지만 여하튼 이 124통의 편지가 서신을 통한 교육의 가능성을 뛰어넘어 '의식의 지도' 계획을 설명했다고 생각하는 것은 정당하다. 목적은 루킬리우스를 가르치는 것, 그를 지혜 쪽으로 이끄는 것이다. 그리고 이를 위해 세네카는 이론 교육——그는 학설지학(學說誌學)을 통해 시험 문제를 내면서 철학적 전통의 대답들을 평가했다——과 실천 교육을 동시에 주도했다. 그는 루킬리우스에게 사건들에 대해, 그리고 그 사건들이 제시하는 견해에 대해, 그 사건들이 내포하는 윤리적 선택에 대해 숙고하는 기술을 가르쳤다. 《루킬리우스에게 보내는 편지들》은 이따금 한 친구의 용감한 죽음, 리옹을 파괴한 지진, 사투르날리아 축제의 방탕을 언급하는 철학적 산문의 형태를 취하기도 했다. 철학은 이렇듯 학술적인 면모를 잃지 않은 채로 삶 속에 뿌리를 박았다. 원칙적 지식은 규범으로 이끌고 이론은 실천을 도왔다. 구변 좋고(그는 수사학으로부터 뛰어난 표현과 간결한 문장의 기술을 배웠다) 항상 은유와 우의의 전개에 능하고, 어느 정도는 주문 같은 논문 형태로부터 자유롭고, 유쾌하거나 비장한 탈선을 마음대로 구사하던 세네카는 여기서 더 매력적이고 정확한 곳을 찌르는 감수성을 특징으로 하는 색채를 발견한다. 그는 우리에게 그의 시대의 숨겨진 불안, 평정의 길을 찾기 위해 그 자신이 겪어야 하는 큰 어려움을 느낄 수 있게 해준다. 깊이 있고 인간적인 《루킬리우스에게 보내는 편지들》은 세네카의 최고작이며 한 번 읽어볼 만하다.

이상한 비극들

세네카가 다룬 철학적 주제들의 대부분이 그의 시대의 수사학에 의해 개척된 윤리학의 흔해빠진 생각에 속했다는 것을 폭로하는 것은 세네카의 사상을 비방하는 일이 절대 아닐 것이다. 수사학자들에게는 실생활에서 다루어야 할 대규모의 주장이 전혀 없었던 만큼 그들의 철학적 교양은 더 발전했다. 거기서 우리가 '보편적인 도덕에 관한 논문'이라고 부를 수 있는 흐름이 생겼다. 우리가 언급한 정치적 상황에서 parrhésie, 즉 '자유화법'(libre-parler)의 보증처럼 나타난, 그리고 공화정 시대로부터 빌려온 역사적 사례를 먹고 사는 스토아학파적인 색조와 함께. 물론 세네카의 철학적 능력은 특히 《루킬리우스에게 보내는 편지들》에서 그로 하여금 어떤 더 큰 깊이에 도달할 수 있게 했다. 하지만 우리에게 남은 9편의 비극들은 넓게 보면 이런 '분위기 있는 철학'을 입증하는지도 모른다. 사람들이 그것을 가지고 단호하게 스토아학파적인 '철학 연극'의 기본 원리를 만들기를 원했을 정도이다. 이를테면 세네카의 《페드라》에서 히폴리토스는 고약하고 격정에 빠진 계모와는 대조적으로 '자연과 일치하는' 순수한 삶의 상징이라고 할 수 있을 것이다. 이런 독서는 진지한 검토를 거역하지 못한다. 세네카는 고전적인 주제들(메데이아·아가멤논·오이디푸스·페드라·헤라클레스 시리즈의 두 에피소드, 트로이의 여인들……)을 다시 취하면서, 헬레니즘 연극의 특징들을 위반하는 미학 속에서 무엇보다도 먼저 에우리피데스나 소포클레스의 작품의 '고쳐쓰기'를 제안한다——그리고 그러한 경향은 이미 철학적 설교에서 나타나고 있었다. 거기에는 당시의 기호에 부합하는 경향이 있었다. 영웅을 최악의 범죄(그를 인류 밖으로 추방해 버리는)를 저지를 수 있는 인간으로 만들어 버리는 '비극적 광기'의 과장법, 기꺼이 무대 위에서 전시되는 잔혹함에 대한 호의, 표현과 인물들의 지나친 폭력성, 특히 합창대를 더 협소하게 무대에 통합시키는 것과 함께 특히 그리스의 관례를 '로마식으로' 개작하는 것이 그것이다. 이 비극들이 대중을 위한 낭독 현상을 일으켰다는 학설은 상당히 그럴 듯하다. 설령 이 비극들이 완벽하게 상연되었다(야외극 밖에서, '사적인' 무대에서) 하더라도. 하지만 우리에겐 이에 관한 아무런 증거도 남아 있지 않다. 우리는 공연의 취지면에서 체계화되었다는 의미에서 현저히 '비극적'인 이 작품들의 구조뿐 아니라 네로 시대의 연극에 대한 열성을 그 표지로 내세울 수 있다. 네로는 자신이 직접 무대 위에 오름으로써 자기 몫을 다했고, 분명히 판토마임과 다른 음악적 공연들을 선호했음에도 불구하고 비극 상연을 선동했다. 어쨌든 세네카 연극의 견디기 어려운 강도를 그의 그리스 모델들의 비극적인 힘에 비교하는 것은——왜냐하면 이것은 가능한 일이기 때문이다——상당히 재미있는 일이 될 것이다. 또한 좀더 후대로 내려와 프랑스의 고전 작품들보다 세익스피어의 연극에 훨씬 더 많은 영향을 끼치게 될 하나의 문체를 이 '네로 시대의 비극들' 속에서 지적하는 것도 그러할 것이다.

사람들은 네로가 브리탄니쿠스의 누이이자 그의 첫번째 부인을 암살한 것을 다룬 역사 비극 《옥타비아》도 세네카의 작품으로 간주한다. (이건 잘못임이 확실하다.) 어쨌든 이 작품은 우리가 간직한 유일한 토가의 연극이다. 이것은 아마도 후대에 쓰였을 것이다. (가장 그럴 듯한 가설은 도미티아누스 황제 치하에서 쓰여졌다는 것이다.)

5. 도덕가들과 풍자시들

네로 통치기까지 산 것으로 추정되는 아우구스투스의 해방된 노예 페드라는, 5권의 '우화'에서 겉으로 드러나는 커다란 재능 없이 이솝을 표절하는 데에서 만족했다. (그에게서 깊이를 발견하기 위한 비평가들의 최근의 시도는 무척이나 당황스러운 일이다.) 교훈담의 도덕주의는 로마인의 정신에도, 독주에 제정신을 잃은 그 시대에도 전혀 어울리지 않는다. 페르시우스와 유베날리스의 풍자시에 사상적 토대를 제공한 것도 스토아학파이다. 그런데 그것은 공격성으로 인해 유명해진 한 형태를 통해서였다.

네로 치하에서 산 페르시우스는 우리에게 6편의 풍자시만을 남겼지만, 이것은 그에게서 스토아학파의 진정한 투사를 발견하기에는 충분한 양이다. 그는 악덕과 격정을 규탄하기 위해서라면 테러리스트의 폭력도 휘두를 수 있는 남자였다. 사람들은 이런 흥분을 청년의 흥분 탓으로 돌리기 쉬울 것이다. (그는 스물여덟 살의 나이에 요절했다.) 왜냐하면 그는 아마도 라틴 시 사상 가장 알려지지 않은 작가일 것이기 때문이다.

유베날리스는 아마도 가장 과격한 작가일 것이다. 그는 선함으로 가득 찬 호라티우스의 《한담》과는 거리가 멀다. 유베날리스로 인해 풍자시는 공격이 되었고, 그의 시적 계획은 그것을 한마디로 표현한다——그는 자신을 시인으로 만든 것은 분노라고 주장했다. 따라서 그는 항상 화가 나 있는 사람이었다. 5권의 《풍자시》(총16편)에서 그는 아우게이아스의 외양간을 청소할 계획을 세웠다. (헤라클레스의 열두 가지 노력 중 한 가지로, 엘리스 왕 아우게이아스의 외양간을 단 하루 만에 청소하는 것을 빗댄 표현) 기원후 100년(트라야누스 황제 치하 때)에 시작된 이 작품은 정치 무대에서 겪은 유베날리스의 개인적인 실패의 중압감을 실은 듯하다. 거기서 그의 웅변가적 재능은 충분히 인정받지 못했다. 그래서 그는 깊어진 수사학적 지식을 자신의 분노를 표현하기 위해 사용했다. 그리고 타락한 도시 로마의 악덕에 대항하는 십자군에 뛰어들었다. 그는 우선 돈의 치욕을 고발했다. 그것은 특히 키닉-스토아학파의 독설 속에서 끝없이 되풀이되는 흔해빠진 소재였다. 그 다음 그는 로마를 광대한 매음굴로 만드는 방탕한 성을 비난했다. 그는 여자들이 이런 집단 편집상태에 대해 큰 책임이 있다고 생각했기 때문에 가장 긴 풍자시를 여자들에 대해 썼고(제6편, 이것은 661행을 헤아린다!), 그들을 결코 용서하지 않았다. 요컨대 그는 로마를 ‘침략하고,’ 로마를 이종교배시키고, 로마의 정체성과 도덕을 파괴하고, 야만족의 협박보다 더 확실하게 이 문화를 침식하는 이방인들·그리스인·동양인·갈리아인을 비난했다.

요컨대 반금권정치가·반여권운동가·외국인 혐오가인 유베날리스는 ‘정신적인 에이즈’를 몰아냈고 언어의 벼락을 퍼부었다. 단 이때 그는 신중하게 행동했다. 즉 어떤 한 사람을 비난할 때는 고인을 택함으로써 남들이 그가 비난하는 사람의 신원을 확실하게 파악할 수 없게 했다. (그의 세 이름 중 하나만을 인용함으로써.) 하지만 그는 재주는 있었다. 그는 위대한 풍자가다운 능력을 갖고 있었다. 그리고 빅토르 위고는 이런 힘찬 표현이 미화하는 사상의 연약함에 관해 의심을 품지 않은 채 그를 격찬했다. 미덕에 관한 막연하고 흔해빠진 주제를 전개할 때는 상당히 둔한 유베날리스가 악덕과 타락한 자들을 규탄할 때는 무서운 독설을 내뱉었다. 우리는 사람들이 거기에 속아넘어갔다는 것, 그리고 사람들이 놀라우리만큼 풍부한 언어와 창의력과 함께 생동감으로 충만한 진정한 언어의 불꽃놀이를 만끽했다는 것을 인정해야 한다. 그는 천재적인 풍자가·풍자시인 중에서도 가장 잘 '비꼰 사람'이지만 그와 동시에 아마도 최고의 반동작가, 최고의 둔재일 것이다. 물론 바예가 평가한 것처럼 약간의 '과장된 국가주의'는 트라야누스 황제 치하에서는 적절한 선택이었고 유베날리스에겐 위험 부담이 거의 없었다. 하지만 지나치게 아첨하는 태도 때문에 독자는 그의 작품에서 당대 로마의 정확한 모습을 읽을 수 없다.

우리는 오히려 마르티알리스의 《경구시집》에서 도덕과는 전적으로 무관하지만, 유머로 반짝이고 때로는 무척 공격적인 짧은 작품들에 퍼져 있는 이런 이미지를 발견할 수 있다. 이것은 《사티리콘》과도 무관하지 않다. 아니 정확히 똑같은 파장 위에 있을 때도 많다. 페트로니우스가 하나의 줄거리를 꾸미고 있을 때 마르티알리스는 1권의 크로키 수첩을 넘긴다. 하지만 이것은 그것의 결함과 괴벽으로 인해 아무튼 활기가 넘치는, 현장에서

포착된 동일한 세상이다. 이렇듯 자신을 도덕가로 생각지 않으면서도 거의 모든 것에 관해 말하면서 12권의 경구시집(1,500편의 시!)을 윤색한 마르티알리스의 재주는 결코 하찮은 것이 아니다. 사람들은 흔히 그를 외설작가로 언급한다. (그래도 그가 에로틱한 경구시에서 카툴루스보다 더 외설적인지는 아직 증명되지 않았다.) 그냥 그의 작품을 읽기에 고통스럽지 않으며, 모든 이상화를 완강히 거부한다고만 말해 두자. 이것은 아마 황실과 가까운 문학적 파벌들 속에서 큰 인기를 얻은 반면, 다른 모든 사람들을 지루하게 하는 서사시의 대단한 허례허식을 쫓아 버리는 그의 방식일지 모른다——여기서 그는 다시 한 번 페트로니우스와 재회한다.

6. 루카누스와 제정기의 서사시들

기원후 1세기는 사실 서사시가 높은 영향력을 지닌 장르로서 비약적인 발전을 거둔 시기였다. (요컨대 낭독의 문화적 관습에 잘 적응했다.) 이때 세 가지 경향이 두드러지게 나타났다.

——베르길리우스의 모방. 이것은 실리우스 이탈리쿠스의 《푸니카》(17편, 12,000행!)로 알 수 있다. 포에니 전쟁에 관한 이 복잡한 이야기는 《아이네이스》의 시인이 남용하지 않으려고 무척 조심한 비율 내에서 역사와 신화를 혼합했다. 어쨌든 실리우스의 동시대인들조차(그는 도미티아누스 황제 치하에서 글을 썼다) 그를 스승으로부터 영감을 받은 제자라기보다는 '베르길리우스의 원숭이'로 생각했다.

　　——알렉산드리아파의 서사시의 전통을 다시 취한 결연히 신화적인 서사시. 이것은 발레리우스 플라쿠스가 완벽하게 증언하고 있다. 그의 《아르고나우티카》는 기원전 3세기에 아폴로니오스가 쓴 같은 제목의 시를 모델로 삼았다. 스타티우스는 또 그의 《테바이스》(12권)에서 안티마코스에 의해 다루어진 주제, 즉 오이디푸스(라신은 그의 열렬한 숭배자였다)의 두 아들 에테오클레스와 폴리네이케스의 골육상쟁을 다시 택하였다. 앞부분만 겨우 쓰여진 또 다른 서사시——《아킬레이스》 1권보다 조금 많은 분량이 쓰였다——에서 스타티우스는 이 《다프니스와 클로이》를 연상케 하는 '아킬레우스의 유년기'를 통해 이 '신화 양식'을 기꺼이 소설적인 것으로 돌렸다.

　　——역사적 서사시는 결국 루카누스의 시와 함께 다시 한 번 대거 몰려왔다. 사실 상당히 로마적인 이런 서사시의 경향은 지금까지 한번도 완전히 사라진 적이 없었다. 그리고 《사티리콘》이라는 '서사시 작품'이 정확히 똑같은 역사적 에피소드, 즉 내란을 이야기하는 것을 보는 것도 흥미로운 일이다. 실리우스와는 달리 루카누스는 카이사르와 폼페이우스간의 《내란기》(《파르살리아》라는 이름으로 더 유명하다. 이것은 카이사르가 테살리아에서 승리한 대전투의 이름이다)라는 서사시적 찬양에 초자연적 경이를 섞고 싶은 마음은 조금도 없었다. 비교적 최근에 일어났고 매우 극적인 이 사건들(거기서 공화정의 종말이 결정된다)에 관해 많은 것을 알고 있었던 루카누스는 이 '초대형 충격'에 관해 매우 신중한 비전을 제시한다. 우리는 시의 첫머리에서부터 폼페이우스——그의 영광에 대한 의구심 속에서 사는 늙은 떡갈나무——와 카이사르——야심만만하고 유능하고 벼락처럼 성질이

급한——에 대한 감탄스럽고 우의적인 인물 묘사를 읽어야 한다. 루카누스에게 수사학은 실록에서 서사시적 찬양으로 넘어가는 수단이었다. 그것은 과장하고 윤색하고 극적으로 묘사하고 미화시키면서도 강렬한 역사적 충돌을 왜곡하지 않았다. 그 충돌의 진정한 영웅은 정직한 소(小)카토〔大카토의 손자〕였다. 신들, 그들의 초자연적인 세계, 그들의 표시는 수사학의 여러 가지 기법에 속하는 인위적 수단(꿈·의인법·환영 등)에 의해 인간 세상과 연결되어 있다. 하지만 영웅주의는 그에게 '속세의 것'으로 남았다.

젊고 오만하고 다재다능했던 루카누스는 그의 독자들을 두려움에 떨게 하고 싶었고, 로마의 풍속에 진정한 충격이었던 이 전쟁의 공포를 피부로 느끼게 하고 싶었다. 또한 그 시대의 기호에 굴복하여 병적이고, 죽음을 연상시키지는 않는다 해도 피비린내나고 폭력이 난무하는 묘사를 좋아했다. 어떤 경우에도 그는 세네카의 품위 있는 친척으로서 생각할 거리를 주기 위해 볼거리를 주었다. 이런 과격한 표현주의——사람들은 이를 일컬어 '바로크적'이라고 했지만, 이것은 상당히 부적절한 말이다——는 저질의 취향에까지 이를 수도 있다. 하지만 이제는 더 이상 베르길리우스의 승화의 시대가 아니었다. 루카누스는 그의 독자를 지옥까지 끌고 내려갈 필요가 없었다. 지옥은 거기, 지상에, 내란의 한가운데에, 그리고 아마도 거기서 나오게 될 힘 위에 세워진 권력 안에 있었다. 제정에 대한 이런 염세적인 시각 때문에 루카누스는 그의 멋진 시를 완성하지도 못하고, 네로를 제거하려는 음모에 동참했다는 혐의로 자살할 수밖에 없는 처지에 몰려 요절하게 된다.

ㄱ. 타키투스, 제국의 양심적인 비평가

타키투스는 어쨌든 그의 회상과는 달리 네로에 대한 음모를 가장 효과적으로 꾸민 사람임에 틀림없다. 우리에게 이 황제의 통치에 관한 이야기를 들려 주는 《연대기》는 후대에게 지울 수 없는 이미지를 남겼다. 이 책은 이 엄청난 작가가, 요컨대 이해하기 어려운 한 세기에 대한 그의 시각을 얼마나 힘 있게 독자에게 제시하는지를 보여 준다.

로마의 역사가 중 가장 뛰어난 사람이었던 타키투스는 55-57년경 갈리아나르보넨시스에서 태어난 것이 틀림없다. 지방의 평민 가문에서 태어나 수사학 학원에서 수업을 받은 그는, 집정관 G. 율리우스 아그리콜라의 딸과 결혼한 후 베스파시아누스 황제 치하에서 원로원에 들어갔다. 곧 그는 게르마니아에서 군대의 지휘권을 휘둘렀고, 그래서 도미티아누스 황제 통치기 말년까지 로마에서 떨어져 있을 수밖에 없었던 것으로 보인다. 97년, 그는 최고 집정관이 된다. 그 시대의 가장 정신병적인 황제의 폭정 때문에 괴롭힘을 당하는 일 없이, 그는 선망의 위치에서 네르바 황제에 의해 개막된 새 시대를 맞이한다. 그는 변호사와 웅변가로서의 재능, 문학 현장에서의 존재, '정부의 고급 공무원'의 경험을 두루 인정받았다. 게다가 그는 트라야누스 황제의 측근의 한 사람이었다. 플리니우스는 두 사람의 공통 친구였다. 104년경, 그는 《역사》에 착수해서 109년에 끝낸다. 몇 년 뒤 아시아의 지방 총독으로 임명된 그는 《연대기》를 쓰기 시작한다. 그의 사망 날짜는 불확실하다——117-118년경으로 추정된다.

이런 경력은 여러 가지 관점에서 황실의 현실의 표본이다. 타키투스는 한 지방 평민이 가장 높은 공직까지 상승하는 과정을 구현했다. 그는 또 예술가·문학가로서의 삶에서도 가장 높은 단계에까지 이르렀다. 제국의 진실은 아마도 황실이라는 소우주 안보다는 그의 행정에 더 많이 담겨 있을 것이다. 이것은 우리에게 나쁜 군주 밑에서도 국가의 충실한 하인이 될 수 있다는 것을 보여 준다. 결국 플라비우스 왕조의 몰락은 자유로운 신분으로 돌아가려는 희망을 안겨 주었다. 권력은 최고로 위엄 있는 사람에게 갔다. 그리고 사람들은 제국이 그의 근본적인 모순으로부터 벗어날 것을 희망할 수 있었다. 타키투스는 그 때문에 제국이 왕조들 속에서 파멸할 것이라고 보았다. 네르바, 그리고 트라야누스 황제는 질서를 원했고 또 그것을 부여하는 법을 알았다. 사람들은 아우구스투스 황제의 정신을 다시 발견했다. 타키투스는 율리우스 클라우디우스 제국의 역사에 몰두함으로써 뒤늦게나마 비극적 표류에 대해 명상했다.

이런 생각이 그의 처녀작 《율리우스 아그리콜라의 생애》를 낳았다. 타키투스는 전기라는 수단을 통해 사료편찬에 접근했는데, 단 그것은 군주가 아니라 한 충실한 관리의 전기였다. 이때 그에게 효성이 없지 않았는데, 왜냐하면 아그리콜라는 그의 장인이었고, 그렇기 때문에 작가는 주인공의 행위와 원칙을 좀 지나치게 호의적으로 양식화한 것으로 보인다. 그래도 아그리콜라는 브리튼(그레이트브리튼의 줄임말)을 평정하고 칼레도니아(스코틀랜드)의 가장 오지의 토착민까지 정복했다. 그런데 그는 그렇게 하면서도 아무것도 바라지 않았다. 왜냐하면 그의 장군들의 성공을 항상 경계하던 도미티아누스 황제는 지방 총독에게 사의를 표하면서 그에 대한 총애를 거두기 위해 그를 소환했고, 그토록 오랫동안 격렬하게 경쟁한 정복지를 보호하려는 노력을 하지 않았기 때문이다. '과거의 속박'을 '현재의 행복'과 대치시킴으로써 이것은 이제부터 불가능해질 것이라고 타키투스는 암시한다. 사실 《아그리콜라의 생애》는 제국의 모든 문제를 제기했다. 제국의 공간을 어떻게 관리할까? 평화에 만족하고 정복을 중단해야 할까? 명예·공로·재능에 어떤 지위를 부여할까? 지방의 민중들——타키투스는 그들의 지도자인 갈가쿠스의 중개를 통해 발언권을 부여했다——은 난폭하고 탐욕스런 제국주의에 항거하고 저항할 이유가 충분한데, 이때 어떤 정책이 지방의 '로마화'를 지속적으로 보장할 수 있을까? 요컨대 풍속과 가치의 완만한 쇠퇴도 전혀 그 힘을 약화시키지 못한 이 야만인들의 미덕을 과소평가해야 할까? 이때 전기는 아마 정치 교육도 포함하는 모양이다.

《역사》와 《연대기》

이렇듯 우리는 타키투스에게서 살루스티우스의 영감의 일부를 재발견할 수 있다. 하지만 이것은 넓은 관점에서 그렇다는 얘기이다. 만일 사료편찬이 정치를 위해 존재한다면, 그것이 교훈을 발견하는 것은 위기에 대한 정확한 검토 속에서가 절대로 아니고 한 체제의 '기능 장애'에 대한 혹독한 비평 속에서이다. 광범위한 회고를 통해 《역사》(네로 황제의 죽음에서부터 시작된다)와 《연대기》(아우구스투스 황제의 죽음에서부터 네로 황제의 몰락까지 다룬다)는 A. 미셸의 적절한 표현대로 '제국의 운명'을 파악하고자 했다.

우리의 관점으로 볼 때 《역사》는 어떤 내란의 이야기이다. 네로의 계승은 갈바·오토·비텔리우스를 싸우게 했다. 그들은 대립하고 계승한다. 그리고 제국은 분열한다. 이 광경은 타키투스를 매료시켰다. 그리고 우리에게 남아 있는 첫 4권(그리고 제5권의 시작 부분도)은 69년과 70년의 연대기이다. 이때는 아마도 로마의 가장 불행한 시기 중 하나일 것이다. 이 불행은 사투르날리아가 분노하는 가운데 플라비우스 왕조의 군대에 의해 도시가 점령되고 베스파시아누스가 등극함으로써 끝난다.

타키투스는 시간을 거슬러 올라가서 새롭게 시작한다. 그리고 《연대기》에서 율리우스 클라우디우스 제국의 몰락을 검토하려는 계획을 위해 헌신한다. 황실 이야기가 내란 이야기로 이어진다. 첫 6권(현존한다. 그 중 제5권은 상당히 불완전하다)은 티베리우스의 통치를 다루고 있다. 우리는 제7권부터 제10권(칼리굴라 황제의 통치기와 클라우디우스 황제의 통치기의 시작)까지를 잃어버렸다. 이야기는 제11권부터 다시 시작되고 제16권 중간에서 끝난다. 우리는 클라우디우스의 통치기의 끝과 네로 통치기의 전반기까지를 볼 수 있다. 이 저서는 아마도 18권으로 구성된 듯하며, 《역사》와 이어지는 듯하다. 이렇게 다루어진 기간 동안 내부 정치는 외부 정치보다 상당히 우위에 있었다. 그리고 타키투스는 대뜸 이 점을 강조한다. 명예로운 전쟁은 별로 없고 비교적 불안하지 않은 어떤 평화——이것이 아우구스투스의 '정치 유서'의 결과이다. 아우구스투스는 로마의 제국주의가 자발적으로 현재 공간에 제한되기를 바란 사람이다. 이렇듯 저자는 서사시의 호흡을 발견할 수 있게 해주었고, 따라서 정복을 통해 위인들과 위대한 업적들을 칭송하는 사료편찬의 전통적 측면은 찾아볼 수 없었다. 반대로 범죄와 폭력은 얼마나 많은지! 티베리우스가 통치할 때부터 아우구스투스가 망령의 비위를 맞춰 오던 옛 공화정은 이제는 하나의 환상에 불과하게 되었고, 새로운 권력의 질서가 황실 주변을 맴돌고 있었다. 소송·독단·음모, 실제로 폭정을 행사하던 불길한 인격인 세야누스〔티베리우스 황제 당시 로마 최고의 행정관〕의 악습으로 점철된 어두운 연대기. 티베리우스는 무대의 전면에서 퇴장하면서 그의 배역의 위선적인 냉혹함을 드러냈다. 그리고 분위기는 점점 더 비극적으로 되어갔다. 아마도 칼리굴라의 통치 이야기가 타키투스에게 가증스러운 광경들을 되풀이할 기회를 준 모양이다. 클라우디우스, 그리고 특히 네로의 통치가 끝남과 함께 잔학한 행위가 화제에 올랐다. 범죄는 하나의 통치 방법이 되었고, 황제들의 성적 도착은 강화되었다. 그들은 세상의 종말을 향해 달리고 있었다.

　타키투스의 커다란 재능은 이 걱정스러운 소우주의 맥박을 뛰게 하는 것이었으리라. 그는 힘 있는 자들이 수행하는 역할에, 그들이 열중하는 이런 존재 방식·광기 또는 공포로 인해 하나의 과도한 행동에서 또 다른 과도한 행동으로 어쩔 수 없이 빠져드는 현상에 관심을 가졌다. 율리우스 클라우디우스 왕조 태생들은 모두 아트레우스의 후손들이었을까? 우리는 그렇게 생각할 수도 있다——네로는 결국 자신의 어머니 아그리피나를 암살하고 만다. 사실 타키투스는 이 명백한 비극을 거리를 두고 바라보았다. 왜냐하면 비극은 위대함을 전제로 한다고 보았기 때문이다. 그런데 우리는 거기서 정치 계급, 즉 군주들의 모든 비열한 행위에 박수를 치고 그들을 정당화한 원로원의 이 아첨의 비극을 필두로 하여 비열함밖에 발견할 수 없다. 때로는 강도 높거나 기괴한 비극들이 행해졌다. 특히 타키투스는 에피소드에서 에피소드로 넘어가면서, 그리고 근거 없는 일화의 유혹에 굴하지 않으면서 이 왕조의 이야기를 통해 엽기 소설의 냉혹한 줄거리를 보여 주었다. 그래서 그 소설은 흥미진진하게 읽힌다.

타키투스와 숭고함

우리는 흔히 타키투스의 문체를 그의 이름과 익살스럽게 결부시켜 왔다. (또는 우리는 보통 이 가문명으로 그를 식별한다.) 타키투스는 '말이 없는 사람'이라는 뜻이다. 그리고 실제로 이 역사가는 생략한 문장들로 유명하다. 그의 문장에는 명사가 동사보다 훨씬 많다. 이것은 종종 번역하기 까다로운 글에 매우 특별한 표현력을 부여한다. 왜냐하면 그 문장은 치밀하고 밀도 높은 동시에 매우 힘이 있기 때문이다. 그가 독자를 이리저리 끌고 다닐 때, 다시 말해 농도 짙은 이야기가 언어의 한계 자체에서 그것을 요구할 때 번역자들은 타키투스의 글을 이해하는 데 항상 어떤 답답함을 느껴온 것이 사실이다. 라틴 사람들에게조차 타키투스는 까다로운 작가였을 것이다. 하지만 그렇다고 난해하지는 않았다. 그가 우리를 혼란시키는 것은 지나친 표현성 때문이었으므로.

과장(誇張)만큼이나 무미건조한 문체를 혐오한 타키투스는 《역사》에서부터 《연대기》에 이르기까지 독자의 감수성을 어휘 너머로 인도하는 문체를 추구하는 그의 성향을 강화했다. 그리고 미의 혼란이 행동이나 사건의 추악함을 능가한다고 보았다. '추월'을 향한 이런 긴장은 특별한 미학, '숭고함'의 미학을 보여준다. (롱기노스의 논문에 상세히 묘사되어 있다.) 그의 어법은 조화와는 전혀 다른 어떤 아름다움——어떻게 보면 '기괴한' 아름다움——에 도달하게 해준다. 이런 관점에서 타키투스는 문체의 역사상 가장 커다란 중요성을 차지하는 작가이며, 고대의 작가들 가운데 누구도 그에 비길 수 없다.

8. 신고전주의의 증인들

그렇기 때문에 타키투스가 《웅변에 관한 대화》(102년경 쓰여진 것으로 추정된다)에서 너무나 '키케로다운' 문체를 구사한 것——무서운 빈정거림으로 점철된 마지막 장들만 예외——은 놀라운 일이다. '키케로식의' 이 대화는 웅변술에 별로 호의적이지 않은 한 시대의 웅변가들을 모아 놓은 것이다. 왜냐하면 그때는 도미티아누스 황제 치하였기 때문이다. 그래서 그들은 그들에게 열린 문학적 선택에 관해 이야기한다. 선조들을 모방할 것인가? 시 속으로 도망칠 것인가? 해야 할 일을 자진해서 할 것인가? 논쟁은 단순히 미학에서만 그치지 않았다. 그것은 웅변술의 지위, 따라서 나아가 문체의 지위까지 거론하기에 이르렀다.

이러한 혼란기에는 타키투스 자신도 이 문제를 스스로에게 제기해 보았을 것이 틀림없다. 그리고 다른 사람들에게도 물어보았을 것이다. 비슷한 시기에 웅변술 교사 퀸틸리아누스는 그의 《웅변교수론》에서 수사학 교육과 웅변가 양성에 관한 '교육학 전서'를 입수한다. 이것은 소중한 저서로 어떻게 한 젊은 로마인이 교육——젖먹이 때부터 웅변술 교사의 '수업'에 이르기까지——을 받는지를 우리에게 보여 주며 저자의 편에서는 방법을 기질과 조화시키고자 하는, 그리고 효과적인 교육을 '체계화'하려는 강한 바람을 증언한다. 그리고 이런 견해는 제8권부터 제10권까지를 통해 매우 풍부하고 여러 가지 뉘앙스가 포함될 때가 많은 진정한 문학 비평 수업을 통해 확대되며, 웅변가가 갖추어야만 하는 도덕적·교양적 자질들에 대한 분석에서 절정에 달한다. 따라서 이 1세기말에 우리는 적어도 학원들 안에서는 아직까지도 《웅변에 관하여》의 정신의 바람이 불고 있었음을 확인할 수 있다!

소(小)플리니우스(백과사전의 집필자인 大플리니우스의 조카)는 바로 퀸틸리아누스의 제자였으며, 우리가 확인했다시피 타키투스가 단호하게 거리를 둔 신고전주의의 경향을 상당히 잘 증언하고 있다. 그럼에도 불구하고 이 두 사람은 친구였으며, 웅변의 공적·사적 무대에서 재능을 겨루었다. 단 플리니우스가 더 사교적이었다. 그는 심지어 상당히 속물이었다고까지 말할 수 있다. (그는 귀족의 고상함과 세련된 교양의 전통을 물려받은 극히 부유한 가문 태생이다.) 플리니우스는 말장난을 하는 법 없이——우리는 특히 그의 서신을 통해 그것을 알 수 있다——그의 변론(지금은 소실된)의 발행문을 공들여 손질하고, 또한 예술과 아름다운 어법의 애호가로서 공개 낭독 현장을 열심히 드나듦으로써 '문인'다운 태도를 취했다.

트라야누스의 측근으로서 100년에 집정관으로 선출된 플리니우스는 황제에게 올리는 감사문을 쓰고 낭독했다. 그것은 《찬사》라는 제목으로 발행되고 보관되었다. 우리는 이 용어가 보통말로 전락함으로써 형식과 내용면에서 지나친 찬사를 가리키는, 상당히 경멸적인 용도로 쓰이게 되었다는 것을 알고 있다. 사실 이런 이야기 장르는 좀 늦게, 그러니까 3세기와 4세기에 실제로 하나의 문학 장르를 형성할 정도로 큰 성공을 거두었으며, 그 중 한 문집은 몇 개의 아름다운 견본을 우리에게 남겨 주었다. 《트라야누스에 대한 찬사》는 몇 가지 지나침의 함정에 빠진다. 황제에 대한 찬사의 지나침, 뒤늦게 도미티아누스에게 가하는 증오의 지나침, 수사학 기법들의 기이한 남용, 그리고 읽는 이를 맥빠지게 하는 길이의 지나침이 그것이다. 만일 그가 키케로주의자였다면 플리니우스는 여기서 그의 스승보다는 약간 더 아시아니스트 스타일(부연·장식·비장미를 추구하는 성향의 작가)이었다. 그리고 비록 상황이 그랬더라도 그의 행동은 지나친 것이었다.

반대로 그의 '서신' 9권은 '아테네적인' 우아함을 잃지 않고 있다. 거기서 어떤 깊이를 찾으려는 노력은 헛된 것이며, 그들의 본질을 궁금해하는 것은 정당하다. 이것은 진짜 편지일까? 가공의 서신일까? 이때 이것은 플리니우스가 이 형식으로 쓴 최고의 편지들 가운데 최고의 것들을 '모은 책'일 거라는 로날드 심 경의 가설은 가장 매력적인 것이다. 왜냐하면 이 선집은 항상 그의 서신을 받는 사람보다 더 많은 잠재적 독자의 마음에 들려고 전전긍긍하는 인물에게 '부합하기' 때문이다. 하지만 플리니우스의 자기 도취는 이 높은 문인들과 고상한 사람들로 형성된 상류 사회의 자기 도취로서, 이 편지들의 공공연한 수신인인 그의 친구들이 속한 세계이기도 했다. 따라서 모든 사람이 이 책에서 이득을 보았다. 그리고 일부 독자들에게 자신이 읽는 책 속에서 자신의 이름이 언급된 것을 보는 기쁨을 제공하는 것은 출판된 서신의 매력 가운데 하나이다.

　모든 편지(편지들의 길이는 천차만별이지만 지나치게 긴 것은 하나도 없다)는 단 하나의 주제만을 다루고 있는데, 그것은 대개 전혀 심각하지 않은 것들이다. 늘 재기 넘치고 세심하게 기술되고, 교묘하게 묘사되고, 필요한 경우 유머로 장식된 이 글들 속에서 세상의 운명은 결정되지 않는다. 플리니우스는 그의 '일기'의 가장 형편없는 부분에서 자신을 지주, 추천장을 보내느라 바쁜 친구, 친절한 배우자, 관대한 노예제도 주장자, 문학의 대식가, 그리고 철저한 미식가로 소개하고 만족한 지드만큼이나 가식 없이 자신의 작은 바람들을 우리에게 들려 준다. 또 그의 '서신'은 쟁반에 (수북히) 담긴 프티푸르(한입에 넣는 작은 과자)처럼 맛볼 수 있다——단 우리에게 당시 문학계에 관한 많은 것들과 상류층 평민들의 '자유로운' 변화를 가르쳐 줄 때는 예외이다. 그 변화의 매력이 오랫동안 묻혀 있을 수는 없을 것이다. 안토니우스의 세기가 되어 평화를 되찾게 될 때 그것은 자신의 영향력을 남길 것이다.

ㅁ. 제국의 전성기, 그러나 라틴 문학의 불모지!

　트라야누스 이후 상당히 '로마화된' 제국의 서쪽, 그리고 헬레니즘이 인력을 가진 눈부신 극점 노릇을 하는 제국의 동쪽간의 문화적 차이는 점점 더 분명하게 드러난다. 우리는 이 문화가 하드리아누스에게 어떤 서정적 매력을 발휘했는지를 잘 알고 있다.

그리고 우리는 마르쿠스 아우렐리우스가 그리스어로 《명상록》
을 쓴 것을 알고 있다. 이런 상황에서 플루타르코스, 에픽테토스,
사모사타의 루키아노스, 역사가 아피아노스와 디오 카시우스와
함께 그리스 문학이 놀라운 활기를 되찾을 동안 라틴 문학은 조
금씩 쇠퇴하고 빈약해지는 경향을 보였다.

　수에토니우스의 《황제들의 생애》는 어쨌든 저주받은 한 왕조
의 악몽을 끝내려는 의지를 보여 주었다. 카이사르에서 도미티
아누스까지, 이 전기들은 로마를 다스린 자들의 공적인 악덕, 또
는 숨겨진 악덕들을 낱낱이 드러낸다. 사실 수에토니우스(75년경
태어나 160년경 사망)는 역사가는 아니다. 그는 지금 중요한 부
분들은 모두 소실된 많은 논문들을 닥치는 대로 뒤지고 다니는
데에서 재주를 발휘한 도서관지기였다. 그는 직접 글을 쓰기도
했다. 백과전서주의의 절정인 이 책이 《De rebus variis》였다. 이
놀라운 제목은 이렇게 번역될 수 있을 것이다. '모든 것에 관하
여.' 이것은 대단한 호기심을 증언하지만 그렇다고 대단한 문학
적 재능을 함축하지는 않는다. 그래도 수에토니우스는 형편없는
작가는 아니었다. 황제들에 관한 조사에서 그는 심리적인 침투
도 놓치지 않으며, 어떤 자기 만족도 없이 인물 묘사를 작성하
기 위해 자신의 생각을 간결하게 표현하고 있다. 그는 적절한 어
휘·인용문·일화들(어떤 것은 외설스럽다)을 수집하고, 자신의
조사의 결과를 정기적으로 분류하고(모든 전기는 정확히 똑같은
계획을 따른다), 인물들의 행동이나 정책을 절대 철학적으로 해
석하려 들지 않는다. 가끔 라틴 문학에 끼어드는 윤리적 견해도
여기서는 열외로 쫓겨난다. 말하자면 수에토니우스는 한 세기의
황제의 권력에 관한 가공하지 않은 '현상학'을 추구했다고 할 수

있다. 그러므로 이 책은 읽기에 재미가 없지 않다.

반대로 그의 동시대인인 플로루스는 로마의 역사를 2권의 책에 요약하는 어려운 일을 해냈다. 그런데 그 산문은 수사학적 장식에 지나치게 몰두하는 바람에 역사적인 정보보다는 수사학적 기법을 더 많이 보여 주는 결과를 낳았다. 한 인생의 각 '연령들'의 모델 위에서 로마의 과거에 관한 이런 무척 종합적인 시각을 투사하는 독창적인 계획에도 불구하고 이것은 거북한 일이다. 하지만 이 세기는 심오한 사료편찬의 세기는 아니었다. 플로루스는 이제 막 시작되는 '개론'의 유행을 따름으로써 그러한 경향을 잘 드러내 주었다.

10. 하지만 아풀레이우스가 있었다!

우리가 말하려는 마지막 위대한 작가는 그 세기의 최고의 자리를 차지하였을 것이다. 바로 아프리카 사람 아풀레이우스인데 125년경 마다우라(지금의 알제리)에서 태어난 그는 그지없이 흥미로운 인물이다. 카르타고의 '대학'에서 교육을 받은 다음 아테네와 그리스에서 오랫동안 머물면서 많은 여행을 했고, 로마에서 살았고, 그 다음엔 자신의 고향으로 돌아와 정착하여 세상을 떠들썩하게 만든 소송(그는 마술 혐의로 기소당했다. 이에 그는 지금도 남아 있는 《변명》이라는 제목의 날카로운 구두 변론을 통해 반격했다)과 연사로서의 뛰어난 재능으로 유명해졌다.

아풀레이우스에 관해 우리는, 그는 모든 것을 읽고 모든 것을 보고 모든 것을 경험했으며 모든 것을 쓸 수 있었다고 말해도 좋을 것이다. 그는 '플라톤주의자'를 자처했다. 그 당시는 아마도 이미 플라톤과 신플라톤주의의 모든 신비론적인 사색을 담은 저서를 '비합리적인 것으로 보는' 것이 유행이었던 것 같다. 그 유행은 다음 세기에 꽃피게 된다. 그는 여행에서 접한 모든 신비 의식을 배워 새로운 신앙심에 누구보다도 더 잘 젖어들었다. 그런데 그 신앙심은 세상이나 도시의 질서가 아니라 개인의 구원 문제에 관심을 기울이는 것이었다. 사람들은 그가 마술을 좋아한다고 의심했는데 그것은 사실이었다. 아풀레이우스는 라틴어나 그리스어로 된 운문이나 산문을 통해 많은 논문들(지금은 《플라톤과 그의 가르침에 관하여》·《소크라테스의 신에 관하여》가 남아 있을 뿐이지만 사람들은 모든 주제에 관한 많은 짧은 글들을 그의 것으로 간주하고 있다), 뛰어난 강연(그래서 우리는 《플로리다》라는 제목으로 현존하는 선집을 묘사할 수 있게 되었다), 그리고 특히 놀라운 소설 《변신》을 썼다. 《변신》은 《황금 당나귀》로도 알려졌는데, 이것은 라틴어 제목 《Asinus aureus》를 번역한 것이다.

그런데 이 제목은 기만적이다. 아풀레이우스의 소설에는 물론 한 마리의 당나귀가 등장하지만 그것은 황금 당나귀가 아니다. 루키오스라는 이름의 이 책의 주인공이 사실 테살리아[여자 마법사들이 특히 많은 나라]를 여행할 때 만족할 줄 모르는 호기심 때문에 시도한 마술 체험에서 '가짜 조작'의 결과로 당나귀로 변한 것이다. 인간의 모습을 되찾으려면 장미를 씹어먹으면 된다. 하지만 그게 그리 간단치가 않다. 루키오스는 별별 모험을 다 겪고, 얻어맞고, 강도들에게 도둑맞고, 이 사람 저 사람의 환각에 따르는 등 모든 종류의 학대로 심신을 지치게 하는 시련들을 겪다가 절망의 나락에 떨어진다. 그리고 그의 구제는 오직 이시스 여신의 호의에 달리게 된다. 다시 인간이 되어 구제된 루키오스는 이집트 여신의 사제가 된다. 그런데 그 여신에 대한 숭배는 기원전 1세기에 로마에 등장한 이후 제국 전체에서 큰 성공을 거둔 바 있다.

사실 이 줄거리의 큰 가닥은 아풀레이우스가 상상한 것이 아니다. 그리스 작가 루키아노스는 이것을 훨씬 더 짧은 '중편 소설'의 한 종류로 발전시키고 간단히 《당나귀》라는 제목을 붙였다. 그리고 우리에겐 파트라이의 루키오스라는 사람이 쓴 어떤 그리스 소설의 궤적이 남아 있는데, 이것도 날짜를 추정하기 어렵고 그 정확한 내용도 알려져 있지 않다. 왜냐하면 아풀레이우스 소설의 특징이 한편으로는 제11권과 마지막 권에서 이시스의 개입으로 대단원을 찾는 것이고, 또 다른 한편으로는 상징적인 의미가 풍부한 이야기 속의 이야기 〈큐피드와 프시케〉가 '중간에 끼워넣은 어떤 이야기'에서 시작되는 것이기 때문이다. 따라서 우리는 그리스에서 통용되던 '밀레토스 이야기'(다소 기묘한 환상적 이야기)의 범주에 속하는 상당히 복잡한 소설을 갖게 된다. 제목으로 말하면 그것은 오히려 '붉은 당나귀'로 번역되어야 할 것이다. 그것이 라틴어 아우레우스(aureus)의 뜻이다. 이 색깔과 이 동물은 오시리스(이집트의 다산의 신)의 형제로 이 신화에서 악마의 역할을 맡은 세트(이집트 신화에 나오는 악의 신)의 변신과 결합된다. 따라서 아풀레이우스의 책은 이시스 신의 신화에서 그의 일관성을 찾을 것이다. 쓸데없는 호기심 때문에 벌을 받은 루키오스는 진짜 '지옥의 횡단'을 경험하고 나서 이시스에 대한 믿음 속에서 다시 태어난다. 〈큐피드와 프시케〉의 이야기로 말하면, 그것은 아풀레이우스 시대 사람들의 취향이 부인할 수 없었던 철학-신화적 혼합주의 속에서, 소설화된 플라톤주의의 기초 과정을 상세히 밝히고 있다.

그럼 《변신》은 성인으로의 통과의례를 다룬 소설일까? 많은 지표들이 그렇게 생각하게 만든다. 그리고 어떤 에피소드들(인물들의 이름도 마찬가지)은 그런 가설을 부정하지 않는다. 하지만 겉모습만 너무 믿으면 안 된다. 아풀레이우스의 매력의 하나는 세상을 잘 알았다는 것, 그리고 함정——어쩌면 가짜 함정일지 모르는——을 많이 깔아 놓음으로써 독자의 흥미를 자극하는 법을 알았다는 것이다. 첫째로 소설의 주제는 말 그대로 어느 정도는 모험 소설, '악당 소설'의 주제이다. 변신으로 인해 잇달아 재앙을 맞게 된 루키오스는 폭력과 에로틱한 환각(그는 때로 그 도구가 된다)으로 가득 찬 주변 세계로 끌려 들어간다. 줄거리의 원동력인 환상은 결코 완전히 사라지지 않으면서 수많은 이야기의 끼워넣기에 의해 약간은 이상한 어떤 매력을 발견하는 일종의 범죄 소설에 생기를 불어넣는다. 사람들은 이 책의 의미를 통일성으로 축소시키려다가 괜히 이러한 매력을 박탈할 수도 있다.

그러니 그보다는 이 라틴어로 쓰여진 두번째 소설을 독창적이면서도 모호한 1편의 걸작으로 간주하는 편이 낫다. 움베르토 에코가 이 책을, 해석과 평가를 독자에게 맡긴 '열린 작품'으로 지적한 것은 탁월하다. 아무튼 이 책은 그것을 읽는 데에서 진정한 기쁨을 맛보게 해주는 걸작임에는 틀림없다. 왜냐하면 아풀레이우스는 외설스러운 농담에서 비장미에 이르기까지, 가장 노골적인 리얼리즘부터 가장 순수한 '산문 예술'의 시적 도약에

이르기까지 그 말투를 무한히 변화시킬 수 있는 비범한 이야기
꾼이었기 때문이다.

결 론

아풀레이우스 덕에 우리는 J.-K. 위스망스가 좋아할 이 산문에 이르렀다. 우리는 쇠퇴의 길을 걷고 있는 걸까? 그 단어에 큰 의미는 없다. 하지만 우리가 하나의 전환점에 있는 것은 분명한 것 같다.

우리의 노정은 라틴 문학의 초창기에서부터 아풀레이우스의 상당히 난해하고 놀라우리만치 '현대적인' 이 작품까지 여러분을 인도했다. 우리는 로마 제국주의의 힘의 성숙에 따라 좌지우지되는 라틴 '문학의 개성'이 완성되고 다져지는 과정을 보았다. 그렇지만 이 정치적 공간은 제국의 문화적 일체성을 낳지는 못했다. 그리고 이 2세기말에는 그 조직이 새로운, 또는 새로워진 영향력과 다양성에 놀랄 만큼 영향을 받기 쉽다는 것이 입증되었다. 로마의 공간은 그때부터 많은 문화적 중심지를 갖게 되었으며, 그곳들은 머지 않아 서로 경쟁하게 된다.

라틴 문학은 수세기 동안 계속될 뿐 아니라 불후의 작품들을 계속 생산한다. 그러면서 달라진다. 이미 형식과 내용면에서 아풀레이우스의 작품은 고대 그리스나 로마의 고전주의 시대로부터 물려받은 표본들을 위해서보다는 어떤 분열된 문화의 고도의 복잡성을 위해 더 많이 '존재한다.' 거기에는 전환의 움직임과 그리스도교의 도화선이 있는 것이 분명하다. 이 2세기 때 눈부시게 발전한 그리스도교는 고대 세계의 전환 가운데 하나에 불과하며, 단 분쟁을 일으킨 점과 영적인 영향력면에서 가장 무거울 뿐이다. 하지만 우리는 이것을, 이를테면 동양과 서양간의 문화적·정치적 분리와 비교하여 평가해야 할 것이다.

이미 아풀레이우스가 자신의 산문을 이시스의 매력적인 소설로 변화시킬 동안 테르툴리아누스——카르타고에서 아풀레이우스와 만났다——는 그리스도교 옹호론을 보강하기 위해 그의 수사학을 갈고 닦았다. 똑같은 문학적 지식의 창고——그리고 공통된 감탄. 이교와 그리스도교 작가들은 똑같이 우리가 언급한 걸작들의 후계자들이다. 하지만 둘 다 지금부터는 표현하기 힘든 '세계관,' 서로 대립하면서 문학 창작에 미치는 가치관을 갖게 된다.

이런 급격한 변화는 우리에게는 본질적인 것처럼 보인다. 그리고 우리는 지금 막 탄생하는, 그리고 이미 눈에 띄기 시작한 어떤 움직임을 침범하고 싶지는 않다. 그리고 그 움직임의 결실은 결국 라틴어에 의해 알력을 극복하고 카롤링거 왕조의 르네상스, 중세, 르네상스로 이끄는 문화적 도약이 될 것이다. 거기에는 우리가 더 잘 알아야 할 라틴 문학이 있다. 그리고 그에 관해 우리는 우리의 접근을 중단한 그곳에서 다시 시작함으로써 철학적·미적·문화적 토대를 더 잘 보게 될 것이다.

따라서 이것은 여기서 닫히는 문이 절대 아니다. 우리는 하나의 단계를 지나간 것이다. 길은 계속되어야 마땅하다.

참고 문헌

제1장 분명히 이해하기 위해 필요한 몇 가지 개념들

MARROU Henri-Irénée, 《고대 교육사 *Histoire de l'éducation dans l'Anti-quité*》, 파리, 쇠유출판사. 계속해서 재판을 찍고 있다. 중요한(그리고 재미있는) 저서.

• 작품들의 '소비'와 생존 관련 서적

GUILLEMIN A. M., 《로마의 대중과 문학생활 *Le Public et la Vie littéraire à Rome*》, 파리, 레 벨 레트르, 1937.

BARDON H., 《알려지지 않은 라틴 문학 *La Littérature latine inconnue*》, 총 2권, 파리, 클린크시크, 1952. 어려운 주제를 상당히 '기술적으로' 다룬 2 편의 논문. 귀중한 정보들이 가득하다.

• 수사학 관련 서적

GENETTE Gérard, 《수사 *Figures*》 제2권 중 〈수사학과 교육 Rhétorique et Enseignement〉, 쇠유출판사('Points' 총서), 1979, 1986 재판. 상당히 날카로운 짧은 논문으로, 거기서 우리는 수사학이 무엇이었는지, 그리고 이제는 더 이 상 무엇이 아닌지를 알 수 있다. 문학을 공부하는 사람이라면 전권을 읽을 필요가 있다!

• 모방 관련 서적

THILL A., 《아우구스투스 시대에 개인적인 시 속에 나타난 모방에 관한 연구 *Alter ab illo, Recherches sur l'imitation dans la poésie personnelle à l'épo-que augustéenne*》, 파리, 레 벨 레트르, 1972. 서론은 imitatio(이 장은 그것을 잘 반영하고 있다)에 관한 일반적인 문제들을 잘 언급하고 있다.

WILLIAMS G., 《로마 시의 전통과 독창성 *Tradition and Originality in Ro-man Poetry*》, 옥스퍼드, 클라렌든출판사, 1968. 조사를 설명하기 위해 상세하 게 검토된 텍스트들을 많이 실은, 매우 완성도 높은 연구.

• 장르와 그 이론 관련 서적

MARTIN René · GAILLARD Jacques, 《로마의 문학 장르 *Les Genres litté-*

raires à Rome〉, 파리, 나탕 스코델, 제2판, 1990. 장르의 '분류' 문제에 관한 서론 이후 라틴 문학 안에서 그것들이 어떻게 실현되었는가에 관한 연구(다수의 번역된 텍스트와 함께).

CAIRNS F., 《그리스와 라틴 시의 일반적 구성 *Generic Composition in Greek and Latin Poetry*》, 에든버러대학 출판부, 1972. '기술적인 면'도 들어 있다. 그런 까닭에 '작은' 장르들도 '큰' 장르들만큼이나 확고한 법칙을 갖고 있다고 주장.

제2장 문학적 로마니테의 정복

리비우스 안드로니쿠스·엔니우스·나이비우스·파쿠비우스·아키우스의 흩어진 작품들에서 남은 단편 원고들의 라틴어 텍스트는 《고대 라틴어의 잔재들 *Remains of Old Latin*》, 〈The Loeb Classical Library〉 총서, 런던 케임브리지 매스.

• 플라우투스·테렌티우스

라틴어 원본과 프랑스어 번역문, '프랑스 대학 총서 Collection des Universités de France〉 중, 파리, 레 벨 레트르.

《연극 *Théâtre*》, P. Grimal 편집, 라 플레야드, 1971, 'Folio' 문고로 재판 (1991). 좋은 '고전적' 번역이지만 때로는 힘과 익살이 부족.

• 로마 연극 관련 서적

ARCELLASCHI A., 〈라틴 연극, 우리 자신에게서와 같이 Le théâtre latin, tel qu'en nous-mêmes〉, 《그리스와 로마가 현대 서양에 끼친 영향 *Influence de la Grèce et de Rome sur l'Occident moderne*》, R. Chevalier 편집, 파리, 레 벨 레트르, 1975.

DUPONT Florence, 《라틴 연극 *Le Théâtre latin*》, 'Cursus' 총서, 파리, A. 콜랭, 1988. 탁월한 종합적 저작으로 라틴 비극과 희극 '읽기'를 용이하게 해준다. 희극과 '희극의 시퀀스' 내의 '역할들'을 명확하게 연구. 테렌티우스의 《포르미오 *Phormion*》의 텍스트에 적용.

제3장 공화정 말기의 그라쿠스 형제: 말·사상·열정

• 수사학·미학·문화간의 관계 관련 서적

MICHEL Alain, 《말과 아름다움 *La Parole et la Beauté*》, 파리, 레 벨 레트르, 1982. 플라톤부터 보리스 비앙까지 시간의 강을 따라 내려오는 비중 있는 저작. 고대의 수사학 전문가인 저자는 이 책 제1부(p.17-101)에서 라틴어권 작가들에 관한 매우 고무적인 집대성을 제안한다.

• 시대의 문화적 배경 관련 서적

ANDRÉ Jean-Marie, 《로마의 지적·도덕적 생활 안에서의 여가 *L'Otium dans la vie intellectuelle et morale romaine*》, 파리, P.U.F., 1966.

ANDRÉ Jean-Marie, 《로마의 철학 *La Philosophie à Rome*》, P.U.F., 1977.

SYME Sir R., 《로마 혁명 *La Révolution romaine*》, 파리, 갈리마르('Tel' 총서), 1978. 로마 공화정부터 제위까지의 흥미진진한 역사적 기간을 더 잘 이해하기 위해서라면 무시할 수 없는 불후의 저서.

• 키케로 관련 서적

MICHEL Alain, 《키케로 작품의 수사학과 철학 *Rhétorique et Philosophie chez Cicéron*》, 파리, 1960. 매우 전문적인 연구서.

• 카이사르 관련 서적

RAMBAUD M., 《카이사르의 '갈리아 전기'에 보이는 역사적 왜곡 기법 *L'Art de la déformation historique dans les 'Commentaires' de César*》, 파리, 레 벨 레트르, 1966. 꼼꼼이 분해된, 그리고 입증된 카이사르의 능란한 솜씨.

• 살루스티우스 관련 서적

Jean-Marie ANDRÉ와 A. ÉHUS의 저서에서도 좋은 질문들을 던지고 있다. 《로마사 *L'Histoire à Rome*》, 파리, P.U.F.('SUP' 총서), 1974. 이 짧은 저서는 라틴 역사가들을 집대성한 것 중 가장 손쉽게 구할 수 있는 책자이다.

• 카툴루스 관련 서적

GRANAROLO J., 《카툴루스의 저서 *L'Œuvre de Catulle*》, 파리, 레 벨 레트르, 1967. 프랑스 최고의 카툴루스 전문가의 작품. 하지만 약간 '진지한' 독서.

• 루크레티우스 관련 서적

BOYANCE Pierre, 《루크레티우스와 에피쿠로스주의 *Lucrèce et l'épicurisme*》, 파리, P.U.F., 1963. 《사물의 본성에 관하여 *De natura rerum*》에 관한 '고전적' 독서를 하게 한다.

SERRES Michel, 《루크레티우스의 작품에서 물리학의 탄생 *La Naissance de la physique dans le texte de Lucrèce*》, 파리, 미뉘출판사, 1977. 이 책은 많은 문헌학자와 철학자들을 공포에 떨게 했다. 하지만 이 책은 루크레티우스에 대한 접근을 멋지게 쇄신했다.

이 장에 언급된 작가들의 번역서는 '프랑스 대학 총서' 또는 다양한 포켓

판 총서에서 쉽게 구할 수 있다.

제4장 아우구스투스의 시대

앞서 번역서에 관해 말한 것과 마찬가지이다. 베르길리우스의 경우 '프랑스 대학 총서'에서 J. Perret가 쓴 책이 특기할 만하고, P. Valéry · J. Giono · M. Pagnol이 번역한 《전원시 *Bucoliques*》 번역본을 읽는 것이 유익하다.

　• 베르길리우스 관련 서적

PERRET J., 《베르길리우스 *Virgile*》, 파리, 쇠유출판사('Écrivains de toujours' 총서), 1965. 탁월하고——또한 빛나는——집대성.

THOMAS Joël, 《'아이네이스'의 상상력의 구조 *Les Structures de l'imaginaire dans 'l'Énéide'*》, 파리, 레 벨 레트르, 1981. 아이디어, 새로운 아이디어들로 꽉 참.

　• 호라티우스 관련 서적

몇 가지 고전적인 연구들:

GRIMAL Pierre, 《로마의 서정 *Le Lyrisme à Rome*》, 파리, P.U.F., 1978.

WILKINSON L. P., 《호라티우스와 그의 서정시 *Horace and his Lyric Poetry*》, 케임브리지, 1951.

RUDD N., 《호라티우스의 풍자시집 *The Satires of Horace*》, 케임브리지, 1966.

　• 애가 작가들 관련 서적

BOUCHER J.-P., 《프로페르티우스론 *Études sur Properce*》, 파리, 1965. '킨티아의 소설'과 애가의 '진실성'에 관한 비축분들 중 최초의 명료한 표명.

VEYNE Paul, 《로마의 에로틱 애가 *L'Élégie érotique romaine*》, 파리, 1963. 킨티아는 하나의 켈리메나이고 애가는 하나의 유희라는 사실에 귀착해야 한다. 설득력 있다.

　• 오비디우스 관련 서적

VIARRE S., 《오비디우스, 시 독서론 *Ovide, essai de lecture poétique*》, 파리, 레 벨 레트르, 1976. 압축적이고 활기 넘침.

　• 티투스 리비우스 관련 서적

ANDRÉ-ÉHUS, 《로마사 *L'Histoire à Rome*》에 질문들이 잘 종합되어 있다.

SERRES Michel, 《로마, 기초들에 관한 책 *Rome, le livre des fondations*》, 파리, 그라세, 1983. 저자에 따르면 티투스 리비우스의 처녀작의 '지속적이고 자유로운' 독서라고 함. 활기를 부여하는 해석학의 하나.

특기할 것: 《로마의 역사가들 *Les Historiens romains*》(제1권)이라는 제목의 '라 플레야드'에서 티투스 리비우스의 첫번째 5권(로마의 기원)과 제21 · 22권(한니발 전쟁)은 읽기에 유쾌한 번역.

제5장 제정 전기

• 페트로니우스 관련 서적

WALSH P. G., 《로마의 소설 *The Roman Novel*》, 케임브리지, 1970.

DUPONT Florence, 《쾌락과 법: 플라톤의 '향연'과 페트로니우스의 '사티리콘'에 관하여 *Le Plaisir et la Loi: du 'Banquet' de Platon au 'Satiricon' de Pétrone*》, 파리, 마스페로, 1977. 아가톤의 목록에서부터 트리말키오의 목록까지, 독창적인 안내서.

• 세네카 관련 서적

GRIMAL Pierre, 《세네카. 그의 삶 · 작품 · 철학 *Sénèque. Sa vie, son œuvre, sa philosophie*》, 파리, 1948.

• 타키투스 관련 서적

MICHEL Alain, 《타키투스와 제국의 운명 *Tacite et le destin de l'Empire*》, 파리, 아르토, 1966. 상당히 자극적. 타키투스를 그의 시대의 문제성들 속에 갖다 놓은 것이 장점.

• 유베날리스 관련 서적

GÉRARD J., 《유베날리스와 동시대의 현실 *Juvénal et la réalité contemporaine*》, 파리, 레 벨 레트르, 1976.

연대표

로마사의 눈에 띄는 사건들	주요 라틴 작가들
-753: 로물루스에 의한 로마의 건국(신화) -509: 군주제에서 공화정으로 바뀜	
	-280(사망일은 모름): 리비우스 안드로니쿠스
-270: 로마가 이탈리아의 주인이 됨; 로마인들이 그리스 문명과 접함 -264~-241: 제1차 포에니 전쟁	
	-254(-184): 플라우투스 -250(-200): 파비우스 픽토르 -240: 리비우스 안드로니쿠스의 첫번째 작품 -239(-169): 엔니우스 -234(-149): 大카토 -220(-132): 파쿠비우스
-219~-202: 제2차 포에니 전쟁	-209: 나이비우스, 《포에니 전쟁》
-200~-168: 로마인들, 그리스와 중동을 정복	
	-190(-159): 테렌티우스 -186: 플라우투스, 마지막 희극들 -168: 카토, 《농업론》 -160: 테렌티우스, 《아델피》
-149~-146: 제3차 포에니 전쟁 -125~-120: 갈리아 남부 정복	
	-116(-27): 바로
-112~-106: 북아프리카에서 유구르타와 맞서 싸움	

로마사의 눈에 띄는 사건들	주요 라틴 작가들
-100～-82: 많은 소요와 제1차 내란(마리우스 대 술라)	-106(-43): 키케로 -100(-44): 카이사르 -98(-55): 루크레티우스 -87(-54): 카툴루스; 　(-35): 살루스티우스
-73～-71: 스파르타쿠스의 폭동	
-70: 베레스 사건	-70(-19): 베르길리우스 -65(-8): 호라티우스
-63: 집정관 키케로; 카틸리나의 음모	
	-59(17): 티투스 리비우스
-58～-50: 율리우스 카이사르의 갈리아 정복	-55: 폼페이우스에 의해 최초의 석조 극장이 건설됨 -54(-19): 티불루스 -50: 카이사르, 《갈리아 전기》
-48～-45: 제2차 내란(카이사르 대 폼페이우스)	-47(-15): 프로페르티우스
-44: 카이사르 암살(3월 15일)	-43: 살루스티우스, 《카틸리나의 전쟁》; (17): 오비디우스 -39: 베르길리우스, 《전원시》
-35～-30: 제3차 내란 　(옥타비아누스 대 안토니우스) -30: 공화정 시대 끝남; 　제정, 또는 제위의 시작. 　로마가 이집트를 정복 　(옥타비아누스가 악티움에서 　안토니우스·클레오파트라를 이김)	
	-23: 호라티우스, 《송가》 　(제1권부터 제3권까지) -19: 베르길리우스, 《아이네이스》 　(사후에 발표됨) -4(65): 세네카

로마사의 눈에 띄는 사건들	주요 라틴 작가들
0/1: 서력 기원 협정 시작 　(사실 예수 그리스도는 4,5년 　일찍 태어남) 6~17: 유대의 정복, 중앙 유럽 　일부와 게르마니아 일부	1: 오비디우스,《변형담》집필 　시작
	23(79): 大플리니우스 35(100): 퀸틸리아누스 39(65): 루카누스 40(102): 마르티알리스
43: (그레이트) 브리튼 정복	50(?): 퀸투스 쿠르케스와 　페드라
54: 네로 즉위	55(120): 타키투스 60(140): 유베날리스; 　(113): 小플리니우스; 　콜루멜라, 　《소박한 삶에 관하여》 60/80: 페트로니우스, 　《사티리콘》 62/65: 세네카,《루킬리우스에게 　보내는 편지들》
68: 네로 자살 70: 티투스에 의해 예루살렘 파괴	75(155): 수에토니우스 77: 大플리니우스,《박물지》
79: 베수비오 화산 분출, 　폼페이와 헤르쿨라네움 파괴 80: 콜로세움 건설 101~114: 로마인들의 최후 정복 　(다키아 = 루마니아 · 아르메니아)	104/109: 타키투스,《역사》 124(?): 아풀레이우스

색 인

김교신
1988년 서강대 불문과 졸업.
역서 : 《어른이 되기는 너무 힘들어》·《닥터 미셸》
《세기말의 동물 이야기》·《휴먼 게놈을 찾아서》
《새내기 아빠의 프로 육아법》·《나일 강의 예언》
《르 코르뷔지에》·《레오나르도 다 빈치》 등.

현대신서
34

라틴 문학의 이해

초판발행 : 2000년 4월 30일

지은이 : 자크 가야르
옮긴이 : 김교신
펴낸이 : 辛成大
펴낸곳 : 東文選
제10-64호, 78. 12. 26 등록
서울 종로구 관훈동 74번지
전화 : 737-2795
팩스 : 723-4518

ISBN 89-8038-121-2 04800
ISBN 89-8038-050-X (세트)

【東文選 現代新書】

1 21세기를 위한 새로운 엘리트	FORESEEN 연구소 / 김경현	7,000원
2 의지, 의무, 자유	L. 밀러 / 이대희	6,000원
3 사유의 패배	A. 핑켈크로트 / 주태환	7,000원
4 문학이론	J. 컬러 / 이은경 · 임옥희	7,000원
5 불교란 무엇인가	D. 키언 / 고길환	6,000원
6 유대교란 무엇인가	N. 솔로몬 / 최창모	6,000원
7 20세기 프랑스철학	E. 매슈스 / 김종갑	8,000원
8 강의에 대한 강의	P. 부르디외 / 현택수	6,000원
9 텔레비전에 대하여	P. 부르디외 / 현택수	7,000원
10 고고학이란 무엇인가	P. 반 / 박범수	근간
11 우리는 무엇을 아는가	T. 나겔 / 오영미	5,000원
12 에쁘롱	J. 데리다 / 김다은	7,000원
13 히스테리 사례분석	S. 프로이트 / 태혜숙	7,000원
14 사랑의 지혜	A. 핑켈크로트 / 권유현	6,000원
15 일반미학	R. 카이유와 / 이경자	6,000원
16 본다는 것의 의미	J. 버거 / 박범수	10,000원
17 일본영화사	M. 테시에 / 최은미	7,000원
18 청소년을 위한 철학교실	A. 자카르 / 장혜영	7,000원
19 미술사학 입문	M. 포인턴 / 박범수	8,000원
20 클래식	M. 비어드 · J. 헨더슨 / 박범수	6,000원
21 정치란 무엇인가	K. 미노그 / 이정철	6,000원
22 이미지의 폭력	O. 몽젱 / 이은민	8,000원
23 청소년을 위한 경제학교실	J. C. 두루엥 / 조은미	근간
24 순진함의 유혹	P. 브뤼크네르 / 김웅권	9,000원
25 청소년을 위한 이야기 경제학	A. 푸르상 / 이은민	근간
26 부르디외 사회학 입문	P. 보네위츠 / 문경자	7,000원
27 돈은 하늘에서 떨어지지 않는다	K. 아른트 / 유영미	6,000원
28 상상력의 세계사	R. 보이아 / 김웅권	9,000원
29 지식을 교환하는 새로운 기술	A. 벵토릴라 外 / 김혜경	6,000원
30 니체 읽기	R. 비어즈워스 / 김웅권	6,000원
31 노동, 교환, 기술	B. 데코사 / 신은영	6,000원
32 미국만들기	R. 로티 / 임옥희	근간
33 연극의 이해	A. 쿠프리 / 장혜영	8,000원
34 라틴문학의 이해	J. 가야르 / 김교신	8,000원
35 여성적 가치의 선택	FORESEEN연구소 / 문신원	근간
36 동양과 서양 사이	L. 이리가라이 / 이은민	7,000원
37 영화와 문학	R. 리처드슨 / 이형식	8,000원

【東文選 文藝新書】

15	탄트라	A. 무케르지 / 金龜山	10,000원
16	조선민족무용기본	최승희	15,000원
17	몽고문화사	D. 마이달 / 金龜山	8,000원
18	신화 미술 제사	張光直 / 李 徹	10,000원
19	아시아 무용의 인류학	宮尾慈良 / 沈雨晟	절판
20	아시아 민족음악순례	藤井知昭 / 沈雨晟	5,000원
21	華夏美學	李澤厚 / 權 瑚	15,000원
22	道	張立文 / 權 瑚	18,000원
23	朝鮮의 占卜과 豫言	村山智順 / 金禧慶	15,000원
24	원시미술	L. 아담 / 金仁煥	절판
25	朝鮮民俗誌	秋葉隆 / 沈雨晟	12,000원
26	神話의 이미지	J. 캠벨 / 扈承喜	근간
27	原始佛敎	中村元 / 鄭泰爀	8,000원
28	朝鮮女俗考	李能和 / 金尙憶	12,000원
29	朝鮮解語花史(조선기생사)	李能和 / 李在崑	25,000원
30	조선창극사	鄭魯湜	7,000원
31	동양회화미학	崔炳植	9,000원
32	性과 결혼의 민족학	和田正平 / 沈雨晟	9,000원
33	農漁俗談辭典	宋在璇	12,000원
34	朝鮮의 鬼神	村山智順 / 金禧慶	12,000원
35	道敎와 中國文化	葛兆光 / 沈揆昊	15,000원
36	禪宗과 中國文化	葛兆光 / 鄭相泓·任炳權	8,000원
37	오페라의 역사	L. 오레이 / 류연희	절판
38	인도종교미술	A. 무케르지 / 崔炳植	14,000원
39	힌두교의 그림언어	안넬리제 外 / 全在星	9,000원
40	중국고대사회	許進雄 / 洪 熹	22,000원
41	중국문화개론	李宗桂 / 李宰碩	15,000원
42	龍鳳文化源流	王大有 / 林東錫	17,000원
43	甲骨學通論	王宇信 / 李宰錫	근간
44	朝鮮巫俗考	李能和 / 李在崑	12,000원
45	미술과 페미니즘	N. 부루드 外 / 扈承喜	9,000원
46	아프리카미술	P. 윌레뜨 / 崔炳植	절판
47	美의 歷程	李澤厚 / 尹壽榮	22,000원
48	曼茶羅의 神들	立川武藏 / 金龜山	절판
49	朝鮮歲時記	洪錫謨 外/李錫浩	30,000원
50	하 상	蘇曉康 外 / 洪 熹	8,000원
51	武藝圖譜通志 實技解題	正 祖 / 沈雨晟·金光錫	15,000원
52	古文字學첫걸음	李學勤 / 河永三	9,000원

53	體育美學	胡小明 / 閔永淑	10,000원
54	아시아 美術의 再發見	崔炳植	9,000원
55	曆과 占의 科學	永田久 / 沈雨晟	8,000원
56	中國小學史	胡奇光 / 李宰碩	20,000원
57	中國甲骨學史	吳浩坤 外 / 梁東淑	근간
58	꿈의 철학	劉文英 / 河永三	22,000원
59	女神들의 인도	立川武藏 / 金龜山	13,000원
60	性의 역사	J. L. 플랑드렝 / 편집부	18,000원
61	쉬르섹슈얼리티	W. 챠드윅 / 편집부	10,000원
62	여성속담사전	宋在璇	18,000원
63	박재서희곡선	朴栽緒	10,000원
64	東北民族源流	孫進己 / 林東錫	13,000원
65	朝鮮巫俗의 研究(상·하)	赤松智城·秋葉隆 / 沈雨晟	28,000원
66	中國文學 속의 孤獨感	斯波六郎 / 尹壽榮	8,000원
67	한국사회주의 연극운동사	李康列	8,000원
68	스포츠인류학	K. 블랑챠드 外 / 박기동 外	12,000원
69	리조복식도감	리팔찬	절판
70	娼 婦	A. 꼬르벵 / 李宗旼	20,000원
71	조선민요연구	高晶玉	30,000원
72	楚文化史	張正明	근간
73	시간 욕망 공포	A. 꼬르벵	근간
74	本國劍	金光錫	40,000원
75	노트와 반노트	E. 이오네스코 / 박형섭	절판
76	朝鮮美術史研究	尹喜淳	7,000원
77	拳法要訣	金光錫	10,000원
78	艸衣選集	艸衣意恂 / 林鍾旭	14,000원
79	漢語音韻學講義	董少文 / 林東錫	10,000원
80	이오네스코 연극미학	C. 위베르 / 박형섭	9,000원
81	중국문자훈고학사전	全廣鎭 편역	15,000원
82	상말속담사전	宋在璇	10,000원
83	書法論叢	沈尹默 / 郭魯鳳	8,000원
84	침실의 문화사	P. 디비 / 편집부	9,000원
85	禮의 精神	柳肅 / 洪熹	10,000원
86	조선공예개관	日本民芸協會 편 / 沈雨晟	30,000원
87	性愛의 社會史	J. 솔레 / 李宗旼	12,000원
88	러시아미술사	A. I. 조토프 / 이건수	16,000원
89	中國書藝論文選	郭魯鳳 選譯	25,000원
90	朝鮮美術史	關野貞	근간

91	美術版 탄트라	P. 로슨 / 편집부	8,000원
92	군달리니	A. 무케르지 / 편집부	9,000원
93	카마수트라	바쨔야나 / 鄭泰爀	10,000원
94	중국언어학총론	J. 노먼 / 全廣鎭	18,000원
95	運氣學說	任應秋 / 李宰碩	8,000원
96	동물속담사전	宋在璇	20,000원
97	자본주의의 아비투스	P. 부르디외 / 최종철	6,000원
98	宗敎學入門	F. 막스 뮐러 / 金龜山	10,000원
99	변 화	P. 바츨라빅크 外 / 박인철	10,000원
100	우리나라 민속놀이	沈雨晟	20,000원
101	歌訣(중국역대명언경구집)	李宰碩 편역	20,000원
102	아니마와 아니무스	A. 융 / 박해순	8,000원
103	나, 너, 우리	L. 이리가라이 / 박정오	10,000원
104	베케트연극론	M. 푸크레 / 박형섭	8,000원
105	포르노그래피	A. 드워킨 / 유혜련	12,000원
106	셸 링	M. 하이데거 / 최상욱	12,000원
107	프랑수아 비용	宋 勉	18,000원
108	중국서예 80제	郭魯鳳 편역	16,000원
109	性과 미디어	W. B. 키 / 박해순	12,000원
110	中國正史朝鮮列國傳(전2권)	金聲九 편역	120,000원
111	질병의 기원	T. 매큐언 / 서 일·박종연	12,000원
112	과학과 젠더	E. F. 켈러 / 민경숙·이현주	10,000원
113	물질문명·경제·자본주의	F. 브로델 / 이문숙 外	절판
114	이탈리아인 태고의 지혜	G. 비코 / 李源斗	8,000원
115	中國武俠史	陳 山 / 姜鳳求	18,000원
116	공포의 권력	J. 크리스테바 / 서민원	근간
117	주색잡기속담사전	宋在璇	15,000원
118	죽음 앞에 선 인간(상·하)	P. 아리에스 / 劉仙子	각권 8,000원
119	철학에 관하여	L. 알튀세르 / 서관모·백승욱	10,000원
120	다른 곳	J. 데리다 / 김다은·이혜지	8,000원
121	문학비평방법론	D. 베르제 外 / 민혜숙	12,000원
122	자기의 테크놀로지	M. 푸코 / 이희원	12,000원
123	새로운 학문	G. 비코 / 李源斗	22,000원
124	천재와 광기	P. 브르노 / 김웅권	13,000원
125	중국은사문화	馬 華·陳正宏 / 강경범·천현경	12,000원
126	푸코와 페미니즘	C. 라마자노글루 外 / 최 영 外	16,000원
127	역사주의	P. 해밀턴 / 임옥희	12,000원
128	中國書藝美學	宋 民 / 郭魯鳳	16,000원

【롤랑 바르트 전집】

▨ 현대의 신화	이화여대기호학연구소 옮김	15,000원
▨ 모드의 체계	이화여대기호학연구소 옮김	18,000원
▨ 텍스트의 즐거움	김희영 옮김	15,000원
▨ 라신에 관하여	남수인 옮김	10,000원

【漢典大系】

▨ 說 苑·上	林東錫 譯註	30,000원
▨ 說 苑·下	林東錫 譯註	30,000원
▨ 晏子春秋	林東錫 譯註	30,000원
▨ 西京雜記	林東錫 譯註	20,000원
▨ 搜神記·上	林東錫 譯註	30,000원
▨ 搜神記·下	林東錫 譯註	30,000원
▨ 歷代書論	郭魯鳳 譯註	40,000원

【기 타】

■ 경제적 공포	V. 포레스테 / 김주경	7,000원
■ 古陶文字徵	高 明·葛英會	20,000원
■ 古文字類編	高 明	24,000원
■ 古文字學論集(第一輯)	中國古文字學會 편	12,000원
■ 金文編	容 庚	36,000원
■ 딸에게 들려 주는 작은 지혜	N. 레흐레이트너 / 양영란	6,500원
■ 딸에게 들려 주는 작은 철학	R. 시몬 셰퍼 / 안상원	7,000원
■ 미래를 원한다	J. D. 로스네 / 문 선·김덕희	8,500원
■ 산이 높으면 마땅히 우러러볼 일이다	유 향 / 임동석	5,000원
■ 서기 1000년과 서기 2000년	J. 뒤비 / 양영란	8,000원
그 두려움의 흔적들		
■ 세계사상·창간호		10,000원
■ 세계사상·제2호		10,000원
■ 세계사상·제3호		10,000원
■ 세계사상·제4호		14,000원
■ 선종이야기	홍 희 편저	8,000원
■ 십이속상도안집	편집부	8,000원
■ 어린이 수묵화의 첫걸음(전6권)	조 양	42,000원
■ 原本 武藝圖譜通志	正祖 命撰	60,000원
■ 隷字編	洪鈞陶	40,000원
■ 한글 설원(상·중·하)	임동석 옮김	각권 7,000원
■ 한글 안자춘추	임동석 옮김	8,000원
■ 한글 수신기(상·하)	임동석 옮김	각권 8,000원

東文選 現代新書 15

일반미학

로제 카이유와

이경자 옮김

　'미' 란 인간이 느끼고 내리는 평가라 할지라도, 자연의 구조는 상상 가능한 모든 미의 출발점이며 최종적인 참조 목록이다. 하지만 인간이 바로 자연의 일부분이기 때문에 그 범위가 쉽게 제한되며, 인간이 미에 대해 느끼는 감정은 생명체라는 인간의 조건과 우주의 일부분에 지나지 않는다는 생각을 하게 할 뿐이다. 그 결과 자연이 예술의 모델이 되는 것이 아니라, 오히려 예술은 자연의 특수한 경우에 해당한다. 즉 예술이란 미학이 인간의 의도나 제작행위라는 부차적인 검열과정을 거치게 될 때 생기는 자연의 특수한 경우이다. 아주 단순해 보이는 이 사실은 매우 중요한 의미를 지니고 있다.

　시학으로부터 광물학, 미학으로부터 동물학, 신학으로부터 민속학에 이르기까지 폭넓은 주제에 관한 많은 저서를 남긴 로제 카이유와는, 이 책에서 '형태'·'미'·'예술'이라는 광범위한 주제에서부터 한정된 주제로 점점 좁혀가며 미적 탐구를 진행해 나가고 있다. 형성 기원이 무엇이건간에 아름답다고 평가받는 형태들에 대한 연구인 미학의 영역과, 미학의 일부분에 지나지 않는 예술의 영역을 확연하게 구분하고 있는 그는 자연의 제 형태에 관한 연구, 즉 풍경대리석과 마노 또는 귀갑석의 무늬 등에 대한 연구와 현대 예술가들의 다양한 창작 태도에 대한 관점을 간결하고도 명확하게 설명하고 있다.

東文選 現代新書 4

문학이론

조너선 컬러

이은경 · 임옥희 옮김

문학이론에 관한 많은 입문서들이 일련의 비평 '학파'를 기술한다. 이론은 각각의 이론적인 입장과 실천으로 인해 일련의 상호 경쟁하는 '접근방법'으로 다루어진다. 하지만 입문서에서 밝힌 이론적인 운동——구조주의, 해체론, 페미니즘, 정신분석학, 마르크스주의, 신역사주의——은 많은 공통점을 가지고 있다. 이런 공통점 때문에 사람들은 단지 특수한 이론들에 관해서가 아니라 '이론'에 관해 논의할 수 있게 된다. 이론을 소개하려면, 이론적인 학파를 죽 개괄하기보다는 문제의식을 같이하는 질문과 주장, 하나의 '학파'를 다른 학파와 대비시키지 않는 중요한 논쟁, 이론적인 운동 내에서의 현저한 차이를 논의하는 것이 훨씬 낫다. 현대 이론을 일련의 경쟁하는 접근방법이나 해석방식으로 다루는 것은 이론이 갖는 많은 관심사와 힘을 놓치는 것이다. 이론의 관심사와 힘은 상식에 대한 폭넓은 도전으로부터, 그리고 의미의 생산과 인간 주체의 창조에 관한 탐구로부터 기인한다. 본서는 일련의 주제를 택하여, 이들 주제에 관한 중요한 문제와 논쟁에 초점을 맞추고, 또한 필자가 생각하기에 여태껏 연구되어 왔던 것에 초점을 맞추도록 했다. 그리고 부록으로 주요 비평학파나 이론적인 운동을 간략하게 개괄해 놓았다.

東文選 文藝新書 146

눈물의 역사

안 뱅상 뷔포

이자경 옮김

　사생활의 형태들에 대한 역사학의 현대적 관심 속에서, 하나의 질문이 제기된다. 그것은 바로 '눈물의 역사가 있다면?' 이다. 우리의 가장 은밀한 (또는 겉으로 표현되기도 하는) 태도들 가운데 하나인 이 눈물을 역사의 개념으로 이해하는 것은, 이러한 감동의 형태들을 사용하는 방식이 시대와 사회에 따라 섬세하거나, 혹은 부자연스러운 것이 된다는 사실을 성찰하게 해준다.

　어떠한 눈물도 서로 유사하지 않지만, 그러나 이전의 두 세기를 살펴보면 이러한 감동 표현의 중심에 변화가 일어났음을 알게 된다. 문학작품·의학서적·재판기록·연감·일기 등의 자료에 근거하여, 저자는 18세기를 쉽게 눈물을 흘리는 시대로 나타낸다. 눈물을 자아내는 연극으로부터 대혁명하의 집단적 진정토로에 이르기까지, 눈물은 대중 사이에서 전파되는 것처럼 보인다. 비록 이러한 행동에 대한 해석에서 성별에 따라 몇 가지 차이점이 읽혀지지만, 그럼에도 불구하고 18세기는 손쉬운 눈물을 흘리게 한다. 그리고 그 눈물은 뚜렷이 식별되는 기능들을 가진다. 남몰래 부끄러워하며 홀로 내적 자아의 감미로운 희열 속에서 눈물 흘리기를 좋아하는 낭만주의 시기가 지나고, 19세기는 후반에 들어서면서 다른 양상으로 나아간다. 풍속과 연관된 다른 분야들에서와 마찬가지로 눈물에서도 질서를 부여하려고 노력한다. 불안을 일으키는 것으로 인식된 눈물은 경계의 대상이 되며, 그 담론 한가운데 여성이 위치하게 된다. 따라서 여성이 눈물의 희생자이든 조작자이든간에, 여성이 지닌 감동의 능력은 통제되지 않으면 안 되게 된다.

　역사학자로서 특히 근대 프랑스 사회의 풍속사를 연구 대상으로 하고 있는 저자는, 18,9세기에 걸친 눈물의 궤적을 추적, 문학작품·연극·고문서기록·회상록·일기 등과 같은 광범위한 자료를 섭렵하였다. 결국 이 연구서는 프랑스의 18,9세기에 있어서 '감수성의 사회적 표현에 관한 변천사'라고 할 수 있다.

東文選 文藝新書 141

예술의 규칙
―문학 장의 기원과 구조

피에르 부르디외
하태환 옮김

"모든 논쟁은 그로부터 시작된다"라고 일컬어질 만큼 현재 프랑스 최고의 사회학자인 피에르 부르디외의 예술에 관한 사회학적 분석서.

19세기에 국가의 관료체제와 그의 아카데미들, 그리고 이것들이 강요하는 좋은 취향의 규범들로부터 충분히 떼내어진 문학과 예술의 세계가 만들어진다.

피에르 부르디외는 문학 장의 연속적인 형상들 속에 드러나는 그 구조를 기술하면서, 우선 플로베르의 작품이 문학 장의 형성에 있어서 어떤 빚을 지고 있는가를 보여 준다. 다시 말해 작가로서의 플로베르가 자신이 생산함으로써 공헌하는 것을 통해 어떤 존재로 나타나는지를 보여 주는 것이다.

작가들과 문학제도들이 복종하는——작품들 속에 승화되어 있는——논리를 기술하면서, 피에르 부르디외는 '작품들의 과학'의 기초들을 제시한다. 이 과학의 대상은 작품 그 자체의 생산뿐만 아니라, 작품의 가치 생산이 될 것이다. 원래의 환경에 연결되어 있는 사회적 결정들의 효과 아래에서 창조를 제거하기보다는, 장의 결정된 상태 속에 기입되어 있는 가능성의 공간을 분석해 보면, 예술가가 수행해야 하는 작업을 이해할 수 있다. 다시 말해 예술가는 이러한 결정에 반대함으로써, 그리고 그 결정 덕분에 창조자로서, 즉 자기 자신의 창조의 주체로서 자신을 생산하기 위한 작업을 수행해야 한다.

東文選 文藝新書 133

미학의 핵심

마르시아 밀더 이턴

유호전 옮김

이 책의 저자 마르시아 이턴은 현대의 넘쳐나는 미적·예술적 사건들을 특유의 친절함과 박식함으로 진단한다. 소크라테스에서 데리다에 이르기까지 고대와 현대를 어려움 없이 넘나들며 때로는 미적 가치로, 때로는 도덕적 가치로 예술의 모든 장르를 재단한다. 미학의 본질을 파악할 수 있도록 핵심 용어와 이론을 정의하고 소개하며, 혼란이 일고 있는 부분들을 적절히 노출시켜 독자의 정확한 판단을 유도한다. 결코 한쪽에 치우치지 않게 다양한 목소리를 가능한 한 수용하면서, 객관과 주관이 공존하고 형식과 맥락이 혼재하며 전통과 관습이 살아 움직이는 비평을 지향한다.

부분적 특성이 하나의 통합적 경험으로 표출되는 미적 체험의 특수성을 역설하면서, 개인 취향의 다양성과 문화적·역사적 상이함이 초래할 수 있는 미적 대상에 대한 이질적 반응도 충분히 인정할 것을 이 책은 주장한다. 이턴은 개인적 차원의 미적·예술적 경험에 만족하지 않는다. 응용미학이나 환경미학 등 사회적 역할에 이르기까지 미학의 책임과 영역을 확대시킨다. 이 책을 읽는 독자들은 저자가 제시하는 내용들이 공허한 이론으로 끝나지 않고, 예술의 제반 현상들에 실제로 적용되는 경우를 빈번히 목격하게 되며, 결국 저자의 해박함과 노고에 미소짓지 않을 수 없을 것이다.

이 책에서 언급되는 주제는 다음과 같다.

- 대상·제작자·감상자의 역할 ■ 해석·비평·미적 반응의 본질
- 예술의 언어와 맥락 ■ 미적 가치의 본질
- 구조주의나 해체주의와 같은 비분석적 미학의 입장
- 환경미학의 공공 정책 결정에 있어서의 미학적 문제점 등 미학의 실제적 사용

東文選 文藝新書 121

문학비평방법론

다니엘 베르제 外
민혜숙 옮김

문학을 공부하는 학도들과 문학 예비교실의 학생들을 위하여 기획된 이 책은, 텍스트 분석에 있어서 비평방법이라는 복잡하고도 중요한 물음에 대하여 명확히 밝히고 있다.

인문과학과 언어학의 기여로 인하여 비평 연구방법은 20세기에 유례 없는 발전을 하였다. 사회비평·심리비평·생성비평·주제비평·텍스트비평은 자료비평에 대한 오래 된 전통을 풍성하게 해주면서 주석자들에게 명확한 접근방법을 제공하였다.

이 책의 각장은 의뢰된 전문가들이 썼으며, 새로운 동향들에 대한 명료하고도 확실한 자료를 통해 설명을 하고 있다. 즉 각 비평의 흐름에 대한 기원, 형성, 전제 사항, 특별한 적용의 장, 경우에 따라 일어날 수 있는 제한점들을 상술하였다.

따라서 독자는 문학 텍스트에 대한 실제적인 접근을 하는 데 이 책의 도움을 받을 수 있을 것이다. 담화와 문학을 분리할 수 없는 이러한 시대에, 이 저작은 귀중한 보조자가 될 것이다. 비평방법들이 우리의 모든 지식을 이용하고 재분배하는 것을 보여 줌으로써, 이 책은 문학 텍스트의 실제적인 분석의 방법과 풍성한 이해의 길을 열어 준다.

東文選 文藝新書 126

푸코와 페미니즘
-그 긴장과 갈등

C. 라마자노글루 外

이희원 外 옮김

푸코는 권력은 어디에나 존재한다고 말했다. 그러나 만약 정말 그렇다면 왜 여성들이 권력을 더 행사하지 못하는 것일까? 왜 페미니스트들은 푸코에 관심을 기울여야만 하는가?

이 책은 푸코의 주요 문제들을 이 분야에 관한 대다수의 현존 문헌보다 덜 위협적이고 덜 추상적인 방식으로 페미니스트들에게 소개한다. 이 책은 푸코가 사용한 용어들을 이해시키기 위한 서문을 수록하고 있으며, 또한 이성이 매일매일의 삶에서 직면하는 현실과 섹슈얼리티와 권력에 관한 푸코 저작들 사이의 연관관계를 명확하게 밝힘으로써 기존 푸코 관련 문헌의 결함을 보강한다. 이 책의 기고자들은 젠더를 권력관계·섹슈얼리티·신체의 분석에 포함시키는 것이 어떤 함축적 의미를 가지게 되는지를 탐구한다. 이들은 몇 가지 핵심 문제들 ── 페미니스트들에게 권력관계에 대한 그들 자신의 이해 및 푸코 저작에서 젠더의 부재가 갖는 함축적 의미에 대하여 의문을 던지도록 유도하는 푸코 나름의 자극적인 방식들 ── 에 집중하기 위해 사회이론과 철학의 다양한 관점에서 각자의 전문지식을 끌어낸다.

푸코는 여성 통제는 물론 섹슈얼리티와 신체의 통제를 이해하는 새로운 방식을 제안한다. 더욱이 기고자들은 푸코가 페미니즘에 던진 도전과 페미니즘이 푸코에 던진 도전을 연결시키면서, 이 분야의 연구에 새로운 전진을 이룩해 낸다. 페미니스트들이 푸코에게 항거한다면, 그것은 페미니스트들이 젠더관계의 본질과 남성의 권력 소유에 관해 내리게 되었던 주요한 결론들에 대해 푸코가 의문을 품기 때문이다. 이 책은 이러한 푸코의 도전을 우리가 얼마나 진지하게 받아들여야 하는지에 대한 평가이다. 이 책은 사회학·문화 연구·철학·여성학을 전공하는 대학생들에게 매우 흥미있는 읽을거리가 될 것이다.

東文選 現代新書 37

영화와 문학

로버트 리처드슨

이형식 옮김

우리 시대의 예술을 평가하려면 그 속에 반드시 현대 문학과 영화를 포함시켜야 한다는 사실이 점점 더 분명해지고 있다. 이 책은 나아가 문학과 영화가 많은 점에서 서로 닮았기 때문에, 또 이 두 가지 예술적 표현 형태가 현대의 예술적 반응을 형성하는 데 점점 더 지배적인 역할을 하기 때문에, 둘 사이에 존재하는 연관성을 집중적으로 연구해 볼 필요가 있다고 주장한다.

적어도 D. W. 그리피스 시대 이래로 문학이 영화에 상당한 영향을 끼쳐 온 것은 명백한 사실이며, 동시에 영화가 문학에 중요한 반향을 일으키고, 어떤 면에서는 현대적 글쓰기에 중요한 영향을 끼쳤다는 사실 또한 마찬가지로 분명한 일이다. 게다가 영화적 형식과 문학의 형식이 강한 유사성을 지니며, 영화 기법과 문학 기법이 비교될 만하다는 주장도 나올 수 있다. 문학 비평과 영화 비평이 서로에게서 많은 것을 얻을 수 있으리라는 것이 또한 나의 주장이다. 영화적 의식은 문학 독자로 하여금 위대한 글의 특징이 되는 시각적이고 청각적인 특질에 새롭게 주의를 기울이도록 하며, 문학적 훈련은 영화 이해에 깊이와 안목을 더해 준다.

東文選 文藝新書 127

역사주의

P. 해밀턴　　[著]

임옥희　　[譯]

　역사주의란 고대 그리스로부터 현대에 이르기까지 어떤 형태로든 존재해 왔던 비판운동이다. 하지만 역사주의가 정확히 의미하는 것은 무엇인가? 이 명료한 저서에서 폴 해밀턴은 역사·용어·역사주의의 용도를 학습하는 데 본질적인 열쇠를 제공한다.

　해밀턴은 과거와 현재에 있어서 역사주의에 주요한 사상가를 논의한다. 그는 독자들에게 역사주의와 관련된 단어를 직설적이고도 분명하게 제공한다. 역사주의와 신역사주의의 차이가 설명되고 있으며, 페미니즘과 탈식민주의와 같은 당대 논쟁과 그것을 연결시키고 있다.

　《역사주의》는 문학 이론이라는 때로는 당혹스러운 분야에 익숙하지 않은 학생들이 반드시 읽어야 한다. 이 책은 이상적인 입문 지침서이며, 더 많은 학문을 위한 귀중한 기초이다.

　《역사주의》는 독자들에게 필요한 지식과 배경과 이 분야의 연구에 적용할 수 있는 어휘를 제공함으로써 이 분야에 반드시 필요한 입문서이다. 폴 해밀턴은 촘촘하고 포괄적으로 다음을 안내하고 있다.

· 역사주의의 이론과 토대를 설명한다.
· 용어와 그것의 용도의 내력을 제시한다.
· 독자들에게 고대 그리스로부터 현대에 이르기까지 이 분야에서 핵심적인 사상가들을 소개한다.
· 당대 논쟁 가운데서 역사주의를 고려하면서도 페미니즘과 탈식민주의 같은 다른 비판 양식과 이 분야의 관련성을 다루고 있다.
· 더 읽을거리를 제공하는 참고문헌을 포함하고 있다.

롤랑 바르트 전집 12

텍스트의 즐거움

롤랑 바르트 / 김희영 옮김

　신화·기호·텍스트·소설적인 것의 '현기증나는 이동작업'을 통하여, 프랑스와 세계에 가장 활력적인 사유체계의 개척자로 손꼽히는 롤랑 바르트는, 그의 사후 15년이 지난 오늘날까지도 프랑스 문단의 표징으로, 또는 소설 속의 인물로 여전히 우리들 가운데 자리하고 있다. 그의 모든 모색과 좌절, 혹은 기쁨은 다만 그 자신에게 국한된 것만은 아닌 오늘날의 모든 전위적 사유가들에게도 공통된 것으로, 이런 맥락에서 볼 때 그의 문학 편력에 대한 조망은 특권적인 자리를 차지한다.

　이 책 속에 옮겨진 글들은 바르트의 후기 사상을 정확하게 담고 있는 것들이다. 그의 후기 작업은 '저자의 죽음'을 그 시작으로 하기 때문에, 그것을 이 책의 첫번째로 하였다. 그리고 '작품에서 텍스트로,' 그 다음에는 그의 후기 작업의 이론적인 틀을 제시하고 있는 《텍스트의 즐거움》과 《강의》가 실려 있다. 이 두 권의 책은 이미 말한 바와 같이, 그의 후기 문학 실천의 이론적 배경을 이루고 있으며, 또한 그가 생전에 출판하기를 허락한 유일한 일기인 〈심의〉도 여기에 실려 있는데, 우리는 이를 통해 그의 말년의 문학적 관심사가 무엇이었나를 소상하게 알 수 있다.

　이외에도 이 책에는 편역자인 김희영 교수가 바르트의 사유체계를 비교적 잘 이해하는 데 필요하다고 생각한 3편의 주요한 대담을 싣고 있다. 그 첫번째는 히스와의 대담으로 그의 기호학적인 입장, 문학기호학이 문학사회학으로 어떻게 새롭게 주조될 수 있는지를 비교적 소상하게 밝혀 주고 있다. 두번째 대담인 브로시에와의 대담은 바르트 글의 난해성이 대부분 그의 용어 사용에 있으며, 이런 용어에 대한 정확한 이해 없이는 그의 사유체계를 파악하기 힘들다는 점에서, 바르트의 후기 작업에 나타난 용어들을 저자 자신의 설명을 통해 이해하는 것을 목표로 하고 있다.

東文選 文藝新書 147

모더니티 입문

앙리 르페브르

이종민 옮김

우리들 각자는 흔히 예술이나 현대적 사상, 현대적 기술, 현대적 사랑 등등에 대해 언급한다. 관습과 오류에도 불구하고 모더니티라는 낱말은 자신의 위력을 상실하지 않았다. 그것은 광고와 선전, 그리고 새롭거나 새로운 것처럼 보이는 모든 표현으로 사용된다. 하지만 그것은 정확히 무엇을 의미하는 것일까?

모호하지만 모더니티라는 이 낱말은 분석에 있어 두 가지 의미를 드러내고, 두 개의 현실을 은폐한다. 한편으로 그것은 다소 인위적이고 양식에 순응하는 어떤 열광을 지칭하며, 또 한편으로는 상당수의 문제와 가능성(혹은 불가능성)을 보여 준다. 첫번째 의미는 ‘모더니즘’으로 명명될 수 있고, 두번째는 ‘모더니티’로 이름 붙일 수 있다. ‘모더니즘’은 사회학적인 현상이다. 즉 나름대로의 법칙을 가질 수 있는 사회적인 의식의 행위인 것이다. ‘모더니티’는 나타나기 시작하는 비평과 명확히 규정할 수 있는 문제성에 결부된 개념이다.

이 책이 포함하고 있는 12개의 전주곡은 ‘모더니즘’과 ‘모더니티’ 사이의 변증법적 관계를 파악하기 위하여 그 두 단어를 구별하고자 노력한다. 그 전주곡들은 ‘모더니티’가 제기하거나, 혹은 오히려 ‘모더니티’가 덮고 있는 제문제를 정형화하면서 그 개념의 윤곽을 명확히 하고자 한다. 여기에는 소위 현대적인 우리의 사회에 설정된 것처럼 보이는, 실제와 사고에 대한 근본적인 이의를 반드시 동반하기 마련이다.